novum pro

AF010829

Stan Wolf

STEINE DER MACHT

BAND 4

DIE GOLDENE KUGEL IM UNTERSBERG

▲

novum pro

www.novumverlag.com

© 2012 novum publishing gmbh

ISBN 978-3-99026-911-4
Lektorat: Sarah Schroepf
Umschlagfotos: Stan Wolf,
Kriss Szkurlatowski | stock.xchng
Umschlaggestaltung, Layout & Satz:
novum publishing gmbh

Die vom Autor zur Verfügung gestellte Abbildung wurde in der bestmöglichen Qualität gedruckt.

Gedruckt in der Europäischen Union auf umweltfreundlichem, chlor- und säurefrei gebleichtem Papier.

www.novumverlag.com

Bibliografische Information der Deutschen Nationalbibliothek:

Die Deutsche Nationalbibliothek verzeichnet diese Publikation in der Deutschen Nationalbibliografie. Detaillierte bibliografische Daten sind im Internet über http://www.d-nb.de abrufbar.

Alle Rechte der Verbreitung, auch durch Film, Funk und Fernsehen, fotomechanische Wiedergabe, Tonträger, elektronische Datenträger und auszugsweisen Nachdruck, sind vorbehalten.

MACHT HAT VIELE GESICHTER
DAS STREBEN NACH MACHT IST UNS EIGEN
DIE STÄRKSTE MACHT
LIEGT IM VERBORGENEN

▲

VERGANGENHEIT GEGENWART ZUKUNFT
ALLES EXISTIERT GLEICHZEITIG

www.stan-wolf.at

VORWORT

▲

Vieles ist zu unfassbar, als dass man es einfach niederschreiben könnte.
Vielleicht sollte es auch verborgen bleiben, denn der menschliche Verstand nimmt nur jene Dinge zur Kenntnis, welche ihm geläufig sind.
Deshalb schreibe ich dieses Buch als Roman.

Es bleibt dem einzelnen Leser überlassen zu beurteilen, was er als Tatsache anerkennen möchte.

DANKSAGUNGEN

▲

Mein Dank gebührt Linda, die mich mit großer Geduld und Ausdauer bei meinen Fahrten und Abenteuern begleitete.

Tino, der Rosenkreuzer aus Australien, hat mit seinem Wissen dazu beigetragen, Geheimnisse zu ergründen.

Dank auch an Elisabeth und Herbert, den beiden Polizisten, sowie Claudia, welche mitgeholfen haben, Verborgenes ans Tageslicht zu bringen.

Pfarrer Schmatzberger, der mir Denkanstöße gegeben hat, mystische Pfade weiter zu verfolgen.

Roland, der Apotheker und Rosenkreuzer, wies mir den Weg zum Eingang.

Becker, der Illuminat, hat maßgeblich zur Aktivierung des Mysteriums beigetragen.

INHALTSVERZEICHNIS

▲

Einleitung		10
Kapitel 0	Georg	15
Kapitel 1	San Borondon	20
Kapitel 2	Dort, wo das Wasser über das Wasser fließt ...	31
Kapitel 3	Der Ring der Isais	35
Kapitel 4	El Gouna – Sheraton Miramar	40
Kapitel 5	Hatschepsut – Die Herrin beider Länder	49
Kapitel 6	Das duale Prinzip	66
Kapitel 7	Die Zeitfalle	73
Kapitel 8	Die blauen Kristalle	80
Kapitel 9	Galileo	86
Kapitel 10	Basis Nummer drei	89
Kapitel 11	Der Jude aus der Allen Street	97
Kapitel 12	Das Unwetter in der Almbachklamm	104
Kapitel 13	Der Ring des Templers	108
Kapitel 14	Die Neun Unbekannten	114
Kapitel 15	Der Spiegel der Isais	119
Kapitel 16	Die Templer Kirche	122
Kapitel 17	Beckers Liste	128
Kapitel 18	Die Zeitlinien	131
Kapitel 19	Die Schwarze Dame Julia	136
Kapitel 20	Die doppelte Unsterblichkeit	142
Kapitel 21	Julietta	157
Kapitel 22	Der Volkswagen im Königsee	160

Kapitel 23	Die verschwundene Frau am Untersberg	166
Kapitel 24	Die Waldandacht	171
Kapitel 25	Die Gruft unter der Kirche	176
Kapitel 26	Die Zeit ist jetzt da.	179
Kapitel 27	Der Larosbach	186
Kapitel 28	Spiegelwelten	197
Kapitel 29	Das große Tor	200
Kapitel 30	Der Schwarze Kristall von N3	203
Kapitel 31	Kammlers Reserven	211
Kapitel 32	Der Korridor zur Cheopspyramide	219
Kapitel 33	Die goldene Kugel	224

EINLEITUNG

▲

WAS BISHER GESCHAH

Als vor über zwanzig Jahren drei deutsche Bergwanderer auf dem Untersberg verschwanden und sich nach zwei Monaten von einem Frachtschiff im Indischen Ozean aus wieder meldeten, weckte dies Wolfs Interesse an dem ihm bis dahin nur als Sage bekannten Zeitphänomen am Salzburger Untersberg. Zudem hatte Wolf selbst diese drei Leute einige Jahre vor ihrem Verschwinden auf einer Schutzhütte auf dem Untersberg getroffen. Er hatte dann in den darauf folgenden Jahren ein sehr mysteriöses Erlebnis, als er mit seiner Tochter Sabine die vermutete Zeitanomalie am Berg erforschen wollte.

Doch wieder vergingen etliche Jahre, bis er auf seinen oftmaligen Reisen in entlegene Gebiete der Fels- und Sandwüsten in Ägypten mit seiner Begleiterin, der Lehrerin Linda, auf ähnliche rätselhafte Erscheinungen stieß, welche offenkundig mit runden, schwarzen Steinen, in der Größe und Form einer Orange zu tun hatten. Immer intensiver wurde seine Suche, bis er durch Zufall in der unterirdischen Kammer der Cheopspyramide einen solchen schwarzen Stein fand. Bei seinen weiteren Recherchen fand er eine wenig bekannte Sage, der zu Folge von einem Tempelritter im elften Jahrhundert ein ebensolcher Stein aus Mesopotamien zum Untersberg gebracht wurde.

Diesen Stein, welcher der Überlieferung nach von dem Templer in einer Höhle im Berg versteckt worden war, ließ bereits Hitler, der ja bekanntlich eine Vorliebe für den Untersberg hatte, suchen. Hitler hatte angeblich Hinweise, wonach dieser Stein der Schlüssel zu großer Macht sein sollte.

Wolf dehnte seine Nachforschungen in der Folge auch auf den Obersalzberg bei Berchtesgaden aus und machte dort mithilfe zweier deutscher Polizisten eine erstaunliche Entdeckung, die ihm aber beinahe zum Verhängnis wurde.

Noch einmal konzentrierte Wolf seine Suche auf den Untersberg und es gelang ihm, ein brisantes Geheimnis zu lüften: Er entdeckte einen verborgenen Eingang in den Berg. Ein General der Waffen-SS, der diese Zeitanomalie schon 1943 gefunden hatte, ließ sich im letzten Kriegsjahr dort im Felsen eine komfortable Station als Unterkunft errichten, in welcher er durch die Zeitverlangsamung im Berg innerhalb nur weniger Monate, über siebzig Jahre verbringen konnte. Wolf und Linda kamen mit diesen Leuten aus der Vergangenheit in Kontakt und erfuhren von ihnen Dinge, die in keinem Geschichtsbuch zu finden sind.

Der General zeigte den beiden ein Golddepot in den Bergen und ersuchte Wolf, der ja auch Hobbypilot ist, um einen Flug nach Fuerteventura, um ihm aus den Lavahöhlen unter der Villa Winter zwei Bleizylinder zu bringen. Wolf und Linda wollten das Geheimnis der Zeitverschiebung ergründen und willigten ein. Der weite Flug mit der einmotorigen Cessna und die anschließenden Erlebnisse auf der Kanareninsel gestalteten sich für die Zwei extrem abenteuerlich. Es gelang den beiden aber schließlich tatsächlich, die Bleizylinder zu bergen und dem General zu überbringen ...

Bei archäologischen Ausgrabungen wird ein deutscher Stahlhelm in einem Kelten-Grab am Dürrnberg in der Nachbarschaft des Untersberges entdeckt. Daneben liegt ein Skelett eines Kriegers mit einem Einschussloch im Kopf. Der Verfassungsschutz wird daraufhin aktiv. Wolf und Linda finden am Obersalzberg radioaktiv strahlende Steine, die sich als Uranoxid herausstellen. Der General in seiner Station im Untersberg demonstriert den beiden seine technischen Geräte, welche weit über die Möglichkeiten der heutigen Technik hinausreichen.

Auf seiner Suche nach den Zeitkorridoren des Untersberges entdeckt Wolf ein vergessenes Waffendepot der amerikanischen Besatzungstruppen aus 1953. Von einem alten Mann bekommen die zwei einen wunderschönen Amethystkristall geschenkt, der etwas mit der altbabylonischen Göttin Isais zu tun haben soll. Hinter einem uralten Gebetsstock am Untersberg sieht Wolf eine kleine Silberplatte aus der Erde ragen. Darauf ist ein geheimnisvoller Code zu sehen. Diese uralte Schrift in lateinischen Buchstaben wirft neue Fragen auf. Ein Illuminat klärt die beiden über die Isais-Geschichte und den schwarzen Stein im Berg auf. Auch zu einer mysteriösen Marmorplatte mit einer Inschrift aus dem Jahr 1798 erzählt ihnen der Logenmann eine Geschichte. Der General lässt Wolf mittels eines Zeitkorridors einen Blick in eine ferne Zukunft tun und ermöglicht ihm und Linda einen Ausflug in die Vergangenheit. In die Stadt Salzburg zur Zeit Mozarts.

Schließlich retten die beiden noch einem Deserteur das Leben, indem sie ihn in eine Höhle schicken, in welcher ebenfalls eine Zeitanomalie auftritt. Eine neuerliche Fahrt in die ägyptische Wüste führbringt sie in die Oase Siwa, wo ihnen die Mumie von Alexander dem Großen gezeigt wird. Wieder zurück am Untersberg, gelingt es ihnen, einen durch ein Hologramm getarnten Eingang in den Felsen zu finden.

Ein alter astrologiekundiger Pfarrer sagt Wolf aufgrund seines Jahreshoroskops eine Begegnung voraus, die aus den Tiefen seiner eigenen Vergangenheit auftauchen wird. Tatsächlich kommt Wolf kurze Zeit später auf merkwürdige Weise mit seiner einstigen Jugendfreundin Silvia, die er seit fast vierzig Jahren nicht mehr gesehen hat, in Kontakt. Silvia begleitet ihn nach Gran Canaria, von wo aus er mit einem kleinen Flugzeug die Insel San Borondon suchen will. Tatsächlich gelingt es den beiden, diese geheimnisvolle Insel, welche in einer fernen Vergangenheit existiert hat, zu finden.

Aber auch mit Hilfe des Generals kann Wolf einen Blick in die Vergangenheit werfen. Dessen Chronoskop ermöglicht es ihm, sämtliche Ereignisse der Vergangenheit mit anzusehen, wenn auch nur in Schwarz-Weiß, kommt dabei aber sogar bis an Adolf Hitler heran, dem er mittels eines Laser-Beamers durch das Chronoskop eine „Erscheinung" schickt, um ihn vom Angriff auf Russland abzuhalten.

Wolf wird von einem Forstarbeiter am Obersalzberg der geheime Ritualraum N3 gezeigt und der General berichtet vom Mausoleum des Führers, das sich dieser im Untersberg errichten ließ. Wolf lädt ihn anschließend in den Gasthof Kugelmühle am Ende der Almbachklamm ein, wo sie den Wirt namens Anfang treffen.

Anlässlich eines Besuches in Ägypten fährt Wolf mit Silvia durch die Berge nach Luxor und trifft dort den Grabräuber Rassul, der ihnen tief unter seinem Haus in Qurna eine geheime Drehtür zeigt, hinter der sein Bruder auf mysteriöse Weise verschwunden ist. Auch hier spielen wieder die Schwarzen Steine eine Rolle.

Mit Linda geht Wolf nochmals durch den Hologramm-Eingang in den Untersberg und gelangt mit ihr in eine völlig fremde Gegend im Jahre 2029. Eine kurze Unterhaltung mit Leuten von dort eröffnet ihnen neue Perspektiven zu den alten Prophezeiungen.

Josef, der Geheimdienstmann vom BVT, bekundet ebenfalls sein Interesse an Wolfs Entdeckungen am Berg. Schließlich führt der Forstarbeiter vom Obersalzberg Wolf noch zu einem uralten Stollen, in dem, wie sich erst später herausstellt, der General zu Kriegsende noch mehr als eine Tonne Uranoxid verstecken ließ.

Auch eine Art Flaschenpost, ein unvollendetes Manuskript aus den Siebziger Jahren, wird in einer Höhle nahe dem Dorf am Untersberg entdeckt. Es sind dreizehn Blätter eines bekannten Autors, welcher darin von seinen seltsamen Erlebnissen am Berg erzählt.

Durch den General wird Linda und Wolf ein Ausflug in das Jahr 1818 ermöglicht. Sie fahren am 24. Dezember, als Mönche verkleidet, auf dem Fluss mit einem Salzschiff nach Oberndorf, wo sie die Uraufführung des weltbekannten Liedes „Stille Nacht – Heilige Nacht" miterleben dürfen.

Ein polnischer Franziskanermönch aus Berchtesgaden, den die beiden im Winter beim Meditieren in der Almbachklamm treffen, erzählt ihnen von einem Ritual der Isais, durch das das neue Zeitalter beginnen würde.

Tino, ein Australier österreichischer Abstammung und ebenfalls Rosenkreuzer wie Wolf, kommt nach Salzburg, um in einer alten Kirche am Ettenberg, wo einst die Templer auf Geheiß der Isais ihre erste Komturei errichteten, ein Ritual abzuhalten, welches Wolf durchführen soll.

Letztendlich gibt sich der Illuminat Becker als einer der Anderen zu erkennen und zeigt Wolf in der Nähe des Hochsicherheitsarchives am Fuße des Untersbergs in einer Art dreidimensionalen Bildschau Schlüsselszenen aus seinem Leben und gewährt ihm einen Blick in die Zukunft.

KAPITEL 0

GEORG

Das Wetter war schön und ein angenehmer Wind zog durch den Hochwald. Der Duft von Tannenzweigen und Harz lag in der Luft. Georg wollte auf das Plateau des Untersberges. Er war über einen ziemlich unbekannten Steig, welcher direkt hinter dem Gasthof Latschenwirt seinen Anfang nahm, auf das Gebirgsmassiv hinaufgestiegen. Georg war noch nicht sehr oft auf diesem Berg gewesen, jedoch zog es ihn von Zeit zu Zeit immer wieder zu dem als Wunderberg bekannten Gebirge. Er konnte es selbst nicht sagen, was er dort zu finden hoffte, denn er wusste ja nicht einmal, ob es dort etwas zu finden gab, aber trotzdem kam er jedes Jahr ein- bis zweimal hierher. Vielleicht waren es die alten Sagen, die sich um den Untersberg rankten? Von Kaisern, Zwergen und wilden Frauen war darin erzählt worden. Er hatte sehr wohl auch von den Geschichten um das berüchtigte Zeitphänomen gehört. Es sollten angeblich Menschen in eine ferne Zukunft entrückt worden sein, manche kehrten nie wieder zurück. Ob diese Erzählungen einen wahren Kern enthielten? Oder war das nur reine Fantasie der Leute aus den früheren Jahrhunderten?

Solche Gedanken gingen Georg durch den Kopf, als er nach geraumer Weile aus dem Wald herauskam und über grüne Matten das Gebiet der Legföhren betrat. Den dürftig markierten alten Weg hatte er längst verlassen und es war hier oben nicht sonderlich schwierig, sich zu orientieren. Reste einer verfallenen Almhütte waren zu sehen. Das Plateau hatte er noch nicht erreicht, es waren vorher noch einige hügelige Erhebungen zu bewältigen. In einer halben Stunde würde er es geschafft haben. Vorher wollte er noch eine kleine Pause einlegen. Das Gras auf der Lichtung war trocken und lud geradezu zum Verweilen ein. Georg legte sich auf die Wiese und knüllte seinen Pullover als Unterlage für seinen Kopf zusammen. Bevor er sich hinlegte, nahm er noch einen kräftigen Schluck Schnaps den er in seinem Flachmann immer dabei hatte. Er blieb mit geschlossenen Augen liegen und genoss die Ruhe hier oben am Berg. Zeit und Raum hatten keine Bedeutung mehr für ihn. Er wusste gar nicht, wie lange er auf der Wiese gelegen hatte, als ihn plötzlich eine Stimme aus seinen Träumereien riss.

„Wer bist du? Woher kommst du? Und wo willst du hin?"

Erschrocken fuhr er auf und sah eine seltsam gekleidete Gestalt. Ein Mann von etwa fünfzig Jahren, in einem Gewand, wie es die Jäger vor Jahrhunderten trugen, stand da vor ihm. Er traute seinen Augen nicht. Hatte er zu viel Alkohol getrunken? War das die Wirkung des Schnapses, welcher ihm so etwas vorgaukelte?

Er rieb sich die Augen, als würde die Erscheinung dadurch gleich wieder verschwinden. Ja, er hatte in den letzten Jahren wohl doch ein bisschen zu viel dem Alkohol zugesprochen. Stellten sich deshalb nun schon Halluzinationen bei ihm ein?

Anstatt eine Antwort von Georg abzuwarten, sprach der Fremde: „Komm, ich will dir etwas zeigen. Du bist doch auf der Suche?" Georg war mittlerweile aufgestanden und schaute den Mann verwundert an. Wer war das bloß? Erst wollte er sich wieder umdrehen, doch seine Neugier war stärker, deshalb folgte er dem Mann. Der seltsame Fremde ging vor ihm her und bereits nach kurzer Zeit befanden sich die zwei in einem Dickicht von meterhohen Legföhren.

Zielstrebig schritt der seltsam Gekleidete auf einen Felsen zu, der sich zwischen den Nadelgewächsen befand.

Georg traute seinen Augen nicht. Wo zuvor noch der nackte, kahle Fels war, konnte man jetzt eine Türe erkennen. Es war eine schwere, eiserne Türe, aber sie war nicht rostig. Der Fremde öffnete das offensichtlich unversperrte Tor im Berg und ein Gang tat sich vor ihnen auf.

„Komm, ich will dir etwas zeigen", wiederholte er seine Aufforderung und ging zügig in den Gang hinein. Dieser war, obwohl man keinerlei Lichtquelle ausmachen konnte, gar nicht finster. Es war, als ob die Wände selbst eine Art Licht ausstrahlen würden. Nach wenigen Schritten gelangten sie in eine kleine Halle, von der aus zwei Gänge weiterführten. „Du hast nun die Wahl, möchtest du den linken, den einfacheren Weg gehen, oder entscheidest du dich für einen Pfad, der zwar nicht so bequem ist, bei welchem du aber die Chance zur Weiterentwicklung hast? Du kannst dort deine eigene Unzulänglichkeit erblicken."

Georg dachte darüber gar nicht nach. Wozu sollte er sich weiterentwickeln? Und Fehler hatte er ja keine, zumindest keine, die ihm das Leben schwer machten.

Für ihn war ohnehin alles optimal. Er war mit seinem Leben zufrieden. Er hatte einen guten Job, verdiente nicht schlecht, hatte immer einige Kästen Bier und Wein im Keller und sein Fernsehgerät lief viele Stunden am Tag.

Seine Frau, mit der er schon seit zwanzig Jahren verheiratet war, tat alle Arbeiten im Haus und sorgte zudem für sein Wohl. Was wollte er mehr?

Ohne lange zu zögern, deutete er auf den linken Gang, was der Fremde mit einem leichten Kopfnicken quittierte.

Sie brauchten auch diesmal nicht lange zu gehen, da kamen sie wieder ans Tageslicht. Die Gegend hier war Georg völlig unbekannt. Laute Blasmusik war zu hören, die aus einem kleinen Festzelt zu kommen schien, welches sich am Waldrand vor ihnen befand. Hier gab es sicher etwas zu trinken, dachte Georg und beschleunigte seine Schritte. Ein kühles Bier würde ihm jetzt wahrlich guttun.

„Du kannst ruhig in das Zelt hineingehen", ermahnte ihn sein Begleiter, „aber in einer Stunde musst du wieder zurück sein. Sonst verlierst du zu viel Zeit!"

Georg achtete aber kaum auf die Worte des Fremden und begab sich ins Festzelt. Dort setzte er sich an einen Tisch und von drallen Kellnerinnen wurde ihm ein Krug Bier nach dem anderen serviert. So hatte er es gerne. Dabei übersah er freilich die Zeit, welche wie im Fluge vergangen war. Georg schaute erschrocken auf seine Armbanduhr. Es waren bereits mehr als drei Stunden verstrichen. Rasch stand er auf und wollte sich auf den Heimweg machen. Er suchte nach seinem Begleiter, doch da war keine Spur mehr von dem Fremden. Er ging zurück auf die Wiese, von der sie gekommen waren, doch da war auch kein Eingang in den Berg mehr zu sehen. Die fünf Krüge Bier, die er im Zelt getrunken hatte, zeigten zudem jetzt ihre Wirkung. Er wurde müde. Georg setzte sich verzweifelt ins Gras. Es begann allmählich dämmrig zu werden.

Er haderte mit sich selbst. Weshalb hatte er nicht auf die Warnung des Mannes gehört, der ihn hierher gebracht hatte? Schließlich übermannte ihn eine bleierne Müdigkeit und er schlief auf der Wiese ein.

Ein leises Zirpen weckte Georg. Er setzte sich auf und rieb sich die Augen.

Er befand sich wieder auf der Wiese vor den hohen Legföhren. Wahrscheinlich war er eingeschlafen und hatte das alles nur geträumt. Geträumt von einem alten Jäger, der ihn durch einen verborgenen Gang zu einer Wiese mit einem Festzelt geführt hatte. Dort war das Bier in Strömen geflossen und er konnte trinken, soviel er wollte. Ja freilich musste das alles ein Traum gewesen sein. Er rieb sich seine Augen erneut und beschloss, sein Vorhaben, auf das Plateau zu steigen, aufzugeben und wieder hinunter ins Tal zu gehen.

Nach geraumer Zeit kam er unten an der Straße an. Doch da waren weder sein Wagen noch das Gasthaus, neben dem er sein Auto geparkt hatte, zu sehen.

Zu Fuß machte er sich zum nächsten Dorf auf, doch auch hier sah alles ganz anders aus, als er es in Erinnerung hatte.

Als er nach einem langen Fußmarsch schließlich wieder in sein Dorf kam, konnte er sein Haus nicht mehr finden. Er begab sich zum Gemeindeamt. Auch das sah jetzt völlig anders aus. Auf seine Fragen wurde ihm nur mitgeteilt, dass ein gewisser Georg vor langer Zeit am Untersberg verschollen war und nie wieder aufgetaucht sei. Auch eine groß angelegte Suchaktion, welche damals gestartet wurde, hatte keinen Erfolg.

Wann denn das alles geschehen sei, wollte er wissen. Die Antwort war niederschmetternd. „Das passierte vor dreiundzwanzig Jahren, im Sommer des Jahres 2012. Er wurde schließlich für tot erklärt. Seine Frau hatte nach einigen Jahren wieder geheiratet und war mit ihrer Tochter von hier weggezogen. Nachdem seine Eltern gestorben waren, erbte seine Schwester Georgs ehemaliges Haus."

Sein Haus, sein Job, seine Frau, das alles gab es nicht mehr für ihn. Jetzt wurde ihm bewusst, dass er alles verloren hatte. Er bekam glasige Augen und fing an zu weinen.

KAPITEL 1

▲

SAN BORONDON

Ein kühler Wind von Nordwesten ließ die weit ausladenden Blätter der Palmen, die den Rand des kleinen Flugplatzes von El Berriel säumten, erzittern. Wolf startete den Motor des Flugzeuges. Die kleine Piper rollte zur Startbahn hinaus. Auch diesmal war Raiko sein Copilot und bediente wie immer das Funkgerät. Am Beginn der Rollbahn hielt Wolf die Maschine an und checkte nochmals die Instrumente. Nachdem er die Startfreigabe erhalten hatte, schob er den Gashebel zügig nach vorne, der Motor heulte auf, die Piper rollte los und schon nach knapp zweihundert Metern hob das Flugzeug von der schmalen Asphaltpiste ab. Nachdem sie eine Höhe von eintausend Fuß erreicht hatten, ging es nun wieder zurück in Richtung Südspitze von Gran Canaria. Tief unter ihnen lagen die Dünen von Maspalomas und wie Ameisen tummelten sich schon jetzt, am frühen Vormittag, unzählige Touristen am Strand.

Wolf hatte kaum Augen für die ihm so wohlbekannte Gegend. Er war in Gedanken mit der Frage beschäftigt, ob sie auch heute die geheimnisumwobene Insel San Borondon wieder sehen würden. Im Vorjahr hatten sie ja dieses Eiland hinter einer Nebelbank entdeckt. Wolf wusste, dass die letzten GPS-Daten, bevor sie damals in den Nebel gerieten, noch gespeichert waren, und so dürfte es ein Leichtes sein, die Stelle wiederzufinden. Kurz nach Überfliegen des kleinen Hafens von Puerto Mogan nahm er direkten Kurs auf die Südspitze der Insel La Palma.

Nachdem sie die Insel Teneriffa passiert hatten, kam auf der linken Seite La Gomera in Sicht. Wolf wollte westlich an dieser Insel vorbeifliegen, was für sie auch keinen Umweg bedeutete. Nachdem der dortige Flughafen am südlichen Ende der Insel zu sehen war, flogen sie kurz darauf am alten Rollfeld von Gomera vorbei. Fernandez, der ehemalige Flugschulleiter von El Berriel, hatte Wolf schon vor Jahren den Anflug auf die dortige Landebahn erklärt. Diese Graspiste lag etwas tiefer als der neu erbaute, moderne Flugplatz. In knapp einhundertsiebzig Metern über dem Meer war da eine nur vierhundertfünfzig Meter lange Graspiste, an deren Ende es fast senkrecht in den Atlantik hinunterging. Um hier zu landen, bedurfte es guter Nerven des Piloten. Es musste exakt am Beginn der Rollbahn aufgesetzt werden, wollte man nicht Gefahr laufen, an deren Ende in den Abgrund zu stürzen. Fernandez war hier oft gelandet, auch damals, als er San Borondon entdeckte.

Sie ließen La Gomera hinter sich und zwanzig Minuten später erreichten sie bereits die Südspitze von La Palma. Rechts ragte die Kraterkette steil aus dem Meer empor. Es waren längst erloschene Vulkane, welche aber dennoch Furcht einflößend den Anblick der Insel prägten.

Von hier aus sollten es laut GPS nur noch siebzehn Meilen bis zum geheimnisvollen Eiland San Borondon sein. Aber weder eine Wolkenbank noch sonst ein Nebel war am Horizont zu sehen. Mit verminderter Fahrt ließ Wolf den Flieger bis auf einhundert Meter über den Atlantik sinken. Es war aber rein gar nichts von der Insel zu sehen. Irgendwie enttäuscht drehte er einen Vollkreis und flog dann wieder zurück in Richtung des Flughafens von La Palma.

„Sag denen da unten Bescheid, dass wir landen werden", meinte Wolf zu Raiko, „ich möchte hierbleiben. Du kannst die Maschine nach Gran Canaria zurückfliegen und mich in zwei Tagen wieder abholen."

Raiko erhielt die Landeerlaubnis und Wolf begann mit dem Anflug auf den Airport von La Palma.

„Pass aber auf die Fallwinde auf", sagte Raiko in ernstem Ton, „die können hier mitunter recht heftig ausfallen. Wenn du willst, kann auch ich landen."

„Es geht schon", erwiderte Wolf und hielt das Flugzeug im kurzen Endanflug auf die Landebahn sauber in der Luft.

Der Wind war nicht sonderlich stark und so setzten sie auch anstandslos auf dem ersten Drittel der Piste auf.

Während Raiko die Landeformalitäten erledigte und den Flugplan für die Rückkehr nach Gran Canaria in den Computer tippte, ging Wolf zum Schalter der Mietwagenfirma und besorgte sich kurzerhand einen Wagen.

Als die beiden anschließend bei einem Kaffee an der Bar saßen, fragte Raiko:

„Was hast du eigentlich vor? Weshalb willst du zwei Tage hierbleiben?"

„Ich möchte mich bloß ein wenig umsehen", antwortete Wolf. „Hol mich einfach übermorgen um die gleiche Zeit wieder ab."

„Das hat sicher etwas mit San Borondon zu tun", sagte Raiko mit einem fragenden Blick, „aber glaubst du wirklich, dass du hier auf La Palma etwas darüber erfahren kannst?"

„Das werde ich herausfinden", meinte Wolf lapidar und lachte dabei. Nachdem der junge Spanier mit der Piper wieder in Richtung Gran Canaria gestartet war, ging Wolf zum Parkplatz und holte sich seinen Mietwagen. Der Tank war noch halb voll und so konnte er damit direkt bis nach Tazacorte fahren. Der Ort Tazacorte lag an der steilen Westküste. Der Weg dorthin führte über die Berge. Es war eine sehr gut ausgebaute Straße und nach kaum einer Stunde Fahrtzeit erreichte Wolf sein Ziel. Es gab dort bezeichnenderweise einen Ortsteil mit dem Namen „San Borondon". Hier wollte er sich eine Unterkunft für zwei Nächte suchen. Es war nicht schwierig und rasch wurde er fündig. Er fand ein Zimmer in einer kleinen Pension. Vom Balkon aus konnte Wolf tief hinunter aufs Meer sehen. Der frische

Wind, welcher die salzige Luft vom Atlantik heraufwehte, war angenehm. Jetzt wollte er noch etwas essen gehen.
In einem nahe gelegenen Restaurant ließ er sich eine Paella schmecken. Der Wirt, ein Spanier in mittleren Jahren, konnte recht gut Englisch und Wolf fragte ihn, ob er schon einmal etwas über die Insel San Borondon gehört hatte.
„Natürlich", meinte der Wirt, „jeder hier kennt die Erzählungen von dem verwunschenen Eiland, das zuweilen plötzlich aus dem Meer auftaucht und dann ebenso rasch wieder verschwindet." Er sagte das mit einem breiten Grinsen im Gesicht und es war ihm anzusehen, dass er diese Geschichte überhaupt nicht ernst nahm.
Bevor Wolf aber noch etwas darauf antworten konnte, mischte sich ein zufällig anwesender Gast am Nebentisch in das Gespräch. „Sie interessieren sich für San Borondon?", fragte der Fremde und zog dabei seine Augenbrauen etwas zusammen.
„Ja, ich bin extra deswegen hierhergekommen. Ich möcht mehr darüber erfahren, als in den Reiseführern steht."
„Vielleicht kann ich Ihnen helfen", erwiderte der Mann mit einem geheimnisvollen Lächeln. Der Wirt war inzwischen wieder in die Küche gegangen und der Fremde setzte sich zu Wolf an den Tisch.
„Ich kenne hier einen alten Fischer, Perez ist sein Name. Er war früher Seemann und ist schon auf sämtlichen Meeren der Erde herumgefahren, bis er sich hier auf La Palma ein kleines Häuschen gebaut hat. Man erzählt sich von ihm, dass er schon einmal auf der Insel San Borondon gewesen sein soll.
Seither hat er nur noch dieses Eiland im Sinn. Auf der kleinen Terrasse seines Hauses hat er ein altes Fernrohr aufgestellt. Mit dem schaut er immer wieder aufs Meer hinaus, als würde er San Borondon suchen."
„Und Sie glauben, er war wirklich auf der Insel?", staunend blickte Wolf auf sein Gegenüber.

„Wissen Sie", fuhr der Fremde fort, „genau sagen kann das niemand, aber man erzählt sich so allerlei über Perez. Am besten ist, Sie fahren selber zu ihm, es ist nicht sehr weit von hier und er freut sich bestimmt, wenn er Besuch bekommt. Vielleicht kann er Ihnen auf der Suche nach San Borondon behilflich sein?"
Wolf ließ sich den Weg zum Haus des Perez beschreiben. Nach dem Essen verabschiedete er sich von dem Mann und fuhr los. Die vorerst noch asphaltierte Straße wurde nach einer Weile zu einem schmalen Fahrweg und schließlich zu einem besseren Eselpfad, auf dem der Wagen gerade noch Platz hatte. Dann kam aber auch schon das kleine Haus von Perez in Sicht. Die letzten fünfzig Meter musste Wolf zu Fuß gehen. Er klopfte an die grün gestrichene Tür und nach kurzem Warten öffnete ihm ein älterer, braun gebrannter Mann. „Sind Sie Perez?", fragte ihn Wolf auf Englisch, worauf dieser nur nickte.
„Kommen Sie herein", antwortete Perez und führte Wolf in eine recht wohnlich eingerichtete Stube im katalonischen Stil.
„Was führt Sie zu mir?", fragte der alte Seemann, während er einen Krug mit Wein und etwas Brot auf den Tisch stellte. Sie setzten sich und Wolf erzählte ihm alles, was er bisher von der Insel San Borondon in Erfahrung gebracht und auch selbst erlebt hatte.
Aufmerksam hörte Perez zu, nahm einen kräftigen Schluck aus seinem Becher und begann zu erzählen:
„Sie müssen wissen, ich fuhr schon in jungen Jahren zur See. Rund um Afrika, durch den Suezkanal, ja bis Australien und Japan bin ich gekommen.
Mit der Zeit wurde mir das Leben als Seemann zu beschwerlich, daher kaufte ich ein kleines Boot und wurde Fischer, hier auf La Palma. Freilich verdiente ich da nicht mehr so viel wie als Seemann, aber zum Leben reichte das vollkommen aus und ich hatte es ruhiger und genoss mein Dasein. Bis zu jenem Tag, als ich alleine mit meinem Boot vor der Südspitze La Palmas unterwegs war und in eine

dichte Nebelbank geriet. GPS gab es damals noch nicht und ich verlor für kurze Zeit die Orientierung, weil der Kompass plötzlich verrücktspielte. Es war ruhige See und es bestand auch keine Gefahr für das Boot. Ich konnte ja nicht weit von La Palma entfernt sein, dachte ich. Die Maschine tuckerte gewohnt ruhig dahin und ich wartete einfach ab, ob sich der Nebel nicht lichten würde. Plötzlich tauchte an Backbord schemenhaft eine Vulkaninsel auf. Das war aber unmöglich, denn hier vor La Palma gab es keine Insel in dieser Entfernung und Gomera oder Hierro waren ja viel weiter weg, als ich in dieser kurzen Zeit gekommen sein konnte. Ich steuerte die „Antares", wie mein Boot hieß, geradewegs auf die Insel zu. Die See war jetzt spiegelglatt und die beiden erloschenen Vulkane auf der Insel ragten drohend in die Nebelschwaden hinauf. Neugierig geworden, lenkte ich mein Boot an der zerklüfteten Steilküste um die Insel. Je weiter ich herumfuhr, desto flacher wurde die Gegend, und schließlich entdeckte ich drei Türme, welche wie ägyptische Obelisken emporragten. Sie waren an die zwanzig Meter hoch und trugen auf ihrer Spitze gläserne Pyramiden. Als ich noch näher herankam, konnte ich drei kuppelförmige Gebäude dazwischen erkennen. Davor lag ein kleiner Hafen mit einer Steinmauer, aber es waren keine Schiffe dort. Irgendwie kam mir das Ganze sehr merkwürdig vor und ich wollte die Antares gerade wieder von dieser Insel wegsteuern. Da konnte ich hinter einer kleinen Landzunge vier vor Anker liegende U-Boote sehen. Es musste sich dabei um ziemlich alte Boote handeln, und sie besaßen sogar zwei am Turm aufgebaute Geschütze. Ich glaube, dass es deutsche U-Boote aus dem Zweiten Weltkrieg waren. Sehr schlank gebaut und etwa siebzig Meter lang. Wie die dorthin gekommen sind, ist mir allerdings unerklärlich. Ich machte mich, so rasch ich konnte, auf den Rückweg. Tatsächlich kam ich bereits nach einer Viertelstunde wieder aus dem Nebel heraus und erblickte von ferne wieder La Palma. Ich hatte absolut keine Ahnung, was da geschehen war. Ich war froh, als ich die schwarzen Strände von Tazacorte wieder sah und ich die Antares wieder im Hafen vertäuen konnte."

Perez brach ein Stück vom Weißbrot ab und fuhr fort: „Am nächsten Tag suchte ich mit dem Fernglas das Meer ab, konnte aber keine Spur mehr von der geheimnisvollen Insel entdecken."

Wolf ahnte bereits, dass es sich bei den U-Booten, von denen Perez berichtete, um Schiffe der deutschen Kriegsmarine handeln musste. Mit zwei Geschützen am Turm waren es wahrscheinlich Boote der Serie XXI, welche vor Kriegsende unter Ausnützung des Zeitphänomens in einer fernen Vergangenheit versteckt wurden, so wie ihm der General letztes Jahr erzählt hatte.

Er nahm einen Schluck vom spanischen Wein und meinte zu Perez: „Ja, aber zumindest waren Sie bei dieser Insel und haben sie hautnah gesehen, so wie ich im Vorjahr mit dem kleinen Flugzeug", er rieb sich nachdenklich die Stirn, „und Sie werden San Borondon, denn darum dürfte es sich ja dabei handeln, immer in Erinnerung behalten."

„Nicht nur in der Erinnerung", erwiderte Perez, „ich habe da ein kleines Geheimnis, das ich normalerweise niemandem verrate. Sie aber haben San Borondon ja auch schon selbst gesehen und nur deshalb zeige ich Ihnen jetzt etwas."

Wolf war gespannt, was der alte Fischer da für ein Geheimnis haben würde, und sah ihm interessiert nach, wie er zur Tür hinaus auf seine Terrasse ging.

„Kommen Sie zu mir heraus", rief Perez und zog bei diesen Worten die Abdeckung eines zwei Meter langen Fernrohrs herunter. Er hatte es auf einem Stativ fix montiert und nach Süden ausgerichtet.

„Damit kann ich die Insel manchmal sehen. Meistens geschieht das in den Morgenstunden oder in der Abenddämmerung, aber auch nur dann, wenn dort draußen Nebelbänke zu sehen sind. Jetzt ist leider kein Nebel über dem Wasser, aber ich mache Ihnen einen Vorschlag, kommen Sie morgen zeitig früh, so gegen sechs Uhr. Vielleicht haben wir Glück."

Da behauptete dieser Perez, er könne San Borondon sehen! Von La Palma aus. Wie sollte das möglich sein? War das Fernrohr etwa so etwas wie das Chronoskop des Generals, mit dem man in die Vergangenheit blicken konnte? Offenbar existierte diese Insel ja nicht in der Gegenwart, sondern viele Tausend Jahre in der Vergangenheit. Alle möglichen Gedanken schwirrten durch seinen Kopf. Er sah nochmals auf das große Messingfernrohr. Rasch verwarf er den Vergleich mit dem Chronoskop wieder. Aber nein, das hier war doch ein ganz gewöhnliches Teleskop, ein bisschen groß vielleicht, aber eben nur ein Fernrohr. Wahrscheinlich kam es auf den Winkel an, dachte Wolf. Vielleicht konnte man die Insel nur unter einem bestimmten Betrachtungswinkel sehen. Aber auch nur dann, wenn dort draußen Nebel herrschte.

Sie gingen wieder ins Haus zurück. Perez begleitete ihn noch zu seinem Wagen. „Also dann, bis morgen früh." Mit diesen Worten verabschiedete er sich.

Wolf nahm Perez' Einladung gerne an, versprach, pünktlich da zu sein, und machte sich auf den Rückweg zur Pension.

Früh am Morgen fuhr er los. Weit unten am kleinen Hafen von Tazacorte herrschte bereits reges Treiben. Der Fang einiger Fischerboote, welche die Nacht über draußen waren, wurde emsig entladen. Oben auf den Wegen am Hang war aber weit und breit noch niemand zu sehen. Er hatte nicht weit zu fahren und war rasch wieder beim kleinen Haus von Perez angelangt. Wolf stieg aus dem Wagen.

Es war windstill, kein Lufthauch war zu spüren. Der Tau der Nacht lag noch auf den Grashalmen. Während er zwischen den Olivenbäumen zum Haus ging, schaute er hinunter auf den Atlantik. Tatsächlich lag jetzt eine Art Nebel weit draußen über dem Meer. Oder war das nur Dunst, der fast jeden Morgen über dem Wasser zu sehen war?

Wolf wurde jäh aus seinen Gedanken gerissen, als Perez plötzlich die Tür öffnete und ihn begrüßte. „Wir haben Glück, kommen Sie herein und sehen Sie selbst."

Perez hatte bereits die Plane vom Fernrohr heruntergenommen und führte Wolf auf die Terrasse hinaus. Mit bloßem Auge konnte man nur einige Nebelschwaden am Horizont erblicken.

Perez schaute durch das Fernrohr, stellte es offensichtlich genau ein und bedeutete Wolf, auch hindurchzusehen.

„Das gibts ja nicht!", entfuhr es Wolf, als er die beiden Vulkane von San Borondon erblickte. „Ja, das ist die Insel, die ich im vorigen Jahr vom Flugzeug aus gesehen habe."

Perez lächelte. „Ich freue mich, dass wir Glück gehabt haben und Sie sich selbst davon überzeugen konnten von dem, was ich Ihnen gestern Abend erzählt habe. Manchmal sieht man wochenlang gar nichts, aber womit das zusammenhängt, weiß ich nicht.

Es ist so, Sie haben jetzt San Borondon gesehen, aber glauben Sie ja nicht, dass wir nun mit einem Schiff auch dorthin fahren könnten. Wir würden dort nichts finden, nur die endlosen Weiten des Atlantiks."

Wolf war erstaunt, denn mit dem Flugzeug hatte er selbst ja auch dorthin gefunden. Und jetzt meinte Perez, dass da nichts zu sehen wäre.

Bevor er ihn noch etwas fragen konnte, meinte der alte Fischer: „Wie schon gesagt, ich vermute, dass es, zumindest sehr oft, auf den Betrachtungswinkel ankommt.

Ich habe im Laufe meines Lebens feststellen müssen, dass es doch mit fast allen Dingen so ist. Der eigene Standpunkt und die Position des Objekts, welches man sich ansieht, bestimmen dessen Eigenschaften. Verzeihen Sie, wenn ich jetzt etwas ins Philosophieren geraten bin.

Auch mit dem Flugzeug hatten Sie einen anderen Winkel als ich von der See aus. Und hier oben am Berg schauen wir in einem ähnlichen Blickwinkel in Richtung San Borondon. Das wäre zumindest eine Erklärung, weshalb man nicht immer dasselbe sieht. Weshalb man aber auch zuweilen auf dem Meer dorthin gelangen kann, ist mir wie gesagt ein Rätsel."

Mittlerweile war eine leichte Brise aufgekommen und die Nebelbänke lösten sich allmählich auf. Als Wolf nochmals durch das Teleskop schaute, war die Insel bereits verschwunden. Verschwunden in der Zeit.

Perez, dem Wolfs erstaunter Blick nicht entgangen war, meinte: „Ja, so ist es immer, bei klarem Wetter, wenn man glaubt, beste Sicht zu haben, dann ist sie weg. Ich habe schon lange nichts mehr darüber erzählt. Die Leute hier halten mich ohnehin schon für verrückt, seit ich damals vor vielen Jahren davon berichtete, dass ich die Insel gefunden habe.

Sie wollten alle mit mir hinausfahren und ich sollte ihnen zumindest die Stelle zeigen, wo sich San Borondon befindet. Aber das war unmöglich.

Erst viel später habe ich bei einer Wanderung hier am Berg mit einem kleinen Teleskop die Vulkane von San Borondon gesehen. Aus diesem Grund musste ich mir auch hier an diesem Platz mein Häuschen bauen. Es ist eine der wenigen Stellen, an der dieses unglaubliche Phänomen auftritt. Eines Tages werde ich wieder zur Insel fahren, aber dann gehe ich auch dort an Land. Ich möchte nur zu gerne wissen, was diese Türme und Kuppelbauten bedeuten."

Wolf war tief beeindruckt von dem soeben Gesehenen und davon, was ihm der Fischer erzählt hatte. Er bedankte sich überschwänglich bei ihm und versprach, ihn zu informieren, falls er noch etwas herausfinden würde. Perez hatte sogar eine E-Mail-Adresse und tauschte diese mit Wolf aus. Sie würden in Kontakt bleiben.

Wolf verbrachte den Rest des Tages mit einer Fahrt in den Süden der Insel.

Insgeheim hegte er die Hoffnung, von irgendeiner Stelle der Straße doch noch San Borondon sehen zu können. Stattdessen ragten auf der linken Seite einige beeindruckende Vulkane empor.

Am nächsten Vormittag fuhr er wieder zum Flughafen von La Palma, gab dort seinen Mietwagen zurück und wartete im Café auf Raiko. Pünktlich war dieser mit der kleinen Piper wieder zur Stelle und wollte sofort von Wolf wissen, ob er etwas Neues über San Borondon herausgefunden hätte.

„Weißt du, ich habe mit einigen Leuten gesprochen, aber die halten das allesamt für eine nette Geschichte und nicht mehr", erklärte er ihm, während sie in einer Höhe von fünftausend Fuß auf Gran Canaria zuflogen. Wolf wollte ihm nichts von Perez erzählen. Raiko hätte das ohnehin nicht verstanden. Auch zu Hause würde er lediglich Silvia etwas davon sagen. Sie war doch die Einzige, welche über die Hintergründe dieser Zeitanomalie Bescheid wusste.

Er hatte aber bereits den Entschluss gefasst, Perez eines Tages wieder zu besuchen. Würde er ihn wiederfinden oder könnte es einmal heißen, der alte Perez sei mit seinem Schiff, der Antares, in den Weiten des Atlantiks verschollen?

Wolf hatte da bereits so eine Ahnung.

KAPITEL 2

▲

DORT, WO DAS WASSER ÜBER DAS WASSER FLIESST ...

Eine Kurzmitteilung von Becker erschien auf Wolfs Handy. Der Illuminat wollte ihm persönlich etwas mitteilen und sich deshalb mit ihm im Schlossgasthof Aigen treffen. Wolf wollte Linda zu dieser Zusammenkunft mitnehmen. Sie kannte Becker ohnehin und dieser würde sicherlich nichts dagegen haben, wenn die Lehrerin bei diesem Treffen mit dabei wäre.

Auch diesmal war Becker schon in der Gaststube und erwartete die beiden bereits. Der Illuminat begann ohne lange Vorreden:

„Es ist nun eine Weile her, seitdem wir uns getroffen haben, und es zeigen sich bereits erste Anzeichen auf eine bevorstehende Veränderung."

Offensichtlich meinte Becker das Treffen mit Wolf im Hochsicherheitsarchiv der Bundesregierung.

„Sie sollten bei Ihrer nächsten Zusammenkunft mit dem General unbedingt darauf achten, dass er über die schon erfolgte Veränderung der zukünftigen Ereignisse unterrichtet wird. Nur so ist gewährleistet, dass er rasch die richtigen Entscheidungen treffen kann. Auch diese sind sehr wichtig."

Linda schien mit den Worten des Illuminaten kaum etwas anfangen zu können, was dieser auch bemerkte.

Deshalb ergänzte dieser zu Linda gewandt:

„Kammler braucht Ihre Mithilfe zur Kontaktaufnahme mit den Anderen nicht mehr. Das erledigen wir selbst. Er wird von uns jede Unterstützung erhalten, die er braucht."

Irgendwie sprach Becker in Rätseln, dachte Wolf. Sie sollten den General über die bereits erfolgten zukünftigen Veränderungen unterrichten und die Anderen würden ihm ihre Hilfe zuteilwerden lassen. Wolf wollte darüber gar nicht mehr nachdenken, zu viel von den Ereignissen der letzten Zeit war von Geheimnissen umgeben, in welche er nicht vordringen konnte. Er würde einfach nur das tun, was Becker verlangte. Zu ihm konnte er Vertrauen haben.

Seit seinem letzten Gespräch mit dem Illuminaten in dem unterirdischen Archiv der Bundesregierung und den Hologramm Sequenzen, in denen Wolf Ausschnitte aus seinem Leben sehen konnte, war er sich der Integrität Beckers sicher.

„Versuchen Sie, den General davon zu überzeugen, dass N3 nicht mehr gebraucht wird."

Wolf antwortete: „Das will ich gerne tun, in Kürze wird er sich ohnehin bei mir melden."

Linda schaute Becker etwas ratlos an, für sie sprach er in Rätseln.

„Eine spezielle Frage hätte ich da an Sie", sagte Wolf, „gibt es für uns eine Möglichkeit, den unteren Eingang zur Station des Generals zu finden?"

Becker schaute Wolf mit einem Lächeln auf seinem Gesicht an und meinte: „Ich würde sagen, Sie wissen bereits, wo sich dieses Tor befindet. Vielleicht sind Sie sich dessen nur noch nicht bewusst. Ich kann Ihnen als kleine Hilfe nur so viel dazu sagen: Dort, wo das Wasser über das Wasser fließt, dort ist das Tor zur Station." Bei diesen Worten hielt er seine beiden Unterarme rechtwinklig gekreuzt in die Höhe. „Aber es ist keine gewöhnliche Tür, es ist ein Dimensionstor, welches ähnlich wie ein Zeitportal funktioniert, nur eben, dass man dabei nicht nur in eine andere Zeit wechselt, sondern sich auch räumlich bewegt. Das können einige Meter sein, aber auch Tausende Kilometer. Die Entfernung spielt dabei keine Rolle. Eine äußerst wirksame Maßnahme, um sich vor ungebetenen Besuchern zu schützen. Selbst Grimmig und seine BVT-Leute könnten mit ihrer

Technik dort nichts ausrichten. Der General hat Ihnen auch nicht deshalb die Augen verbunden, damit Sie den Eingang nicht verraten können. Nein, er wollte Ihnen den Schock ersparen, durch ein Dimensionstor zu schreiten.

Er konnte ja nicht ahnen, dass Sie beide bereits im Vorjahr in der Hologrammhöhle waren und damals schon durch so ein Dimensionstor gegangen sind. Als Sie im Jahr 2029 bei dem Kloster herauskamen, war das nicht hier am Untersberg. Sie sahen da eine ganz andere Gegend.

Und auch der Ausgang nach Südamerika brachte Sie in eine Zeit vor mehr als eintausend Jahren, in einen Urwald am Wasserfall, dort wo der Wilde Sie mit dem Steinbeil angreifen wollte. Auch damals sind Sie beide durch ein Dimensionstor gegangen."

Wie konnte Becker das alles wissen? Sie hatten doch bisher mit niemandem über ihre Erlebnisse bei der Hologrammhöhle gesprochen. Wolf wunderte sich ohnehin nicht mehr über das Wissen des Illuminaten. Dieser war anscheinend über alles informiert, zumindest was Wolf und Linda betraf.

Wo das Wasser über das Wasser fließt ... Wolf ließen diese kryptischen Worte Beckers keine Ruhe. Was sollte das bedeuten? Ein Gleichnis?

Wie zu erwarten, lieferte dieser die Antwort, noch bevor Wolf seine Frage formulieren konnte:

„Nein, das ist real und kein Gleichnis! Dort am Fuß des Untersberges, ganz in der Nähe vom alten Gasthof, ist eine Stelle, da fließt das Wasser über das Wasser. Suchen Sie danach, Sie werden den Ort mit Sicherheit finden.

Das Dimensionstor können Sie aber nicht sehen. Und doch befindet es sich unmittelbar daneben."

Becker nahm einen Schluck aus seinem Glas.

„Und noch etwas, Sie werden in naher Zukunft von sehr vielen Leuten kontaktiert werden. In gewissem Sinne ist das auch gut so, denn das Geheimnis des Berges zieht Unzählige in seinen Bann. Schauen Sie genau, wem Sie welche Informationen geben. Manche suchen nur das

Gold des Generals, andere sind an dem Uranoxid interessiert, wieder andere sind hinter den Zeitphänomenen her. Aber es gibt auch genug Leute, denen es ein großes Anliegen ist, das Mysterium des Untersberges zu ergründen. Jene werden mithelfen, seine Macht zu aktivieren. Diesen Menschen können Sie alles darüber erzählen, aber wie gesagt, seien Sie auf der Hut. Im Übrigen ist auch das BVT nach wie vor massiv an Ihnen interessiert. Ich werde Ihnen daher eine Liste mit Fotos und persönlichen Daten der observierenden Mitarbeiter zukommen lassen. Ich bin sicher, Sie werden erstaunt sein, wer da alles auf der Gehaltsliste vom Verfassungsschutz steht. Reden Sie aber mit niemandem darüber und zeigen Sie diese Liste auch nicht her. Nun ist es aber Zeit für mich zu gehen."

Mit diesen Worten verließ Becker die beiden und ging aus dem Lokal.

„Ich würde brennend gerne wissen, wer dieser Becker eigentlich ist. Illuminat, Mitglied der Bundesregierung oder einer von den „Anderen"? Und vor allem: Wer sollen diese Anderen schon sein?", fragte Linda.

„Es ist auch verwunderlich, dass er mir die Fotos mit Namen und Adressen von den BVT-Leuten zukommen lassen kann. Ich bin schon neugierig, wer da alles dabei ist."

Wolf blickte sie ernst an und sprach: „Ich habe keine Ahnung, aber ich soll sie niemandem zeigen, hat er gesagt, und damit bist auch du gemeint." Er fasste sich ans Kinn, zog seine Augenbrauen zusammen, so als würde er scharf nachdenken, und meinte dann: „Ich glaube, ich weiß jetzt, wo die Stelle ist, an der das Wasser über das Wasser fließt."

„Das musst du mir unbedingt zeigen, wenn wir das nächste Mal beim alten Gasthof sind", sagte Linda mit einem treuherzigen Augenaufschlag.

„Die Stelle kann ich dir schon zeigen, aber ich glaube kaum, dass wir dazu imstande sein werden, dieses Tor zu öffnen, geschweige denn, dass wir hindurchgehen können. Ich kann mir aber sehr gut vorstellen, wie dieser Mechanismus funktionieren dürfte."

KAPITEL 3

▲

DER RING DER ISAIS

Als Wolf Linda das nächste Mal besuchte, war das Gesprächsthema der beiden wieder einmal der Untersberg.

„Ich glaube, dass wir mehrere Personen sein sollten, die zur Aktivierung des Berges beitragen können", sagte Wolf zu Linda, „denn je mehr Leute es sind, desto leichter müsste es doch möglich sein."

„Davon hat Becker eigentlich nichts gesagt", erwiderte die Lehrerin, „aber auch nichts Gegenteiliges. Nachdem wir bei dem Ritual in der alten Kapelle ja auch sechs Personen waren, könnten wir doch einen kleinen Kreis bilden, um so vielleicht wirkungsvoller etwas zu erreichen. Hast du dabei an bestimmte Leute gedacht?"

„Nun, Tino, der Australier, scheidet wohl aus Entfernungsgründen aus, ebenso unsere beiden Freunde aus Norddeutschland, die wohnen einfach zu weit weg. Aber wie wäre es mit unseren beiden Polizisten, Herbert und Elisabeth, die leben doch ganz in der Nähe?", meinte Wolf.

Linda schaute nachdenklich und antwortete schließlich fast resignierend: „Dann wären wir erst vier Personen. Sechs, wie damals beim Ritual, wären aber schon viel besser."

„Ich habe da eine Idee", sagte Wolf, „der Architekt Graf Peter vom Palfen und die Claudia, die zwei wohnen ebenfalls am Fuße des Untersberges. Die beiden haben doch auch schon öfter ihr Interesse an den Geheimnissen des Berges bekundet. Ich werde sie bei Gelegenheit fragen, ob sie mitmachen möchten. Die würden auch ganz gut dazu passen. Wir könnten unsere Gemeinschaft dann den „Ring der Isais" nennen, das wäre doch ein würdiger Name für diesen Kreis. Wir könnten uns dann Goldringe anfertigen lassen, ähnlich Siegelringen, welche auf der Platte den Isais-Blitz eingraviert haben."

Linda ergänzte: „Ja, das hört sich gut an – und in der Mitte des Ringes soll sich ein schwarzer Diamant befinden, als Symbol für den Schwarzen Stein im Berg und in Erinnerung an ‚die Herren vom Schwarzen Stein'."

Nachdem Wolf in der darauffolgenden Woche von allen infrage kommenden Mitgliedern ein freudiges Einverständnis erhalten hatte, begann er mit den Vorbereitungen. Die Ringe in den richtigen Größen mussten besorgt werden, ebenso die drei Millimeter großen, schwarzen Diamanten. Als er schließlich alles beisammenhatte, fuhr Wolf damit zu einer ihm gut bekannten Goldschmiedemeisterin und erklärte ihr, wie die Ringe auszusehen hatten.

Eine Vorlage des Isais-Blitzes musste noch für den Graveur gefunden werden. Schließlich sollte dieses Zeichen ja nicht maschinell, sondern von Hand, mittels eines Stichels, graviert werden, so wie es auch schon vor Jahrhunderten gemacht wurde.

Wolf wollte zu seinem Vorhaben noch den Rat Beckers einholen. Er rief ihn an und erklärte ihm seine Absicht.

Die Antwort des Illuminaten fiel seltsam aus.

„Ihr solltet aber nur fünf Ringe aus Gold nehmen, der sechste, der Ring für den Architekten, den Grafen vom Palfen, müsste aus Silber gefertigt sein. Und von den fünf Goldringen soll einer ohne den schwarzen Diamanten sein. Das ist der Ring für Claudia, denn sie trägt bereits das Zeichen der Isais und so soll auch ihr goldener Ring nur das Siegel auf der Platte haben. Ihr Ring beinhaltet alle sechs Ringe gemeinsam."

Wolf verstand zwar nicht, weshalb das so sein sollte, wollte es aber dennoch so tun, wie Becker gesagt hatte.

Es dauerte noch geraume Zeit, bis alles fertig war. Die erste Zusammenkunft des „Ringes der Isais" würde rein zufällig exakt zur Wintersonnenwende stattfinden. Am Abend des kürzesten Tages des Jahres. Ab diesem Zeitpunkt begann die Kraft des Lichtes wieder stärker zu werden. Es würde ein Symbol sein. Und bei diesem Treffen sollten dann auch alle ihre Ringe erhalten. Für diesen feierlichen Akt hatte Wolf den würdigen Rahmen eines Rituals gewählt.

Und so geschah es dann auch. Am Abend des einundzwanzigsten Dezember wehte ein heftiger Schneesturm und das Heulen des Windes klang schaurig bis in den behaglich warmen Raum herein, in dem die kleine Gruppe das Ritual durchführen wollte. Durch das riesige Fenster von Wolfs Haus, von dem man sonst genau auf den Untersberg sah, konnte man jetzt nur dichte Schneeflocken sehen.

Linda, welche Wolf beim Aufbau des Tisches half, während sie auf das Eintreffen der anderen warteten, blickte etwas verwundert zu ihm und fragte:

„Was soll denn das Notebook hier am Ritualtisch?", und deutete dabei mit der Hand auf den kleinen Computer, der sich ganz hinten am Tisch direkt neben der Osiris Statue und den drei Kerzen befand. Davor waren der große Amethystkristall aus der Höhle vom Untersberg und der Schwarze Stein aus der Cheops Pyramide platziert.

Wolf schaute sie treuherzig an und meinte: „Damit können wir Tino, unseren australischen Freund, auch am Ritual teilhaben lassen – über Skype. Ich bin der Ansicht, dass man eben auch bei solchen Dingen mit der Zeit gehen muss."

„Ich glaube eher, du spinnst!", erwiderte Linda mit einer eindeutigen Geste.

„Absolut nicht", konterte Wolf, „das wird eben ein modernes, interkontinentales Ritual in Echtzeit. Ich glaube, dass Tino sich sehr darüber freuen wird. Ich habe das gestern bereits mit ihm abgesprochen und ihm die Texte per E-Mail zugesandt."

Linda wusste, dass Wolf sich nicht von seiner Idee abbringen lassen würde, und stellte die Rosenkreuzer Weih-

rauchkegel in die dafür vorgesehene Schale. Kurz darauf kamen auch schon Peter und Claudia die Stiege herauf. Sie sahen aus wie zwei Schneemänner. Der Sturm hatte offensichtlich noch zugelegt und die beiden waren froh, in der behaglichen Stube angekommen zu sein. Claudia kannte diesen Raum bereits. Schon des Öfteren hatte sie sich von Wolf Bücher geliehen und dabei in den Vitrinen herumgestöbert. Sie setzte sich an das Ende des Sofas und spielte mit der Plüschkatze, die dort ihren Platz hatte. Peter hingegen war das erste Mal hier und sichtlich beeindruckt vom feierlich gestalteten Ritualtisch. Er bestaunte Wolfs Fundstücke aus der Wüste Ägyptens.
 Nur wenig später trafen Herbert und Elisabeth ein. Auch sie mussten erst vom Schnee abgekehrt werden. Linda brachte für jeden eine Tasse heißen Tee. Kurz wurde noch einmal der Ablauf des Rituals besprochen und dann nahm Wolf mit seinem Notebook über Skype mit Tino Verbindung auf, was auch sofort klappte. Sie setzten sich alle zum Tisch. Nun wurden die drei Lichter und die Weihrauchkegel entzündet. Im flackernden Schein der Wachskerzen begann er den Text zu sprechen. Auch Tino, der ja in Australien weilte, konnte live mit dabei sein.
 Die feierliche Handlung des Rituals erreichte ihren Höhepunkt im Anstecken der goldenen Isais Ringe. Aus einem schweren Becher, welcher aus einem einzigen Stück Bergkristall gearbeitet war, tranken dann alle sechs Wasser von einer versteckten Quelle am Untersberg. Jeder erhielt noch ein kleines Stückchen Brot und etwas Salz.
 Nachdem die Kerzen gelöscht waren und das Ritual zu Ende war, gingen sie hinunter zu ihren Autos. Sie wollten gemeinsam zum alten Gasthof fahren, um diesem denkwürdigen Abend einen angemessenen Ausklang zu geben. Eisige Kälte empfing die sechs, als sie vor das Haus traten. Der Schneesturm hatte nicht aufgehört, ganz im Gegenteil, die Sicht auf der Straße war jetzt auf ein Minimum begrenzt und die Fahrt zum Gasthof dauerte diesmal viel länger als sonst. Direkt am Fuß des Untersberges angekom-

men, schien dann der Sturm besonders stark zu wüten, als würden sich die finsteren Mächte gegen diese Zusammenkunft mit aller Kraft zur Wehr setzen und sich in einem letzten Kraftakt aufbäumen.

Aber das konnte genauso wieder ein Zufall sein. Nur bestand eigentlich fast alles, was in den letzten Jahren um Wolf herum geschehen war, aus unerklärlichen „Zufällen".

Wie würde sich wohl die Gründung des Isais Ringes auswirken? Er wusste aus seiner Zeit als Rosenkreuzer Meister, dass jedes Ritual eine Wirkung zeigte, und er wollte sich überraschen lassen.

KAPITEL 4

▲

EL GOUNA – SHERATON MIRAMAR

Franz, der Hoteldirektor vom Sheraton in der Soma Bay, war ganz plötzlich von der Starwood Group in ein anderes Hotel von Sheraton versetzt worden. Er übernahm das Miramar Hotel in El Gouna am Roten Meer unweit von Hurghada.
Es war völlig anders gebaut als das Hotel in der Soma Bay. Es befand sich auf neun künstlichen Inseln mit üppiger Vegetation und zahlreichen Lagunen, die durch malerische Brücken miteinander verbunden waren.
Franz hatte Wolf eingeladen, er wollte ihn über die Veränderungen in Ägypten unterrichten. Auch Dr. Khaled, der Archäologe, würde zu diesem Zeitpunkt im Hotel weilen. Die politischen Zustände in Ägypten waren zwar alles andere als einladend, aber das machte Wolf auch dieses Mal nichts aus.
Herbert und Elisabeth, die beiden Polizisten, würden ebenfalls mitkommen. Diesmal gab es keine lange Planung. In zwei Wochen würden sie fliegen, und zwar von Salzburg aus.
So wie bei jeder seiner Reisen passierten auch diesmal wieder merkwürdige Dinge. Als die drei durch die Sicherheitskontrolle am Airport gingen, bei welcher auch das Handgepäck durchleuchtet wird, meinte die Dame am Gerät zu Wolf: „Öffnen Sie bitte Ihre Handtasche! Da ist etwas Spitzes drin."
Wolf tat, wie ihm geheißen, und zog einen metallenen Kugelschreiber hervor, von dem er glaubte, dass dieser das verdächtige Stück sein sollte.

Nachdem die Tasche ein zweites Mal den Röntgenapparat passiert hatte, hieß es abermals: „Bitte öffnen Sie Ihre Tasche noch einmal."
Wolf kramte schließlich aus einem Fach mit Reißverschluss noch einen zweiten Metall Kugelschreiber hervor und sagte: „Das ist mein Reserve Schreiber."
Als die Dame auch beim dritten Versuch immer noch etwas Verdächtiges in der Tasche vermutete, begann er jetzt den gesamten Inhalt auszuleeren. Und dabei kam schlussendlich eine nagelneue große Gewehrpatrone zum Vorschein.

Wolf konnte gar nicht so schnell schauen, da stand schon ein bewaffneter Uniformierter neben ihm, nahm die Patrone in seine Hand, sah sie an und fragte: „Was ist das?"

„Das ist eine Patrone Kaliber 7/64 von meinem Jagdgewehr, die habe ich am Schießstand beim Entladen in die Tasche gegeben und dort drinnen vergessen." Wolf setzte seinen Dackelblick auf und ergänzte schuldbewusst: „Ja, ich weiß, so etwas sollte man nicht in ein Flugzeug mitnehmen."

„Die Patrone muss ich ohnehin behalten", meinte der Polizist mit finsterer Miene. Doch in diesem Moment sah er Elisabeth, welche zwei Schritte hinter Wolf stand. Er erkannte in ihr eine Kollegin, mit der er vor Jahren schon in der Rathaus Wachstube zusammengearbeitet hatte. Rasch reagierte Elisabeth und sagte: „Der gehört zu uns, das ist kein Terrorist, der ist tatsächlich Jäger." Ihre Worte schienen den Flughafen Polizisten zu besänftigen, worauf dieser Wolf mit einem prüfenden Blick ansah und meinte: „Gut, aber wie bereits gesagt, diese Patrone muss ich trotzdem behalten, aber ich werde keine Meldung machen, Sie können weitergehen." Dann unterhielt er sich noch eine Weile mit Herbert und Elisabeth.

„Das fängt ja schon gut an", lachte Herbert, „hast du sonst noch irgendwelche Überraschungen auf Lager?"

„Das war doch nur ein dummer Zufall", entgegnete Wolf, „als ich vor zwei Monaten am Schießstand der Jägerschaft mein Gewehr entladen und alles verstaut hatte, habe ich auf die Patrone im Lauf vergessen. Die hab ich dann einfach in meine Tasche gegeben, wo sie eben liegen blieb."

„Aber ‚Marzipan' hast du doch keines dabei?", fragte Elisabeth und spielte dabei auf den Plastiksprengstoff an, den Werner im Vorjahr auf Wolfs Hütte verbrannt hatte. „Damit könnten wir nämlich wirklich Schwierigkeiten bekommen."

Wolf schüttelte nur wortlos den Kopf und begann, seine Tasche wieder einzuräumen.

Der anschließende Flug nach Ägypten verlief wie immer ruhig und nach gut vier Stunden hieß sie ein Mitarbeiter des Sheraton Hotels El Gouna am Flughafen in Hurghada willkommen.

Die Begrüßung im Hotel durch Franz, den General Manager, war herzlich, wie immer. Nachdem die drei dem Direktor den mitgebrachten Speck und das Brot aus der Heimat überreicht hatten, fragte Wolf:

„Franz, Aladin bringt uns morgen einen Mietwagen und wir möchten damit nach Luxor fahren, wie ist die Lage dort? Haben wir mit irgendwelchen Schwierigkeiten zu rechnen, was meinst du?"

„Das fragst gerade du", schmunzelte der Hoteldirektor, „auch wenn ich dir etwas dazu sagen könnte, bin ich mir trotzdem sicher, dass du dich nicht von deinem Vorhaben abhalten lassen würdest. Aber meines Wissens ist dort alles ruhig."

Wolf hatte Franz diese Frage eigentlich nur gestellt, um seine beiden Begleiter zu beruhigen. Auf der Internetseite des Auswärtigen Amtes wurde doch eindringlich vor Einzelfahrten durch die Felswüste gewarnt.

„Aber ins Tal der Hieroglyphen, nach Bir Umm Fawakhir, wirst du dieses Mal gar nicht fahren können. Es wurde ein neuer Checkpoint errichtet und die lassen dort bestimmt keine Touristen durchfahren."

Wolf zuckte nur mit den Achseln, er würde ja sehen.

Als sie am nächsten Tag den Mietwagen erhielten, meinte Aladin beim Abschied lapidar: „Sie sollten hier in El Gouna noch einmal volltanken, denn derzeit haben wir einen Engpass bei den Treibstoffen."

Das taten sie dann auch, denn man konnte ja schließlich nicht wissen, was an der Aussage Aladins dran war.

Tags darauf fuhren sie die gut ausgebaute Straße durch die Felswüste in Richtung Luxor. Tief beeindruckt von der bizarren Schönheit der Landschaft, bestaunte das Polizistenehepaar immer wieder aufs Neue die sich abwechselnden Formationen der Berge.

„Wir sollten sicherheitshalber an der nächsten Tankstelle wieder Benzin auffüllen", meinte Wolf, dem diese Felswüste mittlerweile sehr vertraut war.

Die letzte Möglichkeit, Treibstoff zu bekommen, lag immerhin schon mehr als einhundert Kilometer zurück, aber er wusste, dass es in den Bergen beim Rasthaus eine Tankstelle gab. Dort wollte er den Benzintank vollmachen.

„Wir haben aber auch kein Problem, falls wir dort nichts erhalten sollten, spätestens am Nil gibt es wieder reichlich Tankstellen und bis dorthin haben wir ja nur noch einhundert Kilometer zu fahren."

Herbert und Elisabeth waren zu sehr mit dem Betrachten der Felswüste beschäftigt und nahmen daher Wolfs Worte nur nebenbei wahr.

Umso schockierender war dann die Tatsache, dass an allen Tankstellen auf ihrer Route Hunderte Meter lange Schlangen von Fahrzeugen auf Treibstoff warteten. Für ihr Vorhaben war das aber noch nicht gefährlich, sie würden mit ihrem Wagen in jedem Fall Luxor erreichen, nur an eine Rückfahrt war dann aber nicht mehr zu denken. Wolf wollte die beiden nicht unnötig verunsichern und versuchte daher, sie auf dieser langen Fahrt mit Erzählungen von seinen bisherigen Abenteuern etwas abzulenken.

Als unvermittelt zwei Militär Hubschrauber in relativ niedriger Höhe die Straße überflogen, fragte Elisabeth:

„Wolf, wie lange besitzt du eigentlich schon deinen Pilotenschein?" Das war das Stichwort für ihn. „Seit über einundzwanzig Jahren habe ich meine Fluglizenz. Mein erster Auslandsflug mit einem Fliegerfreund, welcher mit mir zusammen den Pilotenschein gemacht hatte, verlief ziemlich aufregend. Unser Ziel war Portoroz in Kroatien. Ein kleiner Flugplatz an der Adria. Im Rahmen eines Clubausfluges, an dem vier Flugzeuge teilnahmen, starteten wir in Salzburg. Den Hinflug sollte ich übernehmen und zurück würde dann mein Freund fliegen. Markus, so hieß der frischgebackene, erst sechzehnjährige Pilot. Wir hatten strahlendes Wetter. Es war Ende März und auf den Bergen ringsum war noch viel Schnee. Wir flogen mit einer zweisitzigen Cessna 150. Der Alpenhauptkamm war rasch überquert und nach einer Stunde waren wir bereits über Italien. Als wir aus den Bergen herauskamen und nur noch ebene Flächen unter uns sahen, fragte der italienische Controller, wie unsere Position sei.

Markus, für den die italo-englische Aussprache noch ungewohnt war und der auch nicht genau wusste, wo wir uns gerade befanden, fragte mich, wo wir wären. Der Controller hätte schon zweimal nachgefragt. Wortlos drückte ich Markus mein Jausenbrot in die Hand und ging in einen Sturzflug auf die Autobahn über. Nachdem die Maschine über eintausend Meter gesunken war, konnten wir beide die großen Überkopfwegweiser an der Autobahn lesen. UDINE NORTE stand da. „So, jetzt wissen wir es, du kannst dem Controller antworten", sagte ich zu Markus und zog das Flugzeug wieder steil nach oben, sodass uns die Fliehkraft die Wangen nach unten zerrte. Markus gab nun der Kontrollstelle unsere Position durch und wir hatten wieder Ruhe. Ich begann, mein Jausenbrot fertig zu essen, während Markus nach diesem Manöver mit etwas bleichem Gesicht neben mir saß und nichts mehr essen wollte."

„Da hätte ich auch nicht neben dir sitzen wollen", meinte Elisabeth und dachte, dass dies das Abenteuer war, von dem Wolf erzählen wollte.

Sie hatten mittlerweile die Ebene seitlich des Niltals erreicht und endlose Wüste war links und rechts neben der gut asphaltieren Straße zu sehen.

Es war draußen auch recht heiß geworden, doch die Klimaanlage im Wagen sorgte für eine angenehme Temperatur. Die Wasserflasche machte die Runde.

Wolf war jedoch noch nicht fertig mit seiner Geschichte vom ersten Auslandsflug und fuhr fort:

„Ansonsten verlief der Flug nach Portoroz ganz normal. Der Landeanflug über das Meer war zwar etwas Neues für mich, aber im Grunde genommen auch nicht viel anders als bei uns zu Hause in Salzburg."

„Pass auf!", rief Herbert plötzlich erschrocken vom Rücksitz und von Elisabeth hörte man nur ein lautes „Ahh!". Doch in diesem Augenblick waren die beiden Lkws, welche ihnen in einer Kurve sich gerade überholend entgegenkamen, auch schon vorbeigefahren. Wolf war geistesgegenwärtig auf den Pannenstreifen ausgewichen. „Da war doch noch fast ein Meter Platz zwischen dem Sattelschlepper und uns. Das kommt hier öfter vor. Schlimm wird so etwas nur in der Nacht, denn da fahren die Ägypter nur mit Begrenzungslicht und manchmal sogar ganz ohne Beleuchtung."

Die beiden Polizisten brauchten eine Weile, um den Schock dieses vermeintlichen Beinahezusammenstoßes zu verarbeiten.

„Jetzt werde ich euch die Geschichte vom Rückflug erzählen, da ist es dann schon ein wenig brenzlig geworden."

„Dass du auch einmal etwas „brenzlig" nennst, ist mir neu", meinte Herbert.

„Na ja, manchmal braucht man eben auch etwas Glück", antwortete Wolf. „Aber lasst euch erzählen."

Er nahm vorher noch einen Schluck aus der Wasserflasche und begann:

„Wie schon erwähnt, sollte Markus als Pilot in Command das Flugzeug nach Salzburg zurückfliegen. Alles lief nach Plan, auch das Wetter war wieder gut, so wie am Vortag. Ich hatte am Funk kaum etwas zu tun und filmte mit der Videokamera, als wir den Alpenhauptkamm erreichten. Plötzlich sagte Markus: „Wir haben nur noch zweitausend Umdrehungen Motordrehzahl." Ich meinte, er sollte doch etwas mehr Gas geben. Markus zeigte auf den Gashebel, der sich ganz vorne am Anschlag befand. Das war bereits Vollgas. Trotzdem begann unser Flieger stetig zu sinken. Wir hatten zwar noch eine Höhe von fast zweitausendfünfhundert Metern, aber die schneebedeckten Berggipfel der Alpen waren nur noch einige Hundert Meter unter uns und kamen immer näher.

„Zieh die Vergaservorwärmung", sagte ich zu ihm, da immerhin die Möglichkeit bestand, dass durch dessen Vereisung die Luftzufuhr in den Motor behindert wurde. „Die hab ich doch schon seit einer Viertelstunde eingeschaltet", antwortete Markus. Die Berge befanden sich inzwischen nur noch zweihundert Meter unter uns und hier in diesem hochalpinen, schneebedeckten Gelände wäre eine Notlandung absolut unmöglich gewesen. Jetzt war es höchste Zeit für eine Dringlichkeitsmeldung an die überregionale Flugleitstelle in Wien. „Pan Pan, Pan Pan, Pan Pan, Wien Information, this is OE ATV, Cessna 150, Position 10 miles south of Katschberg, Altitude 7.500 feet, Engine failure, I repeat ..." Es kam eine kurze Bestätigung meines Funkspruchs von Wien Information. Sämtlicher Funkverkehr war nach dieser Meldung eingestellt worden. Alle Flugzeuge im Umkreis von über einhundert Kilometern konnten mithören. Aber helfen konnten die uns natürlich auch nicht. Es kam lediglich die Mitteilung, dass ein nahe gelegener kleiner Alpenflugplatz wegen zu viel nassen Schnees noch unbenutzbar war. Ich nahm mein Handy aus der Tasche, rief zu Hause an und berichtete in knappen Sätzen von unserem Problem. Ich wusste selber nicht, ob dies eine gute Idee war. Dann machte ich Markus den Vorschlag, falls wir es noch über den nächsten Bergrücken schaffen würden, auf der nahen Autobahn zu landen. Auf diesem Berg lag ein bekannter Wintersportort. Wir mussten es einfach schaffen, es gab keine Alternative.

Markus manövrierte die Cessna in beängstigend niedriger Flughöhe zwischen Hotels und Baukränen hindurch, welche sich auf der Passhöhe des Katschberges befanden, und dann hatten wir wieder etwas Freiraum unter uns. Die nahe gelegene Autobahn war jetzt eine echte Chance, das Flugzeug halbwegs sicher auf den Boden zu bringen. Nur Markus konnte sich nicht recht mit dieser Idee anfreunden.

„Wenn wir auf der Autobahn landen, dann stehen wir morgen in der Zeitung", war seine lapidare Antwort. „Das werden wir wahrscheinlich ohnehin, aber dann können wir es wenigstens noch lesen", konterte ich und ergänzte: „Du musst aber auf der rechten Fahrbahn landen. Wir haben dann beim Aufsetzen eine Geschwindigkeit, die ungefähr jener der fahrenden Autos entspricht. Hier ist ein zwanzig Kilometer langer Abschnitt mit einer 100-km/h-Tempobegrenzung. Wenn uns die Fahrer der Wagen, welche wir überholen sehen, werden sie langsamer und die anderen vor uns fahren ohnehin weiter." Als ich sah, dass ich Markus damit noch mehr verunsicherte, bereitete ich mich darauf vor, bei der Landung selbst das Steuer zu übernehmen.

Wir hatten nun die große Mautstelle der Autobahn erreicht. Sie lag noch zweihundert Meter unter uns. In diesem Moment hörten wir einige laute Fehlzündungen. Das Eis im Vergaser musste sich gelöst haben und der Motor bekam wieder Leistung. Das war wirklich in letzter Minute. Markus drehte ab und der Flieger gewann wieder an Höhe. Der Weiterflug über die Alpen war jetzt offensichtlich wieder gewährleistet. Na ja, wie ihr seht, irgendwie gehts immer!"

Herbert und Elisabeth ließen sich auch von diesen Flugabenteuern nicht von ihrer Sorge um den Treibstoff abbringen. Wolf bemerkte dies und meinte:

„Sollten wir tatsächlich keinen Treibstoff erhalten, dann könnten wir ja mit dem Bus zurückfahren, oder mit einem Taxi. Auch zurückfliegen nach Hurghada wäre eine Option."

Elisabeth fuhr erschrocken hoch: „Was redest du da vom Zurückfliegen?" Ihr Blick spiegelte eine gewisse Verunsicherung wider. Herbert hingegen, der so etwas noch nie erlebt hatte, war sich ziemlich sicher, dass sie bei einer der folgenden Tankstellen wieder Benzin erhalten würden. Dem war aber nicht so. Auch als die drei die Stadt Luxor erreicht hatten, änderte sich nichts an der Treibstoffknappheit. Bei sämtlichen Tankstellen waren Absperrbänder an der Einfahrt angebracht, um anzudeuten, dass es auch hier nichts gab.

„Was machen wir wirklich", fragte nun auch Herbert und schien ernsthaft besorgt zu sein.

„Keine Angst, irgendwie gehts immer", meinte Wolf mit seinem unerschütterlichen Glauben an kommende hilfreiche Zufälle. Das war sein Standard Satz. Er grinste dabei und erntete aber von seinen zwei Begleitern nur zweifelnde Blicke.

„In einer Viertelstunde sind wir beim Sheraton Hotel am Nil und da gibt es dann ein kühles Bier, darauf freue ich mich schon."

KAPITEL 5

▲

HATSCHEPSUT – DIE HERRIN BEIDER LÄNDER

Als sie das Hotel erreichten, ließ Wolf die beiden zuerst beim Eingang aussteigen und fuhr anschließend den Wagen zum hoteleigenen Parkplatz. Ein zufällig anwesender Taxilenker klärte Wolf auf, dass auch hier in Luxor keine einzige Tankstelle mehr Benzin hatte. Vielleicht morgen oder übermorgen sollte wieder Sprit geliefert werden, meinte der dunkelhäutige Ägypter. Wolf zuckte bei diesen Worten zusammen. Morgen wollten sie ja wieder zurück nach El Gouna fahren. Der Taxilenker schien Wolfs Reaktion zu bemerken und sagte:
„Wenn Sie wollen, kann ich Ihnen am Schwarzmarkt Benzin besorgen, für einen Euro pro Liter." Das war das Siebenfache des Normalpreises, aber es war zu verschmerzen. In Europa kostete der Benzin ohnehin weit mehr als einen Euro pro Liter. Rasch willigte Wolf in den Handel ein und schon nach einer halben Stunde kam der Araber mit zwei randvollen Kanistern zu je fünfundzwanzig Litern und füllte diese auch gekonnt ohne Trichter in den Tank von Wolfs Wagen ein. Nun gab es kein Bangen mehr um die Rückfahrt. Gleich nachdem sie ihr Gepäck im Hotelzimmer verstaut hatten, fuhr Wolf mit seinen Begleitern auf die andere Seite des Nils, die Westbank hinüber.
Zuerst zeigte er Herbert und Elisabeth das Tal der Könige, danach besuchten sie den Tempel der Hatschepsut. Diese großartige Frau auf dem Thron Ägyptens hatte sich gegenüber dem Tal der Könige einen grandiosen Totentempel erbauen lassen. Direkt vor der Kulisse der Hunderte

Meter hohen Felswand ließ ihr Berater und Baumeister Senenmut vor fast dreitausendfünfhundert Jahren diesen eleganten, terrassenförmigen Bau errichten.

Elisabeth kamen die Tränen, als sie auf der obersten der drei Terrassen stand und auf das Niltal herunterblickte. Auch Linda und zuvor schon Wolfs Tochter Sabine war es vor Jahren ebenso ergangen, als sie diesen Tempel besuchten. Es war so, berichtete Elisabeth, als spüre man noch den Hauch dieser Pharaonin, welcher die Jahrtausende überdauert hatte.

Beim Verlassen des Parkplatzes vor dem Tempel der Hatschepsut dachte Wolf daran, dass das Haus des Rassul ja ganz in der Nähe wäre, und daher schlug er spontan vor:

„Wenn ihr nichts dagegen habt, werden wir Rassul, dem Grabräuber, einen kurzen Besuch abstatten. Vorausgesetzt, er ist zu Hause." Für die beiden Polizisten war das eine interessante Einlage und Elisabeth meinte mit trockenem Humor: „Normalerweise haben wir es ja nur mit normalen Einbrechern oder Ladendieben zu tun, aber einen echten Grabräuber kennenzulernen, das ist schon eine Seltenheit, hoffentlich ist er da."

„Na ja, er ist eigentlich eher ein Geschäftsmann, aber seine Familie wurde im Grunde genommen durch Grabräuberei reich und berühmt, den kennt hier jeder in Ägypten."

„Es sollte dann doch besser heißen „berüchtigt", warf Herbert amüsiert ein.

Inzwischen hatten sie schon das Haus des Grabräubers erreicht. Sein Pick-up stand vor der Tür, also waren sie guter Hoffnung, ihn anzutreffen.

„Wartet ein wenig, ich sehe mal nach", meinte Wolf, stieg aus und betrat nach leichtem Anklopfen das Haus.

Kurz darauf erschien er wieder in der Tür und bedeutete den beiden, auch hinein zu kommen.

„Marhaba in Qurna, Salamu a leikum", begrüßte sie der bärtige Rassul, der eigentlich gar nicht wie ein Grabräuber aussah. Gastfreundlich bot er ihnen einen Tee an.

Dann holte Rassul aus einer Truhe ein Stoffbündel und drückte es Wolf in die Hand. „Da drinnen sind nochmals drei Quarzkristalle, die gehören jetzt Ihnen. Sie waren ja voriges Jahr auch so erpicht darauf. Von meinem Bruder haben wir übrigens nichts mehr gehört. Er blieb verschwunden, seit er den Gang unter dem Grab betreten hat."

Wolf hatte Herbert und Elisabeth die Geschichte vom Verschwinden Rassuls Bruders bereits im Flugzeug erzählt, daher wussten sie sofort, worum es ging. Als sie Rassul von ihrem Besuch des Hatschepsut-Tempels berichteten und von Elisabeths Ergriffenheit, da fing Rassul plötzlich zu erzählen an: „Vielleicht wisst ihr ja, dass sich Senenmut, der Architekt und Baumeister dieses Tempels, sein Grab direkt unter dem Aufweg zum Heiligtum errichten ließ, um auch im Tode seiner geliebten Königin nahe zu sein. Senenmut war mehr als nur ihr Baumeister. Man behauptet, er war ihr Geliebter und Erzieher ihrer Tochter Neferu Ra. Er war wesentlich älter als Hatschepsut, welche im Alter von achtunddreißig Jahren zusammen mit ihrer zwölfjährigen Tochter und Senenmut für immer von der Bildfläche verschwand. Der Eingang zum Grab des Senenmut war zwar den Archäologen schon lange bekannt. Es befand sich aber dort drinnen nichts Nennenswertes. Trotzdem wurde der Eingang wieder versperrt und das Grab als nicht zugänglich bezeichnet. Für uns war es jedoch nicht schwierig, Zutritt zu erlangen. Durch die jahrhundertealte Erfahrung unserer Familie, was Gräber anbelangt, fanden wir dort in einer bislang unbekannten Kammer Lobeshymnen an die Hatschepsut in die Felswand gemeißelt. Ich habe die Texte in mehrere Sprachen übersetzen lassen. Hier haben Sie Kopien davon. Sie sind sehr schön geschrieben." Nach diesen Worten erhob sich Rassul und ging nochmals zur Truhe am Fenster. Er nahm einige Papierrollen heraus und überreichte sie Wolf.

Dieser bedankte sich und nahm die erste Rolle in die Hand. Er begann vorzulesen:

Die Zeit

Ein leises fast unhörbares Raunen
aus der Weite des Landes von Seth
als trüge der Wind noch die Stimme, die lange verstummte
Ein Abdruck deines Fußes
befreit des Staubes von Tausenden Jahren
wiedergekehrt, das Antlitz von Ra zu schauen
Wie gleißendes Gold vom Tempel erwacht erneut Dein Geist
an den Stätten, wo Großes vollbracht
Die Herrin der beiden Länder

Von einem fast ehrfürchtigen Schauer erfasst, blickte Elisabeth zu Wolf, der soeben die erste Rolle wieder auf den Tisch legte. „Das ist wunderschön geschrieben", flüsterte sie, während er die nächste Rolle nahm und zu lesen begann:

Der Morgen

Dein Erwachen verkündet die Morgenröte,
welche mit dem Kräuseln der Wellen des Nils einhergeht
Das Öffnen Deiner Augen ist,
als ob die Arme von Re die Spitzen der Obelisken erstrahlen ließe
Und wenn Du bekleidet von feinstem Tuche
die Treppen des Palastes herunterschreitest, ist es,
als wenn Sonne und Mond gemeinsam
ihren Glanz darbringen möchten
Für einen kurzen Augenblick nur hält alles ringsum inne
und schweigt als Tribut für die Herrin der beiden Länder

Jetzt meldete sich Herbert zu Wort: „Man muss sich einmal vorstellen, vor über dreitausendfünfhundert Jahren schreibt dieser Baumeister solche Gedichte, um seiner Geliebten zu huldigen. Einfach unglaublich!"
Wolf griff nach der nächsten Rolle:

Der Mittag

Ra hat nun seine Höhe erreicht
Von wo er alles Leben erhält
Der Nordwind hält inne
Brütende Hitze über dem Land
Nur der Strom wie ein Hüter der Zeit
Zieht an den Feldern vorbei
Das Volk, es ruhet im Schatten
Wie Du im Palaste
Oh Herrin der beiden Länder

„Ja", meinte Rassul, „diese Texte sind in den Felsen gehauen. Wir konnten also kein Geld damit machen. Auch durften wir die Kopien niemandem zeigen, denn so wäre es offenbar geworden, dass wir dort unten in Senenmuts Grab etwas gefunden haben. Sie sollten in Ihrem Land auch nichts davon erzählen, dann haben wir hier Ruhe. Aber seit dieser Dr. Hamam, Allah sei Dank, nicht mehr im Amt ist, geht es ohnehin viel gemütlicher zu."

Wieder nahm Wolf eine Rolle in die Hand und begann vorzulesen.

Der Abend

Bedächtig senkt Ra sich über den Bergen von Theben hernieder
und Stille kehrt ein im Schilfe
Die Laute der Vögel verstummen
Nur die Barke der Erhabenen durchschneidet
lautlos den ehernen Glanz des Stromes
Nut am Firmament und an den Pylonen
die Feuer erleuchten Deinen Weg
Sistrum und Zimbeln erklingen, Dein Herz zu erfreuen
Die Dienerschaft eilt herbei und verneigt sich
Vor Dir, oh Herrin der beiden Länder

„Einfach grandios, wie sich diese Leute damals auszudrücken verstanden", staunte Wolf. „Und vermutlich gehören wir jetzt zu den ganz wenigen, die diese Texte jemals zu Gesicht bekommen haben." Jetzt waren noch zwei Rollen auf dem Tisch, er nahm die vorletzte und begann zu lesen.

Die Flut

Glühende Hitze liegt über den Feldern,
Der Flügel des Ibis ist träge geworden
Steigend der Pegel der Flut aus den nubischen Bergen
Still und zufrieden ruht Dein göttlicher Blick auf den Gefilden
gesegnet von Amun und Hathor, trägt Frucht bald die Scholle
Die Speicher, sie werden bersten vor Fülle
Das Volk ist zufrieden und jubelt dir zu
Heil Dir, oh Herrin beider Länder

Als Wolf nach der letzten der Rollen griff, meinte Rassul:
„Der Text dieser letzten Rolle, welcher von der Tochter der Hatschepsut handelt, zeigt ganz offensichtlich, dass Senenmut der Verfasser gewesen sein muss. Mit dieser Inschrift gibt er sich eindeutig zu erkennen. Hört ganz genau hin, was da geschrieben steht."

Neferu Ra

Von Eos der Morgenröte und Chnum geschöpft
Ein Kleinod, wie Waset nie sah
Zart und doch unbeugsam dem Papyrus gleich
Ein Abbild Deiner Göttlichkeit
Behütet vom Einen geborgen bei Ihm
Das Glück einer Mutter, der Herrin Juwel
War nur eine Blüte im Winde der Zeit
Im Herzen verblieben für Dich und für Ihn
Oh Herrin der beiden Länder

Jetzt herrschte Stille im Raum und Ergriffenheit war in den Gesichtern der drei zu erkennen. Wolf begann als Erster zu sprechen:

„Vielen Dank, Rassul, wie kann ich mich Ihnen gegenüber bloß erkenntlich zeigen?"

Mit einem breiten Lächeln antwortete der Araber: „Das brauchen Sie nicht, es ist mir eine Ehre, Ihnen diese Kopien überreichen zu dürfen. Sie sind einer der ganz wenigen, die herausgefunden haben, dass unsere Kultur schon zu früher Zeit Besuch von hoch entwickelten Zivilisationen, wo immer die auch hergekommen sein mögen, erhalten hat. Zumindest habe ich das Ihren Worten im Vorjahr, als wir auf der Nilterrasse vom Sofitel Hotel in Karnak zusammen waren, so entnommen.

Möge Allah mit Ihnen sein, denn ich glaube, dass Ihr Wissen auch eine gewisse Gefahr für Sie selbst darstellt. Auch jetzt, nachdem Hamams Zeit zu Ende ist, denn es gibt bestimmt einige, denen es nicht recht ist, dass solche Erkenntnisse an die Öffentlichkeit gelangen könnten. Seien Sie vorsichtig!"

„Das werde ich", versprach Wolf feierlich und packte die Rollen sowie die drei Kristallprismen sorgfältig ein.

Es gab noch eine herzliche Verabschiedung und dann ging es weiter in Richtung Nil.

Nachdem Wolf seinen beiden Begleitern auch noch das Ramesseum, die Memnonkolosse und Medinet Habu, den Totentempel von Ramses dem Dritten, im Vorbeifahren gezeigt hatte, wollte er ihnen zum Abschluss noch etwas Besonderes bieten:

„Ich fahre jetzt nur ein paar Kilometer abseits der Hauptstraße, ihr werdet staunen, wie es im ägyptischen Land abseits der Touristenrouten aussieht." Wolf musste dazu auf Schleichwegen einen Polizei Checkpoint umfahren. Die Ägypter sahen es nicht gerne, wenn Touristen ins Hinterland fuhren. „Unser Fahrzeug hat ein privates Kennzeichen von Kairo, deshalb werden die Polizisten darin keine Fremden vermuten und nicht so genau hinschauen. Wir können auf diese Art unbehelligt ein paar ländliche Dörfer besuchen."

So kam es dann auch.

Elisabeth und Herbert, die so etwas zum ersten Mal sahen, glaubten eine Zeitreise zu machen. Da war kein Asphalt mehr auf dem Weg, nein, hier wurde auf blankem Erdboden gegangen und gefahren. Die Fahrzeuge waren meist nur Eselkarren. Selten sahen sie ein Moped. Und als ihnen einmal zwischen den mehrgeschossigen Lehmbauten ein Pick-up entgegenkam, wussten sie zumindest, dass es hier noch weiterging. Das Leben spielte sich großteils im Freien ab.

Der Schuster, der Schneider und auch der Friseur verrichteten ihr Handwerk am Rand des Weges vor ihren Häusern. Kinder spielten, ein Schaf stand auf einmal vor dem Wagen, und als Wolf dann in Richtung Nil abbog, mussten sie manchmal durch einen Haufen Stroh fahren, um überhaupt noch weiterzukommen. Wolf suchte nach einer Möglichkeit, durch die Felder hindurch zur Nilbrücke zu gelangen. Er musste jetzt auch ein paar Mal Ägypter nach dem Weg fragen, wobei ihm seine bescheidenen Arabischkenntnisse zugutekamen.

„Wenn wir Glück haben, können wir heute noch mit einer Feluke am Nil herumfahren und den Sonnenuntergang genießen."

Tatsächlich erreichten sie schon nach zwanzig Minuten das Sheraton Hotel. Dort fanden sie dann auch rasch einen Bootsführer, der sie noch eine Stunde lang auf dem Nil herumfuhr. Elisabeth und Herbert saßen eng umschlungen auf der rechten Seite des großen Segelbootes, während Wolf auf der anderen Seite saß und mit seiner Kamera das Paar fotografierte.

„Richtig romantisch! Das war eine gute Idee von dir, da kann man sich so richtig vorstellen, wie einst die Pharaonin Hatschepsut mit ihrer Barke unterwegs war", meinte Elisabeth zu Wolf gewandt.

Erst als die Feluke wieder nilabwärts fuhr, spürten die drei den warmen Abendwind, der stets aus dem Norden wehte und welcher schon seit pharaonischen Zeiten die Schifffahrt auf dem Fluss überhaupt erst möglich machte. Später dann, beim Abendessen auf der Nil Terrasse des Hotels, sagte Wolf:
„Franz hat zwar gemeint, dass wir das Tal der Hieroglyphen nicht besuchen werden können. Ich werde morgen aber trotzdem versuchen, dorthin zu gelangen. Ich war schon viele Male dort und die Felszeichnungen sind auch für mich jedes Mal wieder aufs Neue beeindruckend. Ich bin mir sicher, dass euch das gefallen wird."

Am nächsten Morgen beim Frühstück berichtete Elisabeth: „Ich habe heute Nacht einen eigenartigen Traum gehabt, aber vielleicht war es auch gar kein Traum, denn es kam mir alles so wirklich vor. Ich setzte mich im Bett auf und sah im Halbdunkel des Hotelzimmers am Fußende des Bettes eine Frauengestalt stehen. Sie war mit einem hellen langen Gewand bekleidet und trug einen Stirnreif mit einer kleinen Scheibe, welcher an eine Pharaonenkrone erinnerte. Ich hatte überhaupt keine Angst. Die Gestalt strahlte eine würdevolle Ruhe aus und kam zu mir ans Bett. Ich erhob mich etwas. Sie streckte ihre Hand aus und hielt sie über meinen Kopf. In diesem Augenblick fiel ich nach rückwärts und muss wohl einen leisen Schrei ausgestoßen haben, denn Herbert wurde davon wach. Er fragte mich, was los sei. Ich konnte ihm anfangs gar nicht antworten, so benommen war ich."

Herbert unterbrach Elisabeth und sagte: „Ich war mir sicher, dass sie nur etwas geträumt hatte. Der Tag gestern mit den vielen neuen Eindrücken war bestimmt anstrengend für uns alle. Aber gerade Elisabeth spürt dann so etwas besonders stark. So würde ich das sehen."

Wolf wollte sich anfangs dazu nicht äußern, meinte aber dann doch: „Ich habe einmal ein ähnliches Erlebnis gehabt. Als ich nach einer Operation von der Intensivstation wieder ins Krankenzimmer zurückverlegt wurde, ist mir mitten in der Nacht etwas Ähnliches passiert. Da standen plötzlich vier ägyptische Gottheiten in Menschengröße am Fußende meines Bettes und nickten mir erhaben zu. Es waren würdevolle Gestalten. Isis, Osiris, Horus und Anubis konnte ich deutlich erkennen. Damals führte ich das auf eine Halluzination infolge der verabreichten Schmerzmittel zurück. Das Ganze war für mich aber dennoch ein sehr reales Erlebnis."

„Ja", sagte Elisabeth, „auch ich habe das gestern Nacht als sehr real empfunden."

Herbert zuckte mit den Achseln und trank den Rest seines Kaffees aus.

Es wurde Zeit für die Rückfahrt.

Als sie dann durch die Stadt Luxor fuhren, sahen sie das wahre Ausmaß der Treibstoffknappheit. Überall waren Hunderte Meter lange Autokolonnen vor den wenigen Tankstellen zu sehen. Elisabeth meinte: „Nicht auszudenken, wenn wir gestern kein Benzin von dem Taxifahrer bekommen hätten." Worauf Wolf wieder einmal seinen berüchtigten Satz loswurde:

„Irgendwie gehts immer." Dabei fing er die Melodie vom Film *Indiana Jones* zu pfeifen an.

Eine knappe Stunde später erreichten sie die Abzweigung nach Quseir. Diese Straße führte durch das Tal der Hieroglyphen. Auf Arabisch hieß dieser Ort „Bir umm Fawakhir", welcher nach dem dortigen Brunnen benannt war. Die Abzweigung war kaum zu erkennen, man glaubte, in einen Feldweg einzubiegen. Auf Elisabeths verwunderten Blick meinte Wolf nur lapidar: „Das sind eben ägyptische Nebenstraßen, aber keine Angst, in fünfzehn Kilometern kommen wir wieder auf eine schöne Straße und die Route ans Rote Meer hinüber ist gut ausgebaut." Sie hatten immerhin mehr als zweihundert Kilometer Wüste vor sich, aber zuvor sollte nach Franz' Angaben der neue Checkpoint kommen.

Tatsächlich sahen sie schon von Weitem die Polizeistation mit den Sperrketten und Fässern, an denen man nur recht langsam vorbeifahren konnte. Nur ein einzelner Polizist mit seiner Kalaschnikow war etwas abseits des Wächterhäuschens zu sehen.

„Dreh dich nicht zu dem Posten, schau zur anderen Seite", sagte Wolf Elisabeth, welche neben ihm auf dem Beifahrersitz saß, „sonst erkennt er an deinen langen Haaren, dass wir keine Einheimischen sind."
Wolf versuchte, so normal zu fahren wie möglich, und hatte schon fast den Checkpoint passiert, als der Polizist „Stop" rief. Aber anstatt anzuhalten, tat Wolf so, als hätte er das Rufen nicht gehört, und fuhr weiter. Auf ein zweites „Stop" reagierte Wolf nun damit, dass er aufs Gaspedal stieg und bereits nach kurzer Zeit mit einhundert Stundenkilometern in Richtung Wüste brauste. „Was ist, wenn die uns nachfahren?", meinte Herbert mit gemischten Gefühlen.

„Keine Sorge, die Pick-ups der Polizei stehen hinter dem Gebäude im Schatten, und bis die ihr Vehikel startklar haben, sind wir sicher schon ein paar Kilometer weiter. Und wenn wir weiter Vollgas auf dieser schönen Straße fahren, dann können uns die eigentlich gar nicht mehr einholen."

Nach über einhundert Kilometern Fahrt, auf der sie kein einziges Auto sahen, beruhigte sich auch Elisabeth wieder. Schließlich waren die beiden ja Autobahn Polizisten und daher gewohnt, dass eine Missachtung eines Stoppbefehls eine Verfolgung nach sich ziehen müsste. Und nachdem die ägyptischen Polizisten ja alle mit Schnellfeuergewehren herumliefen, hielten sie die Situation für nicht ganz ungefährlich.

Endlich kamen die Berge in Sicht und kurz danach erreichten sie das Tal der Hieroglyphen. Elisabeth und Herbert konnten sich kaum sattsehen an den künstlerischen Felszeichnungen und pharaonischen Zeichen, welche von den Expeditionen der Königin Hatschepsut und von Thutmosis III berichteten. Da waren Schiffe abgebildet, die Hatschepsut am Nil bauen ließ und die dann zerlegt durch die Wüste bis ans Rote Meer transportiert wurden. Mit über viertausend Mann stellte solch eine Expedition zur damaligen Zeit schon eine gewaltige Leistung dar.

Nach einer ausgiebigen Besichtigung fuhren die drei dann weiter bis an die Küste des Roten Meeres zur Stadt Quseir. Kurz davor war jedoch wieder ein Checkpoint.

„Glaubst du, dass der Posten am vorigen Kontrollpunkt bei der gegenüberliegenden Station am Roten Meer angerufen hat?", fragte Herbert. „Bei uns würde das so gehandhabt werden und dann ..."

Wolf unterbrach ihn: „Wir sind aber hier in Ägypten und ..."

Jetzt redete Elisabeth dazwischen: „Irgendwie gehts immer, das wolltest du doch sagen?"

„Abwarten, in fünf Minuten sind wir am Checkpoint, dann werden wir ja sehen."

Als sie zur Polizeistation kamen, stand schon ein Uniformierter direkt vor dem Schranken. Er kam zur rechten Wagenseite, dorthin, wo Elisabeth saß.

„Jetzt haben sie uns!", murmelte Herbert besorgt auf der Rückbank.

Der Officer kam näher, beugte sich zum Fenster herunter und fragte: „What's your name?" Elisabeth nannte erschrocken, mit leiser Stimme ihren Namen. Dann fragte der Polizist Wolf und Herbert dasselbe, er lächelte und sagte: „Welcome on the Red Sea, welcome to Quseir." Damit gab er den Weg frei und sie konnten weiterfahren. Wolf schaute zu Herbert zurück und meinte:

„Na ja, hab ich nicht recht gehabt? Irgendwie gehts doch wirklich immer."

Und als sie nach wenigen Kilometern die Stadt erreichten und dort an der einzigen Tankstelle ohne Weiteres Benzin bekamen, das außerdem nur sechzehn Cent pro Liter kostete, war die Laune aller drei wieder bestens.

Nach einer langen Fahrt an der Küstenstraße erreichten sie am frühen Abend wieder das Sheraton Hotel in El Gouna. Als sich Franz beim Abendessen zu ihnen setzte und Wolf ihm den Vorfall am Checkpoint erzählte, meinte dieser: „So etwas kann wirklich nur dir passieren, jeder andere wäre stehen geblieben und mit Sicherheit von der Polizei zurückgeschickt worden, aber du schaffst es immer wieder. Ich weiß nicht, warum, aber es ist nun einmal so. Übrigens, Dr. Khaled, der Archäologe, wollte noch mit dir sprechen, er hat nach dir gefragt, als ihr in Luxor wart. Ich habe ihm gesagt, dass ihr heute zurückgekommen seid und nach dem Abendessen immer noch eine Weile in der Bar sitzt. Er wird dann zu euch kommen."

Herbert freute sich: „Da lernen wir dann einen waschechten Archäologen kennen, ich bin schon gespannt, was wir da zu hören bekommen werden."

Als die drei dann bei einem Cocktail in der Bar saßen, kam Dr. Khaled. Wolf begrüßte ihn: „Salamu aleikum, Doktor", worauf dieser antwortete: „Aleikum a Salamu." Er lächelte leicht und setzte sich zu ihnen. „Nachdem nun der ungeliebte Dr. Hamam endgültig aus seinem Amt als Antikenminister entfernt worden ist, kommt wieder etwas Bewegung in die archäologische Forschung. Von zwei Neuigkeiten kann ich Ihnen diesmal berichten. Am Gizeh-Plateau sind abermals ein paar Leute verschwunden, und zwar als sie einen Gang betraten, welcher erst vor Kurzem freigelegt wurde. Das Sonderbare daran ist, dass nur die ersten drei Männer verschwanden. Die dahinter Gehenden mussten mit ansehen, wie sich die drei vor ihnen plötzlich von einer Sekunde auf die andere quasi in Luft auflösten. So einen Vorfall hat es ja vor zwei Jahren schon in der Cheops Pyramide gegeben, als Dr. Hamam noch die Ausgrabungen leitete. Damals durften dort aber daraufhin keine weiteren Untersuchungen mehr durchgeführt werden.

Das Unfassbare aber war diesmal, dass kurz nach dem Verschwinden der drei Leute ein seltsam gekleideter Mann aus dem besagten Gang herauskam. Er trug nur einen Lendenschurz und ein Kopftuch.

Er verstand unsere Sprache nicht. Weder auf Arabisch noch auf einen ägyptischen Dialekt reagierte der etwa dreißigjährige Mann. Und seine Worte, die er hastig aus-

stieß, konnte wiederum keiner von uns verstehen. Bevor wir uns richtig Gedanken über ihn machen konnten, rannte der Mann, der zudem barfuß war, in einem unglaublichen Tempo davon und verschwand schließlich inmitten der Menschenmassen im Basar von Giza.
Mir wurde rasch klar, dass in diesem Gang so eine Art Zeitportal sein musste. Und zwar funktionierte das nach irgendeinem Schema, welches wir aber nicht verstehen. Die nachfolgenden Forscher konnten schließlich ungehindert passieren. Der Mann mit dem Lendenschurz war demnach aus einer längst vergangenen Zeit durch dieses Portal in unsere Gegenwart gelangt. Schade, dass wir ihn aus den Augen verloren haben. Nach ihm zu suchen hätte aber in der zwanzig Millionen zählenden Stadt keinen Sinn gehabt. Sorgen mache ich mir nur um die drei Forscher, die wahrscheinlich ebenfalls in eine andere Zeit gelangt sind. Ich weiß nicht, ob wir sie jemals wiedersehen werden."
Dr. Khaled nahm einen Schluck vom Karkadeh, dem ägyptischen Tee aus roten Blüten.
Wolf schaute nachdenklich auf seinen Gesprächspartner und meinte: „Bei uns in Österreich, am Untersberg, gibt es ähnliche Phänomene. Mit Linda habe ich schon mehrere Male ein solches Zeitportal durchschritten. Diese Portale auf dem Berg bringen einem jedoch nicht nur in eine andere Zeit. Nein, man gelangt durch sie auch an einen völlig anderen Ort, was bedeutet, dass es ein Raum-Zeit-Tor, ein sogenanntes Dimensionstor sein müsste. Diese Tore am Untersberg sind gottlob reversibel. Das heißt, wenn man wieder zurück durch das Portal geht, dann kommt man ohne Zeitverlust wieder an der Stelle und in der Zeit heraus, in welcher man hineingegangen ist. Möglicherweise ist das bei Ihnen hier in Giza ebenso? Dann müssten Sie bloß warten, bis Ihre Leute wieder herauskommen."
„Wenn ihnen dort, wo sie hingelangt sind, nichts zugestoßen ist", bestätigte Dr. Khaled. „Aber helfen können wir ihnen auch nicht. Ich würde jedenfalls keinem mehr raten, diesen Gang zu betreten."

„Vielleicht sind Ihre Leute bei uns am Untersberg herausgekommen?", witzelte Herbert, was ihm jedoch einen finsteren Blick seiner Frau Elisabeth einbrachte. Dr. Khaled, der diesen Satz von Herbert durchaus ernst zu nehmen schien, erwiderte: „Denkbar wäre das sicherlich, trotzdem bin ich aber der Ansicht, dass dieses Portal, oder um was immer es sich dabei handeln könnte, nur einen Zeitsprung ermöglicht."

Der Archäologe bestellte sich noch einen Karkadeh, wandte sich zu Wolf und fuhr fort:

„Die zweite Sache, von der ich Ihnen erzählen möchte, ist weniger dramatisch, dafür klingt sie für einen Altertumsforscher wie mich schon beinahe utopisch. Sie haben mir ja in einer E-Mail berichtet, dass Sie von Rassul, dem Gentleman-Grabräuber, blaue Kristall Prismen erhalten haben. Auch unsere Teams haben jetzt in Gräbern, oder genauer gesagt, in sehr alten Gängen unter den Grabanlagen einige dieser Prismen gefunden. Diese Kristalle bestehen, wie auch Sie bereits festgestellt haben, aus blauem Quarz. Blauen Quarz gibt es aber in der Natur nur extrem selten und hier im Umkreis von einigen Tausend Kilometern überhaupt nicht. Das würde in erster Linie die Frage aufwerfen, woher diese Prismen stammen. Die größere Frage liegt aber in deren Herstellung begründet. Ich bin recht gut vertraut mit der Handwerkskunst der alten Ägypter. Diese Leute haben vor Jahrtausenden mit sehr einfachen Werkzeugen Hervorragendes geschaffen. Denken Sie nur an die Goldmaske des Tutanchamun. Nicht zu vergessen die Schmuckstücke und die Grabbeigaben. Die Menschen damals verstanden sich auch auf das Zuschleifen von Edelsteinen, aber was diese Quarzprismen betrifft, so etwas kann niemals aus dieser Zeit stammen. Zumindest können die keinesfalls mit den Werkzeugen dieser Epoche hergestellt worden sein. Die Flächen der dreikantigen Prismen sind absolut eben geschliffen und sie haben den exakten Querschnitt eines gleichseitigen Dreiecks. Wer um Allahs willen war damals imstande, so etwas herzustellen?"

„Meinen Sie, dass diese dreikantigen Quarzprismen etwas mit den Zeitportalen zu tun haben könnten? Schließlich ist der Bruder von Rassul ja auch in so einem Gang verschwunden und nicht wieder aufgetaucht", fragte Wolf.

„Der ist sicher in die Vergangenheit ‚gebeamt' worden und hilft gerade beim Bau der Pyramiden mit", lachte Elisabeth und knabberte an den Chips und Erdnüssen, welche der Kellner in kleinen Schalen auf den Tisch gestellt hatte.

„Wir haben diese Möglichkeit auch schon in Betracht gezogen", antwortete Dr. Khaled, „aber selbst wenn diese Kristalle etwas damit zu tun haben, dann wissen wir ja trotzdem nicht, wer da wann so etwas gebaut hat."

Jetzt wurde Herbert hellhörig: „Vielleicht ist jemand aus der Zukunft in die Vergangenheit gereist und hat dort mithilfe der blauen Prismen solche Zeitportale installiert."

Die letzten Gäste in der schummerigen Hotelbar des Sheraton Miramar waren längst schon gegangen und für einige Sekunden war es völlig still. Nur die Decken Ventilatoren mit ihren großen hölzernen Flügeln ließen ein leises Rauschen vernehmen.

„Das ist eine interessante These", erwiderte Dr. Khaled, „zumindest wäre die Herstellung damit geklärt. Heute kann man doch ohne Weiteres solche präzisen Quarzteile fertigen und wahrscheinlich erst recht in der Zukunft. Wir dachten anfangs auch an die Möglichkeit, dass Wesen von außerhalb diese Dinger hergestellt haben könnten, aber wir müssen ja nicht gleich außerirdische Zivilisationen bemühen, wenn es vielleicht eine irdische Erklärung dafür gibt."

„Würde das dann bedeuten, dass, wenn du deine Kristalle richtig anordnest, dann könnten wir vielleicht ein Zeitentor bauen?", fragte Elisabeth.

„Wenn, dann gleich ein Dimensionstor", lachte Herbert, „dann könnten wir uns die Flugkosten hierher sparen und rascher ginge es auch. Denkt einmal an die lange Warterei an den Airports."

„Ja, aber dann müssten wir am Ende auch beim Pyramidenbau mithelfen", sagte Elisabeth noch als Draufgabe.
Diesmal lachte sogar Dr. Khaled recht herzlich, wurde aber gleich wieder ernst und meinte zu Wolf: „Seien Sie vorsichtig, was diese blauen Prismen anbelangt, experimentieren Sie nicht zu viel damit herum. Wer weiß, was damit wirklich alles geschehen kann? Einen Hinweis kann ich Ihnen bereits geben. Diese Prismen waren am Fundort jedes Mal in Dreiecksformation aufgestellt. Mit den Spitzen nach innen oder auch nach außen."
Jetzt erinnerte sich Wolf an das, was ihm der General erzählt hatte. Damals, als die Besatzungen der deutschen U-Boote auf San Borondon in den kuppelförmigen Gebäuden die blauen Kristalle gefunden hatten, steckten diese ja auch in Vertiefungen und waren ebenfalls in Dreiecks Anordnung aufgestellt.
„Ich werde vorsichtig sein!", versprach Wolf.
Mittlerweile war es schon beinahe Mitternacht geworden und die Kellner in der Bar standen schon müde hinter dem Tresen. Sie mussten so lange bedienen, bis die letzten Gäste gegangen waren. So verlangte es Franz, der Hotel Manager, von ihnen.
Die drei bedankten sich bei Dr. Khaled für seine überaus interessanten Berichte und verabschiedeten sich von dem Archäologen. Wolf würde mit ihm in E-Mail-Kontakt bleiben.

Bis auf eine Reifenpanne auf der Küstenstraße und eine längere Wartezeit an einem abgelegenen Strand, an dem Wolf mit dem Wagen im Sand stecken blieb, verliefen die letzten Tage in Ägypten normal.

KAPITEL 6

▲

DAS DUALE PRINZIP

Wie sollte die Aktivierung des Berges überhaupt vonstattengehen? Was würde er tun müssen, damit es funktionierte? Unzählige Gedanken gingen Wolf durch den Kopf. Becker hatte doch gesagt, dass sich zu gegebener Zeit alles finden würde. Aber eine gewisse Vorbereitung sollte doch auch hier möglich sein, dachte er. Und so entschloss sich Wolf, wieder einmal den Illuminaten zu kontaktieren.
Becker schien gar nicht näher auf seine Fragen einzugehen. Er meinte nur schlicht:
„Sie kennen doch sicherlich den Roman „Zanoni" von Edward Bulwer Lytton. Es wird Ihnen daher auch bekannt sein, dass dieser hervorragende Schriftsteller, welcher im neunzehnten Jahrhundert lebte, ebenso der Bruderschaft der Rosenkreuzer angehörte wie Sie."
Was wollte Becker denn damit andeuten? Freilich kannte Wolf diesen Roman. Das war sozusagen sein Einstieg in die Bruderschaft gewesen. Erst durch dieses Werk wurde er dazu inspiriert, den geistigen Weg einzuschlagen. Damals, als Wolf das besagte Buch zum ersten Mal las, kam ihm alles ein wenig übertrieben mystisch vor. Darin wurden Dinge beschrieben, die es eigentlich nicht geben konnte. Aber jetzt, nach mehr als dreißig Jahren und aus heutiger Sicht, sah für Wolf die Sache schon anders aus. Aber was sollte dieser Roman mit der Aktivierung des Untersberges zu tun haben?
„Könnten Sie mir freundlicherweise ein paar Informationen dazu geben, denn ich verstehe den Zusammenhang noch immer nicht?", fragte Wolf den Illuminaten verwirrt.

„Das ist doch ganz einfach", antwortete Becker, „es geht darum, dass Sie die Aktivierung alleine nicht schaffen können, selbst wenn Sie doppelt so viele Fähigkeiten besitzen würden. Sie benötigen auch das weibliche Prinzip dazu, denn nur die Dualität in ihrer Vollkommenheit ist in der Lage, solche umwälzenden Prozesse auszulösen."

Gebannt drückte Wolf das Handy an sein Ohr, nur um ja kein Wort Beckers zu versäumen.

„Denken Sie an Ihre Rosenkreuzerlehren. Die ‚Chymische Hochzeit des Christian Rosenkreutz' beschreibt das doch."

Wolf antwortete erstaunt:

„Ja, aber dieses vor Jahrhunderten entstandene Manifest beschreibt doch eigentlich nur die Entwicklungszustände des Menschen bis zu seiner Vervollkommnung."

„Sie haben schon recht, aber das ist nicht nur ein geistiges Gleichnis. Um auch in der rauen materiellen Welt etwas entscheidend verändern zu können, bedarf es ebenfalls zweier körperlich manifestierter Prinzipien, die in ihrem Zusammenwirken Großes vollbringen können."

„Soll das etwa heißen, ich benötige dazu ein weibliches Wesen?"

Einen Moment lang herrschte Stille am Funktelefon, dann antwortete der Illuminat: „Ja, und zwar nicht irgendeines, sondern ein Wesen im Sinne der „Viola" aus dem Roman Zanoni. Sie, das unbedarfte, einfache Mädchen, das weder von den geistigen Kräften noch von deren Prinzipien etwas wusste, hat mitgeholfen, die größte Kraft des Universums, nämlich die „Allmacht der Liebe", zu aktivieren. Ich weiß, dass Sie mich jetzt verstehen."

Wolf fuhr ein kalter Schauer von seinen Wangen ausgehend den Rücken hinunter. So hatte er es noch nie gesehen. Die Gleichnisse auf die materielle Ebene zu übertragen, das hatte ihm bei den Rosenkreuzern noch nie jemand so erklärt wie Becker eben.

„Und wie finde ich so eine „Viola"? Und wenn ich sie gefunden habe, wie weiß ich dann, ob sie es ist, die zur

Aktivierung des Berges beitragen kann? Und wie soll das dann geschehen?"

Becker lachte. „Deswegen brauchen Sie sich jetzt keine Sorgen zu machen, Sie werden sie erkennen, denn sie trägt das Siegel der Isais. Es wird alles so verlaufen, wie es bestimmt ist, dessen können Sie gewiss sein. Hauptsache ist, dass Sie das Ziel im Auge behalten. Die Allmacht der Liebe wird mit Ihnen sein. Mehr kann ich Ihnen dazu nicht sagen."

Mit diesen Worten beendete Becker das Gespräch. Wolf hielt noch eine Weile das Handy fest an sein Ohr gepresst, so als würde ernoch auf weitere Worte Beckers warten. Aber er hatte dessen Erklärung verstanden und er würde sich von seinem Ziel nicht abbringen lassen.

Da fiel ihm ein, dass Becker ja schon vor längerer Zeit einmal zu ihm gesagt hatte, dass Claudia bereits das Zeichen der Isais trage. Was meinte Becker damit? Er hätte ihn danach fragen sollen.

Das könnte bedeuten, dass Claudia diejenige sein musste, die zur Aktivierung des Untersberges beitragen würde. Jetzt konnte Wolf seine Neugier nicht mehr im Zaume halten. Er rief kurzerhand bei ihr an und fragte vorsichtig:

„Claudia, das Isais-Zeichen, der Blitz, welcher sich auf deinem Ring befindet, hast du das schon früher irgendwo gesehen?"

„Ja freilich", antwortete sie, „ich habe mir ein ganz kleines Tattoo hinten auf die rechte Schulter machen lassen. Einen Isais-Blitz in den Farben Schwarz und Silber."

Wolf war erstaunt. „Wann war das und weshalb gerade den Isais-Blitz?", fragte er weiter.

„Das habe ich mir im vorigen Herbst tätowieren lassen. Ich verspürte einfach einen starken Drang, dieses Zeichen etwas versteckt auf der Schulter zu tragen, ich werde es dir bei unserer nächsten Zusammenkunft zeigen", erwiderte sie in ihrer natürlichen Art.

Nach diesem Telefonat war ihm klar, dass Claudia die Person sein musste, von der Becker gesprochen hatte. Wie

Viola in Bulwer Lyttons Roman „Zanoni". Erfrischend offen und ehrlich und von einer Art, die heutzutage selten anzutreffen war. Würde Claudia dabei mithelfen, den Untersberg zu aktivieren? Interessanterweise trug sie auch stets den Isais-Ring, den sie damals beim Ritual zur Wintersonnenwende erhalten hatte, an ihrem Finger. Ja, so musste es sein. Claudia war also die Viola, das weibliche Wesen, das mithelfen würde, den Berg zu aktivieren.

Sollte er ihr das alles sagen? Wie würde sie reagieren, möglicherweise könnte sie meinen, dass er verrückt sei. Aber dem war nicht so. Claudia hörte Wolf ruhig zu, als er ihr am Telefon erzählte, was er vermutete.

„Gerne werde ich dir helfen, wenn es in meiner Macht steht", antwortete die junge Frau in ihrer herzlichen Art.

Wusste sie eigentlich, worauf sie sich dabei einließ? Konnte sie überhaupt ahnen, welche Abenteuer mit der Aktivierung des Untersberges da noch verbunden waren?

„Ich werde dir Bescheid geben, wenn ich Näheres darüber weiß", verabschiedete sich Wolf. Irgendwie hatte er Angst, diese junge Frau in eine Angelegenheit hineinzuziehen, von der er selbst nicht einmal wusste, was dabei geschehen würde. Insgeheim hoffte er, dass ihm Becker weitere Anweisungen geben würde.

Dann kam der entscheidende Anruf des Illuminaten. Becker wollte sich mit Wolf und auch mit Claudia treffen. Bei dieser Zusammenkunft würde er ihnen letzte wichtige Details kundtun.

Sie trafen sich im Untersbergwald, direkt bei den alten Römersteinbrüchen. Das war eine Stelle, zu der Claudia schon seit jeher eine besondere Beziehung hatte. Immer wieder zog es sie zu diesem mystischen Ort, an dem schon vor fast zweitausend Jahren die Römer den Marmor abbauten.

Becker wartete bereits bei der kleinen Kapelle neben dem alten Brunnen. Man konnte meinen, dass er ein Wanderer war, der im Untersbergwald herumstreifte. Claudia sah Becker das erste Mal, doch ihr schien es, als kannte sie den Illuminaten schon seit Ewigkeiten. Er führte die beiden entlang eines kleinen Bachlaufes am Fuße des Steinbruchs in den Wald, wo ein großer, umgestürzter Baum lag, auf welchem sie sich niederließen. Becker wandte sich zuerst an Wolfs Begleiterin: „Sie, Claudia, wollen also Wolf dabei behilflich sein, den Aktivierungsprozess des Untersberges auszulösen? Sind Sie sich dessen bewusst, dass es sich dabei um eine Angelegenheit mit nachhaltigen Folgen für die ganze Menschheit handelt? Sie wurden bereits vor sehr langer Zeit für Ihre Aufgabe ausgewählt und tragen nicht nur den Ring der Isais an Ihrem Finger, sondern Sie haben auch das Siegel der Isais an Ihrer Schulter."

Wolf hörte aufmerksam zu, was Becker da zu Claudia sagte. Claudia wäre bereits vor langer Zeit ausgewählt worden? Das verstand er zwar nicht ganz, aber Becker hatte ja noch mehr zu erzählen.

„Sie beide", meinte der Illuminat zu Claudia gewandt, „sind weitgehend frei von Machtgelüsten und Habgier. Deshalb ist es Ihnen auch möglich, in die große Halle im Untersberg zu gelangen. Dieser Raum wurde vor langer Zeit schon als „Halle der Erkenntnis" bezeichnet. Dort befindet sich die goldene Kugel. Diese Kugel wird auch das Symbol für das ‚Neue Zeitalter' sein. Sie beide müssen, wenn Sie bis zu der Kugel vorgedrungen sind, diese gleichzeitig mit Ihren Händen berühren. Damit aktivieren Sie den Umwälzungsvorgang. Sie werden dort im Berg allerlei interessante Dinge sehen, durch welche Sie sich jedoch nicht ablenken lassen dürfen."

Erstaunt blickte Claudia den Illuminaten an. Das klang doch alles ähnlich wie in der Gralssage. Auch dort konnten nur ausgewählte Menschen, die reinen Herzens sein mussten, den Gral für sich gewinnen.

Becker richtete sein Wort nun an Wolf: „Erinnern Sie sich, als Sie vor Jahren in Tunesien von dem Imam in Kairouan vor der „Straße der Versuchung" gewarnt wurden? Da lagen links und rechts des Weges Tausende kleine Kalzitkristalle, die wie Diamanten funkelten. Fast jeder

Durchreisende hielt dort an, um seine Taschen mit diesen vermeintlichen Kleinodien zu füllen. Nur wenige konnten der Versuchung widerstehen. Auch im Untersberg, in der Halle der Erkenntnis, ist dies ähnlich. Nur liegen dort keine Kalzitkristalle, sondern dort befinden sich andere Dinge von unschätzbarem Wert. Sie dürfen sich davon nicht ablenken lassen, das gilt auch für Sie", dabei blickte er Claudia ernst an. „Sie müssen in jedem Fall Ihr Ziel im Auge behalten. Sie haben jedoch Ihren freien Willen, ohne den Sie nichts Entscheidendes ausrichten können. Gebrauchen Sie ihn mit Verstand, dann wird die Prophezeiung in Erfüllung gehen und die Aktivierung in Gang gesetzt werden."

Wolf war sich nicht sicher, ob Claudia nach dieser Eröffnung Beckers schockiert sein würde, und immer wieder wanderte sein Blick zu der jungen Frau, die aber ganz ruhig dasaß und dem Illuminaten zuhörte.

„Wann und vor allem wo werden wir den Eingang zu dieser Halle in den Berg finden?", fragte Wolf, worauf Becker antwortete:

„Es wird nicht mehr lange dauern, bis es so weit ist. Sie brauchen sich nicht zu sorgen, Sie werden zum richtigen Zeitpunkt zu dem Eingang hingeführt werden. Mehr kann ich Ihnen im Moment nicht sagen. Leben Sie wohl." Mit diesen Worten erhob sich der Illuminat und verabschiedete sich von den beiden.

Claudia und Wolf blieben noch eine Weile am Baumstamm vor den Felswänden am Steinbruch sitzen und genossen die wärmenden Sonnenstrahlen, die zwischen den Fichten hindurchschienen. Claudia wollte sich anschließend noch die kleine Kapelle, die am Wegrand stand, genauer ansehen. „Schau, da drinnen ist ein Marienbild. Ob damit auch die Isais gemeint ist?", fragend blickte sie Wolf an. „Mag schon sein, aber nicht alle Mariendarstellungen haben etwas mit Isais zu tun", beschwichtigte Wolf. Die beiden stiegen in den Wagen, und während sie die Straße durch den Untersberg wieder zurückfuhren, meinte Clau-

dia: „Ich bin neugierig, an welcher Stelle wir in den Untersberg hineingehen werden."
Wolf lachte. „Die Stelle ist mir eigentlich egal, Hauptsache, du hast nicht wieder deine Stöckelschuhe an, wenn wir zum Berg fahren."

KAPITEL 7

▲

DIE ZEITFALLE

Erneut war eine Zusammenkunft mit General Kammler vereinbart worden. Das Treffen sollte, wie fast jedes Mal, beim alten Gasthof stattfinden. Draußen vor der Eingangstüre, beim Marmorbrunnen, würden Weber und Kammler auf Wolf warten. Der General meinte aber dann am Telefon, es wäre sicherer, diesmal ein anderes Lokal aufzusuchen, da er vermutete, dass Monika und Thomas, die jungen Wirtsleute, bereits Verdacht geschöpft hatten. Wolf teilte diese Ansicht nicht. Er kannte Monika und Thomas seit Jahren und wusste, dass sie sich kaum darum kümmerten, mit wem er am Tisch beim grünen Kachelofen saß, aber er wollte dem General nicht widersprechen.

Linda konnte er leider nicht zum Treffen mit Kammler mitnehmen, da sie sich wieder einmal mit ihren Freundinnen auf einer Städtereise in Deutschland befand.

Kammler und Weber warteten, wie Touristen gekleidet, bereits am Parkplatz neben dem Brunnen. Nach einer kurzen Begrüßung eröffnete Wolf:

„Ich würde vorschlagen, dass wir heute wieder zum Anfang fahren." Wolf erinnerte sich an ein Treffen im Vorjahr, bei dem seine beiden Gäste durch den Namen Anfang etwas verwirrt wurden, und fügte deshalb sogleich hinzu:

„Ich meine natürlich den Gasthof Kugelmühle am Beginn der Almbachklamm."

„Ich entsinne mich", antwortete der General, „der Wirt dort, Ihr Bekannter, der heißt doch Friedl Anfang."

„Ja, zu dem fahren wir, dort können wir uns ungestört im Hausgäste-Stüberl unterhalten und einen schönen Kachelofen gibt es dort auch."

Zehn Minuten später erreichten sie den Eingang zur Klamm, an deren Beginn das Gasthaus stand. Wolf durfte seinen Wagen direkt am Privatparkplatz vom Wirt abstellen, welcher die drei schon vom Küchenfenster aus begrüßte. Friedl Anfang hatte nicht die leiseste Ahnung, um wen es sich bei Wolfs Begleitern handeln könnte.

Als sie dann in der gemütlichen Stube saßen, begann der General mit einer Rede:

„Die Zeit der großen Umwälzungen hat bereits begonnen und schon bald werden die Auswirkungen überall sichtbar werden. Wir haben deshalb unsere Zugänge zur Sicherheit zusätzlich mit Zeitfallen versehen."

Wolf stutzte und fragte: „Was meinen Sie mit „Zeitfallen"?"

„Nun", fuhr Kammler fort, „das müssen Sie sich wie eine Endlosschleife in Form einer Acht vorstellen. Wenn es jemandem zufällig gelingen sollte, durch eines unserer Portale zu gelangen, würde er nach einer Minute automatisch in eine Zeit kurz davor zurückkommen. Und mit kurz meine ich nur ein bis zwei Minuten. Das würde bedeuten, dass er denselben Weg nach dem Portal immer wieder gehen müsste. Er käme aber nirgendwohin und würde dies gar nicht bemerken. Er wäre ein Gefangener in dieser Zeitschleife. Dies ist eine sehr effektive Maßnahme, mit welcher wir unsere Eingänge vollkommen sicher schützen können."

„Interessant", staunte Wolf, „aber was passiert mit einem solchen Menschen?"

„Gar nichts, er erlebt ununterbrochen dasselbe und wird sich dessen allerdings gar nicht bewusst", antwortete Kammler. „Aber der wahre Grund unseres Treffens ist nicht die Mitteilung über die Zeitfallen. Ich möchte Ihnen etwas anderes zeigen."

Was würde der General ihm zeigen wollen? Wolf war aufs Äußerste gespannt.

Kammler fuhr fort: „Wir haben bei unseren Zeitexperimenten mit den blauen Kristallen im Berg etwas entdeckt, was nicht in unser herkömmliches Denkschema passt. Da ist am Ende eines langen Ganges plötzlich eine riesige Halle mitten im Untersberg zu sehen, in der sich seltsame Objekte befinden. Zeitmäßig spielt sich das im achtzehnten und neunzehnten Jahrhundert ab. Gehen wir in der Zeit noch etwas weiter zurück, dann verschwinden sie wieder. Auch im zwanzigsten Jahrhundert sowie in der Gegenwart ist davon nichts zu bemerken."

Weber bestellte sich einen Apfelsaft und hörte dem General aufmerksam zu.

„Möglicherweise funktioniert das nach demselben Prinzip, nach dem wir einige unserer Basen in der Vergangenheit versteckt haben. Das Sonderbare daran ist aber, dass wir diese Hallen nicht betreten konnten, obwohl wir uns unmittelbar davor befanden. Immer wenn ein Mann unserer Station zu nahe an diese Hallen kommt, scheint es, als würde sich der Berg schließen, und er steht auf einmal vor undurchdringlichem Fels."

Wolf versuchte zu erklären: „Wäre es nicht denkbar, dass die letzten Meter vor diesen Hallen in eine andere Zeit münden, so ähnlich wie es bei Ihren Zeitfallen der Fall ist?"

„Möglich wäre das schon", erwiderte der General, „aber wer sollte das schon gebaut haben?" Wolf antwortete: „Vielleicht Leute aus der Zukunft?"

„Wenn das Leute aus der Zukunft waren, sollte das etwa heißen, dass unsere Flugscheibentechnologie auch aus der Zukunft stammt?", sagte der General. Wolf fasste sich ans Kinn, als würde er überlegen, und erwiderte: „Sie selbst haben uns doch erklärt, dass Ihnen die „Anderen" bei Ihren geheimen Entwicklungen behilflich waren. Wissen Sie überhaupt, wer diese Anderen waren?" Jetzt musste auch der General kurz nachdenken und meinte schließlich: „Ich war immer der Ansicht, dass diese Anderen von außerhalb kamen. Unsere Vril-Damen hatten damals eine Art telepathischen Kontakt mit diesen Wesen."

„Wollen Sie damit etwa andeuten, dass nur auf telepathische Anordnung hin die Flugscheiben gebaut wurden?", fragte Wolf erstaunt.

Der General blickte ihm ernst in die Augen. „Ich werde Ihnen jetzt wieder etwas mitteilen, was ich Ihnen lieber noch nicht gesagt hätte. Die erste Flugscheibe erhielten wir direkt von den Anderen. Mithilfe der übermittelten Konstruktionsanleitungen versuchten wir, so ein Gerät nachzubauen. Uns wurde recht schnell klar, dass uns entscheidende Teile und Materialien dazu fehlten. Aber auch diese bekamen wir von den Anderen binnen kürzester Zeit herbeigeschafft."

Wolf hatte es schon immer geahnt. Da wurden aus der Zukunft „Wunderwaffen" geliefert, um den Kriegsausgang im letzten Moment entscheidend zu verändern. Dass dies aber trotzdem nicht gelang, war auf das Paradoxon zurückzuführen, welches einen entscheidenden Eingriff in die Vergangenheit nicht zuließ. Vermutlich dachten diese Leute aus der Zukunft, dass sich eine Veränderung dennoch bewerkstelligen ließe, wenn Kammlers Techniker die Flugscheiben selbst herstellen würden. Dem war aber nicht so, da ja das gesamte Wissen um diese Technik aus der Zukunft gekommen war.

Wolf fragte den General nun direkt: „Weshalb haben Ihrer Meinung nach diese Flugscheiben den Kriegsausgang nicht mehr verändern können?"

„Die Technik dürfte noch nicht ausgereift gewesen sein und die Stückzahl der Geräte war zu klein, um entscheidende Erfolge zu erzielen."

Wolf wurde jetzt klar, dass der General noch immer nicht wusste, dass die Technik der „Anderen", so wie er sagte, aus der Zukunft kam. Für ihn waren es außerirdische Wesen, welche ihm zu Hilfe gekommen waren. Somit hatte Becker schon recht, wenn er behauptete, dem General helfen zu wollen. Diese Hilfe würde allerdings anderer Natur sein, als es Kammler erwartete. Aber in Wolf war jetzt die Neugier erwacht. Er wollte unbedingt sehen, was hier im

Untersberg versteckt war. Er würde Becker diesbezüglich fragen und ihn in Kürze auf dem Handy anrufen.

Friedl, der Wirt, betrat das Stüberl und fragte Wolf und seine beiden Begleiter, ob alles in Ordnung sei. An Kammlers Aussprache konnte er unschwer erkennen, dass es sich dabei um einen Bewohner Norddeutschlands handeln musste, und er erkundigte sich höflich, woher er denn stamme. Der General musterte den Wirt und mit forschem Blick antwortete er: „Wenn Sie wüssten, woher ich komme, würden Sie es wahrscheinlich nicht glauben."

Friedl Anfang glaubte an einen Scherz Kammlers und lachte. Auch Wolf musste bei diesen Worten des Generals schmunzeln. Nur Weber verstand wieder einmal gar nichts.

„Sind Sie schon länger hier oder sind Sie erst in den letzten Tagen angekommen?", fragte der Wirt nochmals nach. Anstatt Kammler antwortete Wolf: „Die beiden sind schon sehr lange hier, genauer gesagt seit über fünfundsiebzig Jahren und sind doch erst in den letzten Tagen angekommen."

Verdutzt schaute Friedl zu Wolf herüber und wusste nicht so recht, was dieser damit meinte. Der General nickte zufrieden lächelnd dazu.

Als der Wirt das Stüberl wieder verlassen hatte, meinte Kammler:

„Sie werden sich nun bestimmt fragen, weshalb ich Ihnen das Ganze erzählt habe. Wir hätten gerne Zutritt zu diesen riesigen Hallen, in denen diese Fluggeräte, denn um solche dürfte es sich dabei handeln, untergebracht sind, und möchten Sie ersuchen, uns dabei behilflich zu sein."

„Und wie stellen Sie sich das vor? Ich habe keine Ahnung, wie ich Ihnen dabei helfen könnte", erwiderte Wolf.

„Lassen Sie sich etwas einfallen, denken Sie in Ruhe darüber nach und sprechen Sie auch mit Linda darüber, vielleicht hat auch sie eine Vorstellung."

Mittlerweile war es schon spät und außerdem finster geworden und Wolf rief nach dem Wirt, um zu bezahlen. Als sich die drei anschickten, das Stüberl zu verlassen, meinte der Wirt noch verschmitzt: „Ich glaube, jetzt weiß ich, wer Sie sind. Sie sind ein General der Bundeswehr. Ich bin mir sicher, ich habe Sie letztes Jahr im Fernsehen gesehen."

Wieder musste der General schmunzeln, beugte sich zum Wirt und sagte leise zu ihm: „Ja, Sie haben recht, aber bitte erzählen Sie es niemandem weiter." Sie verabschiedeten sich und verließen das Gasthaus. Wolf fuhr die zwei wieder zurück und ließ sie in der Nähe des Einganges ihrer Station, dort wo das Wasser über das Wasser fließt, aussteigen. Zuvor versprach er Kammler noch, sich in den nächsten Tagen wieder zu melden.

Am nächsten Morgen rief er bei Linda an und erzählte ihr vom gestrigen Treffen mit Weber und dem General. Aber auch Linda hatte keine Vorstellung, wie sie den Leuten in der Station im Berg einen Zugang zu der Flugscheibenhalle verschaffen könnten.

„Da musst du wirklich Becker anrufen, der ist doch der Einzige, der hier noch helfen kann." Wolf wollte aber noch eine Nacht darüber schlafen. Er würde den Illuminaten erst am nächsten Tag kontaktieren.

Die Erzählungen des Generals hatten ihn neugierig gemacht und er wollte am liebsten selbst als Erster diese Halle betreten.

Becker war diesmal direkt am Handy erreichbar, und so musste Wolf nicht erst auf einen Rückruf des Illuminaten warten. Nachdem er ihm die Geschichte des Generals von der Halle im Untersberg erzählt hatte, meinte dieser: „Jene Hallen wurden vor sehr langer Zeit errichtet und sie wurden mit einem Mechanismus versehen, welcher sie vor unbefugtem Betreten sicher schützt. Kammler hat zwar durch seine Zeitmanipulationsgeräte einen Blick hineinwerfen können, aber eben nur einen Blick. Betreten werden weder er noch seine Männer dieses Kernstück des Berges können. Ich kann Ihnen nur so viel dazu sagen, dass man dorthin nur mit einer gewissen Geisteshaltung gelangen kann. Das mag für Sie jetzt mystisch klingen, es ist aber so, wie ich es Ihnen sage. Die Geräte, die sich dort im Berg befinden, haben eine ungeheure Macht, die jede Vorstellung von Ihnen bei Weitem übersteigen würde. Die Erbauer dieser Anlage haben sie daher mit einem absolut sicheren Schutz ausgestattet. Nur jemand, der nicht von Machtstreben erfüllt ist, gelangt dort hinein."

„Das klingt ja wirklich mystisch. Mich erinnert das an die Gralssagen. – Nur wer reinen Herzens ist, kann den Gral für sich gewinnen", antwortete Wolf.

Becker erwiderte: „Wer weiß, vielleicht sind das gar keine Sagen, sondern nur Erinnerungen an frühere Zeiten, in denen die Menschen schon damals mit solchen Sachen konfrontiert wurden."

KAPITEL 8

▲

DIE BLAUEN KRISTALLE

Wolf fand nun endlich etwas Zeit, sich die beiden metallenen Behälter, welche er im Vorjahr aus dem Bibliotheksstollen am Obersalzberg mitgenommen hatte, anzusehen. Er hatte sie ja bereits damals zu Hause geöffnet. Die darin gefundenen Konstruktionspläne konnte er jedoch nicht recht deuten, da es sich um eine Detailzeichnung einer undefinierbaren Maschine handelte, deren Zweck er nicht zuordnen konnte. Wolf nahm die Pläne wieder heraus und legte sie auf den großen Tisch. Nachdem er sich einen groben Überblick verschafft hatte, griff er zum Telefon und rief, obwohl es noch recht zeitig in der Früh war, bei Linda an.

„Du, ich glaube, ich habe etwas ganz Interessantes für dich, setz dich in dein Auto und komm herüber zu mir."

„Worum handelt es sich diesmal?", fragte eine etwas unausgeschlafene Linda in müdem Tonfall.

Nachdem ihr Wolf zu erklären versuchte, dass es sich um technische Pläne aus dem Stollen mit dem Uranoxid handelte, entgegnete Linda:

„Du weißt doch genau, dass ich von Technik so gut wie nichts verstehe. Außerdem ist heute Samstag und damit Markttag in der Stadt. Ich möchte doch für morgen Entenfilet kaufen und das bekomme ich nur dort. Also, guter Wolf, hole dir einen Techniker von deiner Firma und besprich mit ihm diese Pläne, denn da könnte ich dir ohnehin nicht weiterhelfen, für mich waren Konstruktionspläne immer schon ein Buch mit sieben Siegeln."

Wolf passte Lindas Antwort ganz und gar nicht, er hätte sie ja auch nicht zur Erklärung der Pläne gebraucht, sondern wollte sie eben dabeihaben, wenn diese Relikte aus einer längst vergangenen Zeit erstmals wieder angesehen würden. Es blieb ihm also nichts anderes übrig, als Zeichnung für Zeichnung genau zu studieren. Was ihm fehlte, war eine Zusammenstellung, auf der man die komplette Maschine hätte erkennen können. Aber zumindest war das wenige, das er den Plänen entnehmen konnte, auch recht aufschlussreich. Da waren Ringsegmente aus Stahl, welche einen Radius von siebentausendfünfhundert Millimeter hatten, dies würde bedeuten, dass es sich um eine Konstruktion mit einem Durchmesser von mindestens fünfzehn Metern handeln musste. Es waren mehrere gegenläufige Ringe eingezeichnet, wobei magnetische Spulen als Lagerung der beweglichen Teile fungierten.

Zu gerne hätte Wolf gewusst, wozu so ein kreisförmiges Gerät überhaupt benötigt würde und was dessen Zweck sein sollte. Linda hatte schon recht, denn mit Sicherheit hätte er sie mit diesen Konstruktionsplänen nur gelangweilt. Es war schon gut, dass sie auf den Markt fuhr. Und auf Lindas gebratenes Entenfilet mit Blaukraut hatte er doch immer Appetit. Sie war eine vorzügliche Köchin.

Er beschloss daher, bei nächster Gelegenheit wieder auf den Obersalzberg hinaufzufahren, um aus dem alten Stollen hinter der Felsnadel, welche im Volksmund „Ofnerkirche" genannt wurde, die restlichen Metallbehälter mit den Zeichnungen zu holen. Wolf hoffte, dort die Hauptzeichnung mit der Zusammenstellung der Konstruktion zu finden. Doch plötzlich hatte er einen Einfall und griff zum Telefonhörer, um Apollo, der eigentlich Michael hieß, anzurufen.

„Hallo Michael, du hast mir doch vor Jahren von der Felsnadel am Obersalzberg erzählt, von der Ofnerkirche. Du sagtest damals auch etwas von einem alten Stollen, der sich dort oben befinden soll. Ich habe den Eingang im Vorjahr entdeckt und da drinnen liegen mindestens zwanzig wasserdicht verschraubte Edelstahlbehälter, die Konstruktionspläne enthalten. Ich habe erst zwei dieser Behälter heruntergebracht und kann dir zu den Plänen nur so viel sagen, dass es sich dabei um eine kreisrunde Maschine von mindestens fünfzehn Metern Durchmesser handeln müsste."

„Was hast du gefunden, sag das noch mal!", unterbrach Apollo Wolfs Redefluss. „Dabei könnte es sich um eine reichsdeutsche Flugscheibe handeln. Nicht umsonst wurde dieser Stollen „Bibliotheksstollen" genannt und du hast jetzt den Eingang, nach dem ich schon seit Jahren suche, entdeckt!"

Das war wieder einmal typisch Apollo, er erzählte immer nur kryptisch und zudem nur in Fragmenten.

„Was weißt du schon von reichsdeutschen Flugscheiben?", konterte Wolf.

„Zumindest so viel, dass die ersten Flugscheiben einen Durchmesser von circa siebzehn Metern gehabt haben sollen. Das würde mit diesen beweglichen Ringen mit fünfzehn Metern Durchmesser im Inneren zusammenpassen. Kannst du mir diese Pläne einscannen und per E-Mail zusenden?"

Die alten Pläne waren aber für Wolfs Scanner viel zu groß und in eine Kopieranstalt wollte er sie nicht bringen, da es sich doch um etwas sehr Geheimes handeln musste. Deshalb sagte er zu Apollo: „Sei mir bitte nicht böse, das kann ich derzeit noch nicht tun, aber ich habe noch etwas anderes für dich. Du hast mich doch vor einiger Zeit nach den blauen Kristallen, welche ich von dem Grabräuber Rassul erhalten habe, gefragt. Jetzt kann ich dir auch Bilder von den Kristallprismen zuschicken. Vielleicht kannst du mir auch dazu etwas sagen, denn ich habe keine Ahnung, wie ich die Dinger verwenden könnte."

Am anderen Ende der Leitung war es zuerst etwas still, dann begann Apollo: „Die blauen Kristalle? Du hast sie also wirklich? Weißt du überhaupt, was das heißt? Mit diesen Dingern kannst du die Zeit verändern und in der Zeit reisen."

Wolf unterbrach ihn: „Was meinst du mit „Zeit verändern"?" Apollo hatte ihm gegenüber vor Jahren einmal die Bemerkung gemacht, dass kurz vor Ende des Zweiten Weltkrieges eine „Neue Zeitlinie" erzeugt worden sein sollte. Irgendwie wäre da auch Apollo involviert gewesen. Vielleicht wusste er etwas über den Gebrauch dieser Quarzprismen, welche angeblich die Zeit verändern konnten. Deshalb fragte ihn Wolf: „Wenn du mir sagst, wie man diese Kristalle verwendet, dann sende ich dir die Fotos der Prismen."

„Wolf, du weißt nicht, wovon du sprichst!", antwortete Apollo mahnend. „Glaub mir, die Kristalle sind kein Spielzeug, mit denen man einfach herumexperimentieren kann!" Wolf unterbrach ihn: „Dann liegt es jetzt an dir, mir eine Gebrauchsanweisung zu liefern".

„Schicke du mir mal zuerst die Bilder dieser Kristallprismen, damit ich weiß, ob das auch wirklich die richtigen sind. In diesem Falle komme ich dann zu dir an den Untersberg und wir beide werden gemeinsam ein Zeitentor errichten."

Was faselte da Apollo von einem Zeitentor? Das klang alles sehr fantastisch, aber Wolf hatte es sich schon lange abgewöhnt, unvorstellbare Dinge infrage zu stellen. Zu viel hatte er schon selbst erlebt, wovon andere nur träumen konnten. Er würde Apollo die Bilder mailen, und zwar heute noch.

Er ging zum Wohnzimmerschrank, nahm ein kleines Kästchen heraus und öffnete es, dann legte er alle sechs Kristallprismen auf den Tisch. Allerdings hatte er ein mulmiges Gefühl, als er an Apollos mahnende Worte dachte.

Die Zeit zu verändern – was meinte er nur damit? Aber Apollo war kein Spinner, auch wenn er zuweilen Sachen erzählte, mit denen kaum jemand etwas anzufangen wusste.

In Gedanken versunken schaute Wolf durch das riesige Fenster, das einen grandiosen Blick auf den Untersberg freigab. Dann nahm er seine Kamera und machte einige Bilder von den Kristallen, welche er Apollo senden würde.

Im Licht der untergehenden Sonne, die sich gerade über dem Felsmassiv des Berges herabsenkte und direkt in Wolfs Wohnzimmer hereinschien, sahen die sechs blauen Quarzprismen ganz eigenartig aus. Als würde sich die Farbe im Inneren der Prismen laufend verändern. Er wollte die Kristalle zuerst in Dreiecksformation aufstellen, ließ aber dann doch von seinem Vorhaben ab. Obwohl er zwar überzeugt davon war, dass da kein Zeitphänomen auftreten würde, nahm er die sechs Prismen und stellte sie im Halbkreis um die beiden schwarzen Steine in der Glasvitrine. Das Klingeln des Handys riss ihn aus seinen Überlegungen. Linda war dran und wollte wissen, wie das Telefonat mit Apollo verlaufen war und ob ihm dieser bei den Konstruktionszeichnungen weiterhelfen konnte.

Wolf schüttelte nur den Kopf und meinte: „Der Michael war der Ansicht, dass es sich dabei um Pläne für die reichsdeutschen Flugscheiben handeln müsste. Aber ich habe ja eigentlich ohnehin erwartet, dass er so etwas sagen wird."

Linda antwortete: „Wenn du den Hauptplan findest, dann wissen wir mehr, und ich glaube, dass der bestimmt auch noch dort oben in dem Stollen liegt."

Er wollte ihr noch von dem Gespräch mit Apollo bezüglich der blauen Kristalle erzählen. Dabei blickte er ganz nebenbei zur Glasvitrine, worin sich nun im Halbkreis um die beiden schwarzen Steine die Prismen befanden. Er erschrak. Die Kristalle waren jetzt farblos. Vor wenigen Minuten waren sie noch tintenblau gewesen. Hatte er es mit einer Sinnestäuschung zu tun? Nein, alle sechs Prismen waren nun eindeutig farblos. Wolf nahm ein Stück davon in seine Hand und drehte es herum. Da war keine Spur mehr von der blauen Farbe.

Als er nochmals zur Vitrine schaute, bemerkte er, dass sich direkt unter den Steinen der schwere Bleibehälter mit dem Uranoxid befand. Sollte die Radioaktivität etwas mit der Farbänderung der Kristalle zu tun haben? Der zwei Zentimeter dicke Bleimantel des Behälters ließ ja nur einen Bruchteil der Strahlung hindurch. Dass diese eher geringe Radioaktivität dennoch so eine starke Wirkung auf die Kristalle haben würde, konnte Wolf kaum glauben.

„Na, hat es dir die Sprache verschlagen", hörte er Lindas Stimme aus dem Handy. „Nein, oder doch?", antwortete Wolf und erklärte Linda das soeben Gesehene. Sie erwiderte:

„Du, überleg doch einmal. Erinnere dich an die beiden Bleizylinder, die wir dem General aus den Lavahöhlen unter der Villa Winter in Fuerteventura gebracht haben. Da waren doch auch blaue Kristall Prismen drinnen. Vielleicht waren die deshalb in Bleizylindern gelagert, um keiner Radioaktivität ausgesetzt zu sein. Möglicherweise hat das damit zu tun?"

„Gut möglich", meinte Wolf, „aber jetzt mache ich noch ein paar Fotos und schicke sie dem Apollo mit einer Erklärung der ganzen Geschichte. Ich bin gespannt, was er dazu sagt. Dann komm ich hinüber zu dir und wir können das Ganze in Ruhe bei einer Tasse Kaffee besprechen. Ein Prisma nehme ich auch noch mit, falls ich bis dahin nicht in eine andere Zeit verschwunden bin", witzelte Wolf.

Zur Sicherheit legte er die restlichen Prismen wieder zurück in das Holzkästchen und stellte es wieder in den Schrank. Dann fuhr er zu Linda, um ihr das farblose Kristallprisma zu zeigen.

KAPITEL 9

▲

GALILEO

Das deutsche Zentrum für Luft- und Raumfahrt errichtete in den vergangenen Jahren rund um Berchtesgaden eine Simulationsanlage für das neue europäische Satelliten-Navigationssystem Galileo. Dazu wurden auf den umliegenden Berggipfeln beziehungsweise knapp darunter Sendestationen aufgestellt. Bei der Überprüfung ergaben sich ganz eigenartige Fehlfunktionen, die aus Richtung Untersberg, auf dem sich ebenfalls zwei dieser Sender befanden, zu kommen schienen. Von Manfred, einem Funkspezialisten und dem Cousin von Linda, welcher direkt in Berchtesgaden wohnte, erfuhren die beiden, dass immer wieder Probleme bei dieser Simulation auftraten.

„Das ist schon eigenartig, zuerst bauen die ihr System in unmittelbarer Nähe zum Untersberg auf und dann kommen diese seltsamen Störungen ebenfalls aus der Richtung der Berge", sagte Linda.

„Wollen wir den General fragen, ob er damit etwas zu tun hat?", meinte Wolf.

„Du glaubst, dass uns der das so einfach sagen würde?"

„Weshalb nicht? Dafür bekommt er von uns im Gegenzug Informationen über diese neuartige Sache", antwortete Wolf.

So beschlossen die beiden, wieder einmal mit dem Obersturmbannführer Weber Kontakt aufzunehmen, was per SMS auch rasch gelang. Aber „rasch" bedeutete auch hier wieder etliche Tage, da eine Antwort, selbst wenn sie innerhalb von wenigen Minuten erfolgte, bei der Zeitverlangsamung in der Station doch einige Tage dauern musste. Immerhin wurde aber eine Zusammenkunft vereinbart, diesmal im alten Gasthof am Fuße des Untersberges.

General Kammler und Weber warteten diesmal sogar schon in der Gaststube am Tisch Nummer siebzehn. Das war der Tisch direkt neben dem grünen Kachelofen, an dem Linda und Wolf auch sonst immer saßen.

„Herr General", begann Wolf, „haben Sie irgendwelche Funkanlagen im Gigahertz Bereich in Verwendung?"
Wolf klärte die beiden ausführlich über die Versuche rund um das neue Satellitensystem auf, wobei er damit auf großes Interesse der beiden Männer stieß. Kammler zeigte sich erstaunt und meinte:

„Die Kommunikationssysteme mit unseren Basen sind eigentlich anderer Natur. Aber es ist bestimmt möglich, dass sich etwaige Überlagerungen in diesem Frequenzbereich ergeben könnten."

Monika, die Wirtin, kam zum Tisch und Wolf bestellte Kaffee und Kuchen für alle.

Der General fuhr fort: „Wie Sie wissen, sind einige unserer Basen ja ebenfalls in der Zeit, und zwar in der Vergangenheit versteckt. Die Kommunikation mit den Leuten dort verläuft über mehrere Relaisstationen in verschiedenen Zeitebenen. Es ist tatsächlich denkbar, dass die letzte Station, welche sich in Ihrer Gegenwart befindet, einen gewissen Störfaktor in diesem Bereich darstellt. Auch die räumliche Nähe zu unserer Sendeanlage spielt da bestimmt eine Rolle."

Wolf und Linda waren erstaunt. Da sprach der General so frei über seine Sendeanlagen.

Linda war mittlerweile neugierig geworden, was diese Basen in der Vergangenheit betraf. Sie fragte den General: „Könnten Sie es uns ermöglichen, einmal in eine solche Basis zu gelangen? Mich würde so etwas brennend interessieren."

Wolf wollte schon abwinken, doch der General meinte gelassen: „Warum nicht? In einigen Tagen, wobei ich jetzt

Ihre Zeit meine, ist ohnehin ein Besuch in Basis drei geplant. Wenn Sie wollen, können Sie gerne mitkommen."
„Ist das weit von hier?", erkundigte sich Linda.
„Nein nur einen Schritt vom Tor entfernt und dennoch Hunderte Kilometer von hier", erwiderte der General. „Obersturmbannführer Weber wird Ihnen telefonisch Bescheid geben, wann es so weit ist. Und vergessen Sie nicht, keine Funktelefone und keine Kameras!"
Linda freute sich bereits auf einen solchen Ausflug und auch Wolf war schon gespannt, was sie diesmal zu Gesicht bekommen würden.
„Im Übrigen möchte ich Ihnen noch sagen", meinte der General, „dass unsere Navigation keinerlei Hilfe durch Satelliten benötigt. Es handelt sich dabei um ein gänzlich anderes System als das heutige, welches Sie beschrieben haben."
Wolf rief nach dem Wirt und bezahlte. Sie verabschiedeten sich vom General und von Weber, die sich zu Fuß auf den Rückweg zur Station machten.
„Ich bin schon gespannt, wie es in dieser Basis wohl aussehen wird. Nach den Erzählungen des Generals müsste bei den Leuten dort ein hohes technisches Entwicklungsniveau vorherrschen."
„Und das Ganze, obwohl wir weit zurück in die Vergangenheit reisen werden. Unsere Mönchskutten werden wir dieses Mal ganz bestimmt nicht brauchen", lachte Wolf.

KAPITEL 10

▲

BASIS NUMMER DREI

Wie von den beiden schon erwartet, kam am frühen Vormittag der Anruf von Weber: „Wir werden uns in drei Stunden Ihrer Zeit nach Basis drei begeben. Sie brauchen nichts Besonderes mitzunehmen. Treffpunkt ist wie immer beim Marmorbrunnen vor dem alten Gasthof. Und vergessen Sie nicht: Sie dürfen keine Kameras und keine Funktelefone mitnehmen!"

Wolf legte den Hörer beiseite: „Na siehst du, jetzt kann es losgehen."

„Das heißt, wir werden jetzt in eine Basis der Deutschen in der Vergangenheit reisen, und diesmal ohne unsere Mönchskutten", meinte Linda.

„Nicht direkt in die Vergangenheit, ich glaube kaum, dass die Deutschen, die dort in dieser Basis leben, den Lebensstandard von damals haben", antwortete Wolf. „Lassen wir uns einfach überraschen", fügte er noch hinzu.

„Wir werden unseren Wagen am Parkplatz hinter dem Brunnen abstellen."

Weber wartete bereits, als sie ankamen. Sie gingen mit ihm den kurzen Weg bis zu der Stelle, an welcher Wolf immer die Augen verbunden wurden.

„Gibt es diesmal keine Augenbinde?", fragte Wolf erstaunt. Weber schüttelte nur den Kopf und sagte: „Der General meinte, Sie würden es ertragen, durch das Dimensionstor zu gehen. Folgen Sie mir."

Wolf schloss kurz seine Augen und versuchte, sich auf das Rauschen des Wassers zu konzentrieren. Ja, hier musste die Stelle sein. So hatte es damals auch geklungen, als ihn der General und Weber mit verbundenen Augen hierhergeführt hatten.

Sie befanden sich jetzt direkt neben dem kleinen Bach und der Obersturmbannführer deutete auf eine Stelle am Rand des Wasserlaufes: „Hier geht es weiter." Linda erschrak und meinte: „Wie soll es da weitergehen, da geht es doch ins Wasser?" Sie konnten nichts von einem Eingang sehen. Da war nur der betonierte Rand des Baches. Zögernd standen die beiden da, als Weber meinte: „Sie müssen einfach geradeaus weitergehen, Sie werden nicht ins Wasser fallen, glauben Sie mir!" Als Wolf und Linda keine Anstalten machten, auf den Bach zuzugehen, kam Weber zum Rand des Baches und sagte: „Gut, ich gehe vor und Sie kommen mir auf demselben Weg nach. Ist das in Ordnung?" Beide nickten und sahen Weber im nächsten Moment vor ihren Augen verschwinden. Es schien, als hätte er sich in Luft aufgelöst. „Meinst du, wir sollten ...", fragend schaute Linda zu Wolf. Er unterbrach sie: „Freilich! Du wolltest doch einen Besuch in dieser ominösen Basis machen. Also dann geh schon, ich komme nach – oder sollen wir nebeneinander hineingehen?"

„Ich glaube, dafür ist das Tor zu schmal, sei froh, wenn du alleine da hindurchkommst, sonst bleiben wir noch in irgendeiner Zwischendimension stecken", konterte die Lehrerin in altbekanntem Ton, worauf Wolf nur resignierend mit den Schultern zuckte. Im nächsten Moment war Linda auch schon hinter dem Dimensionstor verschwunden. Wolf fand das alles zwar fantastisch, aber trotzdem musste auch er sich überwinden, den Schritt ins Ungewisse zu tun. Im nächsten Moment stand er neben Linda und Weber im hell erleuchteten Eingang der Station. Dort warteten bereits General Kammler und noch zwei Soldaten in schwarzer SS-Uniform.

Der General meinte: „Sie werden heute etwas sehen, was noch nie einem Menschen aus Ihrer Zeit möglich war. Aber

in einigen Stunden werden Sie wieder hierher in unsere Station zurückkommen. Und haben Sie keine Sorge, eine Zeitverschiebung wird es in diesem Falle nicht geben."
Dann nickte er ihnen wohlwollend lächelnd zu und ging zurück ins Innere seiner Station.
„Verlieren wir keine Zeit", drängte Weber, „die beiden Männer werden Sie zum Portal begleiten. Hauptsturmführer Berger und Dr. Adler warten dort bereits und werden mit Ihnen Basis drei besuchen."
Die SS-Männer in ihren schwarzen Uniformen gingen in dem gut beleuchteten Gang voran und schon nach wenigen Metern führte eine Türe in einen runden Raum. Wolf war erstaunt, denn Dr. Adler war eine Frau. Also gab es hier in der Station des Generals auch Frauen. Der Hauptsturmführer und die Frau hatten jeder eine lederne Aktentasche dabei.
Berger und Frau Dr. Adler gingen gemeinsam mit Wolf und Linda zu einer Türe, die eher ein Portal zu sein schien, durch das man nicht hindurchsehen konnte. Berger betrat es als Erster und verschwand unmittelbar hinter der Öffnung. Wolf fasste allen Mut zusammen und folgte ihm. Auf der anderen Seite befand sich ein großer Raum, in dem einige Uniformierte und ein Mann in Zivilkleidung sie bereits erwarteten. Offensichtlich eine Art Empfangskomitee, dachte Wolf. Als auch Linda und Dr. Adler im Raum angekommen waren, begrüßte sie der Mann in Zivilkleidung, der sich als Professor Frank vorstellte: „Willkommen in der Vergangenheit! Sie sind unsere ersten Gäste, welche direkt aus dem einundzwanzigsten Jahrhundert kommen."
„Wo sind wir hier?", fragte Linda.
Professor Frank antwortete: „Wir befinden uns hier in ferner Vergangenheit auf einer einsamen Insel im Atlantik. Unsere Kolonie, die Basis drei genannt wird, verfügt über eine völlig autonome Energieerzeugung. Wir sind zudem durch eine Ablenkungsanlage sicher geschützt vor dem Besuch von fremden Schiffen. Etwa fünfzigtausend Deutsche leben hier auf dieser Insel. Wir haben alles, was wir

zum Leben brauchen, und benötigen keinerlei Hilfe von außerhalb. Unmittelbar vor Kriegsende konnten wir unsere Technologie dazu verwenden, eine große Zahl von Technikern samt Familien hierherzubringen. Die Menschen hier leben schon in der dritten Generation auf dieser Insel. Mittlerweile haben wir schon viele neue Dinge entdeckt, die uns das Leben erleichtern. Kommen Sie mit, ich werde Ihnen einen Einblick in unser kleines Reich geben." Mit diesen Worten führte er Wolf und Linda zu einem Fahrstuhl. Dr. Adler und Hauptsturmführer Berger hatten anderweitig zu tun und begaben sich nach draußen.

Der Lift brachte die drei auf eine Art Turm mit einer großen Aussichtsplattform. Ein frischer, angenehmer Wind wehte dort oben und der Ausblick war einfach grandios. Grüne Hügel und weit dahinter das Meer waren zu sehen. Unter ihnen erstreckte sich eine größere Stadt mit einer eigenartigen Architektur. Türme mit Plattformen, dazwischen verspielt wirkende Gebäude und breite Straßenzüge, auf welchen sich modern aussehende Fahrzeuge bewegten.

„Unsere Technik ist der Ihren bereits weit überlegen", erläuterte ihr Führer, „auch kennen wir hier keine Krankheiten mehr und Kriminalität gibt es bei uns ebenfalls nicht. Dafür konzentrieren wir uns auf die Erforschung neuer Technologien." Er deutete mit der Hand auf einen weiter entfernten Turm, an dessen Spitze ein Obelisk angebracht war. „Von dieser Spitze aus erhält die ganze Stadt ihre Energie und zwar unbegrenzte Energie. Alle Fahrzeuge auf der Insel und auch unsere Schiffe werden im Umkreis von über hundert Kilometern von diesem Turm aus mit Energie, die drahtlos übertragen wird, versorgt."

„Das kann man sich gar nicht vorstellen", meinte Linda, „weshalb gibt es das bei uns noch nicht?"

„Ganz einfach", antwortete der Professor, „bei euch regiert doch noch immer das Streben nach Macht und Profit. Wir brauchen das hier nicht, jeder besitzt alles, was er für ein schönes Leben benötigt und kann sich voll auf seine Aufgabe konzentrieren. Die meisten von uns arbeiten, wie ich schon angedeutet habe, in der Forschung. Und deren Auswirkungen kommen wiederum allen zugute."

„Das ist ja wie im Paradies!", entfuhr es Linda.

„Nun, ganz so ist es auch wieder nicht, es gibt natürlich auch hier Dinge, mit denen wir zu kämpfen haben, zum Beispiel mit Naturgewalten wie Erdbeben. Vor denen ist niemand gefeit. Zumindest können wir bereits das Wetter beeinflussen. Aber unsere Technik schreitet immer weiter voran und bald werden wir auch dieses Problem gelöst haben."

In diesem Augenblick flog ein großes rundes Objekt lautlos am Turm vorbei. Lediglich ein Windzug war zu spüren, als die silbern glänzende Scheibe vorüberschwebte.

„Und die erhält ihre Antriebsenergie von diesem Obelisken da drüben?", fragte Wolf erstaunt, worauf der Professor nickend bestätigte: „So ist es! Tausende solcher Flugscheiben und alle Fahrzeuge dieser Stadt werden von diesem Energiesender versorgt. Da gibt es keine Abgase und Emissionen."

„Aber das wäre doch die Lösung für eine saubere Umwelt", meinte Linda, „weshalb wird diese Technologie nicht auch bei uns eingesetzt?"

„Weil euch eure Energiekonzerne dann nicht mehr unterdrücken könnten. Energie ist doch bei euch mit Macht gleichzusetzen. Und dieses Streben nach Macht ist immer noch das Hauptziel der Menschheit. Auch noch im einundzwanzigsten Jahrhundert. Selbst wenn euch General Kammler in seiner Station im Untersberg die Konstruktionspläne seiner kleinen Energieanlage geben würde. Was meint ihr, was dann geschähe?"

„Ja", antwortete Wolf, „das hat mir der General schon selbst gesagt, dann wären wir innerhalb von Tagen von der Bildfläche verschwunden. Einfach ausradiert. Da würden alle Mächte zusammenspielen, um zu verhindern, dass diese Technologie publik wird."

„Aber keine Sorge", erwiderte der Professor, „schon in kurzer Zeit wird sich das ändern, die Zeit dieser Unterdrücker ist eigentlich schon abgelaufen."

„Sie meinen die große Umwälzung?", fragte Linda.
„Ja, dann wird sich auch Ihre Welt drastisch verändern, Sie werden sehen." Weit unten in den Straßen der Stadt sah man jetzt Auto ähnliche Fahrzeuge, ebenfalls lautlos dahin gleiten. Es war ein harmonisches Bild und nichts war vergleichbar mit der Hektik des Straßenverkehrs in unseren Städten.
„Leider haben wir nicht die Zeit dazu, Ihnen einen ausgedehnten Rundflug zu ermöglichen. Dr. Adler muss mit Ihnen in einer Stunde wieder zurück in den Untersberg.
Der Wind auf dem Turm spielte mit Lindas blondem Haar und Wolf schaute interessiert auf einige Flugscheiben, welche gerade auf der nächstgelegenen Plattform eines Turmes landeten.
Es war nun an der Zeit, Abschied zu nehmen von dieser schönen Insel. Der Professor führte sie wieder zum Lift zurück. Linda warf noch einen letzten verträumten Blick auf die Stadt und die Hügel und meinte: „So könnte ich mir Atlantis vorstellen."
„Sie sind hier in Atlantis", antwortete der Professor mit ruhiger Stimme.
Linda und Wolf schauten sich an, als hätte sie ein Blitz gestreift.
„Aber ...", begann Wolf, doch der Professor unterbrach ihn im Ansatz: „Nachdem uns die Versuche mit unserer „Glocke" zeigten, dass wir damit ein zeit- und raumüberschreitendes Gerät zur Verfügung hatten, begannen wir sofort mit der Evakuierung. Die Leute Ihrer Zeit nannten es später Absetzbewegung. Wir gingen in verschiedene Basen, welche auch an verschiedenen Orten und in verschiedenen Zeiten liegen. Basis zwei zum Beispiel liegt in einem Hochtal im Himalaja und eine andere befindet sich mitten in den Anden. Und nachdem unsere Basen alle in einer für Sie fernen Vergangenheit liegen, entstanden daraus viel später Sagen und Geschichten, die sich bis in Ihre Zeit erhalten haben. Natürlich ist da viel dazugedichtet worden, aber so ist es nun einmal."

Wolf schüttelte fassungslos den Kopf und meinte: „Jetzt verstehe ich, weshalb sich unser Freund Apollo auch zuweilen ‚Alter Atlanter' nennt und immer wieder behauptet, er sei vergessen worden."

„Meinst du wirklich?", ungläubig schaute Linda Wolf an.

„Dem traue ich das ohne Weiteres zu", antwortete dieser.

Unten angekommen, erwarteten sie bereits Dr. Adler und der Hauptsturmführer Berger. „Wir können gehen", sagte Berger, „ich hoffe, Sie haben einen umfassenden Eindruck von unserer Basis Nummer drei erhalten."

„Das haben wir", versicherte Wolf, „und ich hoffe, dass wir so etwas auch bald bei uns zu Hause erleben werden."

„Bald?", fragte Dr. Adler staunend, ergänzte aber sogleich: „Eine gewisse Zeit wird es schon noch brauchen, aber was ist schon Zeit? Das haben Sie doch selbst gesehen."

Von den Eindrücken überwältigt, aber dennoch zufrieden lächelnd passierten sie das Portal und gelangten so nach wenigen Schritten in die Station im Untersberg zurück, wo schon Kammler mit Weber an seiner Seite wartete. Der General empfing sie hintergründig lächelnd:

„Damit haben Sie wohl nicht gerechnet, dass Sie dieser Ausflug nach Atlantis führen würde. Verstehen Sie jetzt auch die Geschichte mit den deutschen U-Booten auf der Insel San Borondon, von der ich Ihnen im Vorjahr erzählt habe?"

Wolf begriff sehr wohl. „Ich danke Ihnen, General, auch wir werden uns nach Möglichkeit erkenntlich zeigen, Sie haben uns einiges an interessanten Informationen zukommen lassen."

Weber geleitete die beiden zum Dimensionstor am Bach und schon im nächsten Moment befanden sie sich zurück auf der Wiese neben dem Wasser. Es war so, als wäre nichts gewesen. Ein Traktor fuhr langsam an Wolf und Linda vorbei und der Bauer hinter dem Lenkrad, welcher zu ihnen herüberblickte, fragte sich wahrscheinlich, was die zwei dort wohl machen würden.

Gemächlich gingen sie zurück zum Marmorbrunnen, hinter dem Wolfs Wagen im Schatten der Kastanienbäume stand.

„Ich möchte jetzt noch einen Kaffee trinken", schlug Linda vor.

Wolf hielt das für eine gute Idee und antwortete: „Ja, und ich bekomme eine Apfelschorle."

Monika, die Wirtin, begrüßte die beiden und fragte neugierig: „Na, habt ihr einen kleinen Ausflug unternommen?"

„Nur ein paar Schritte", antwortete Wolf, „aber es war interessant." „Sehr interessant sogar", ergänzte Linda und bestellte einen Kaffee.

„Wo seid ihr denn diesmal gewesen?", fragte Monika nach und hoffte insgeheim, dass sie wieder einmal ein kleines Geheimnis des Untersberges zu hören bekommen würde.

„Dort, wo das Wasser über das Wasser fließt", antwortete Wolf mit einem geheimnisvollen Blick, welchen Monika nicht ganz zu deuten verstand. „Dort befindet sich der Eingang zum General und auch nach Atlantis", fuhr er fort.

„Aha! Atlantis", wiederholte die junge Wirtin, nickte mit dem Kopf und ging etwas verwirrt davon, um die Getränke zu holen.

Linda meinte: „Die hält dich jetzt wahrscheinlich für verrückt, aber daran müsstest du ohnehin schon gewöhnt sein bei all den Sachen, die du hier veranstaltest."

„Nicht nur mich, auch dich, gute Linda, vergiss das bitte nicht. Mitgefangen, mitgehangen, so ist das nun mal." Wolf konzentrierte sich jetzt auf den ersten Schluck von seiner Apfelschorle und übersah somit den strafenden Blick der Lehrerin.

KAPITEL 11

▲

DER JUDE AUS DER ALLEN STREET

Das Wetter im Berchtesgadener Land lud wieder einmal zu einem Ausflug ein – und wegen Wolfs Vorliebe für den Obersalzberg fuhr er mit Linda kurzerhand hinauf. Er wollte oberhalb der Mautstraße, neben der großen Felsnadel, nachsehen, ob der „Bibliotheksstollen" wieder zugänglich war. Wenn der letzte Schnee auf diesen steilen Hängen weg war und kein herabgefallenes Geröll mehr vor dem Eingang lag, dann würde er sich die restlichen Metallbehälter herausholen. Darin sollte sich der Gesamtplan der ominösen Maschine befinden. Obwohl am Berg schon recht milde Temperaturen herrschten und auch bereits die ersten Wiesenblumen am Straßenrand zu sehen waren, lag dort im Schatten der Felsen noch eine Menge Schnee. Das konnte man schon von der Mautstraße aus sehen.

„Da können wir heute nicht hinauffahren, das hat keinen Sinn. Wir werden noch ein paar Wochen warten müssen", seufzte er resigniert. Um aber der Lehrerin sofort einen neuen Vorschlag zu machen, fügte er an: „Was meinst du? Wir könnten zum Gasthof „Hochlenzer" fahren und dort zum Essen gehen. „Ja, das ist eine gute Idee", sagte Linda „und weit ist es auch nicht mehr von hier. Außerdem ist die Küche dort hervorragend. Aber denk an die Riesenportionen, die es dort gibt, und bestelle dir nur eine kleine Portion", was natürlich wieder einmal eine versteckte Anspielung auf Wolfs beträchtlichen Bauchumfang darstellte.

„Ist schon gut", lächelte er und bog in die schön ausgebaute Bergstraße am Obersalzberg ein. Nach wenigen Minuten erreichten sie den Gasthof.

„Es ist so warm heute, da könnten wir doch im Freien auf der Terrasse sitzen", überlegte Linda.

„Ich möchte dir aber etwas zeigen", antwortete Wolf, „was ich nur drinnen in der Gaststube kann."

Er führte sie ganz nach hinten in die letzte Gaststube. Da die meisten Gäste draußen auf der Terrasse saßen, waren Wolf und Linda somit ganz alleine in der kleinen, alten Stube.

Anton, der Wirt, brachte die Speisekarte und für Wolf ein Glas Bier, während Linda einen Apfelsaft bekam.

„Siehst du", begann er, „hier an diesem Tisch ist Hitler damals gesessen und dort in der Ecke daneben hatten seine Schäferhunde ihren Platz."

„Woher weißt du das?", wunderte sich Linda.

„Anton, so heißt hier der Wirt, hat mir das alles im Vorjahr erzählt. Die wenigsten Touristen wissen davon. Er verrät das jedoch nicht allen Leuten, denn er will sein Gasthaus nicht zu einer Pilgerstätte machen."

„Ja, wenn das damals anders gewesen wäre und nicht diese Juden Deportationen stattgefunden hätten, vielleicht sähe die Welt heute anders aus und dieser Tisch hier stünde in einem Staatsmuseum?"

„Und weil es eben nicht so ist, deshalb sitzen nur wir hier und können das Essen genießen", erwiderte Wolf lachend.

„Denke doch nicht nur an das Essen, wenn ich mit dir über ernste Dinge spreche", schimpfte Linda und warf Wolf einen finsteren Blick zu.

Dieser überlegte eine Weile und schaute dabei nachdenklich aus dem Fenster, als würde er die herrliche Aussicht auf die Stadt Berchtesgaden, welche tief unter ihnen lag, genießen. Die Kellnerin kam herein, um die Bestellung aufzunehmen. Wolf suchte sich wirklich nur eine kleine Portion vom Schweinebraten aus und Linda nahm das „Hochlenzer Schnitzel".

Dann begann er:

„Ich werde dir jetzt etwas erzählen, was mir zu diesem Judendilemma eingefallen ist:

Als ich vor einigen Jahren mit Alexandra, meiner jüngeren Tochter, für ein paar Tage in New York war, haben wir dort auch das Judenviertel besucht. Wir schlenderten durch die Orchard Street, in der sich zahllose Geschäfte von Juden befanden, die dort ihre Waren feilboten. Eine interessante Erfahrung, denn diese orthodoxen Juden redeten jiddisch, eine Sprache, die der unseren deutschen Sprache sehr ähnlich ist und die wir zum Großteil auch verstanden haben. Ich wollte mir damals ein paar Clip-Krawatten kaufen und wir wurden in die nahe Allen Street geschickt. Da wäre ein jüdisches Geschäft, das solche Clip-Krawatten führen sollte. Rasch fanden wir den eher kleinen Laden. Ein alter Mann und seine etwas jüngere Frau standen hinter dem Verkaufspult. Die Auswahl an diesen speziellen Krawatten war recht groß und ich hatte Mühe, zehn Stück davon auszuwählen. Die Wahl fiel mir nicht leicht, denn sie waren alle recht schön. Ganz nebenbei kamen wir mit dem alten Mann, der recht gut Deutsch sprach, ins Reden.

Woher wir kämen, fragte er, und als er Salzburg hörte, schaute er mich mit großen Augen an und sprach: „Salzburg! Salzburg, das ist für mich die schönste Stadt der Welt."

Ich wusste, dass viele Leute die Stadt Salzburg recht schön fanden. Aber weshalb dieser Mann es als die schönste Stadt der Welt bezeichnete, konnte ich mir nicht erklären. Ich fragte ihn daher nach dem Grund."

Wolf tat einen tiefen Zug von seinem Bier, wischte sich wohlig aufseufzend mit dem Handrücken den Schaum vom Mund und fuhr fort: „Der Alte ließ nachdenklich erst einige Minuten verstreichen, dann holte er geräuschvoll Luft und vertraute sich uns an: ‚Ich war neunzehn Jahre alt und schon seit Tagen unterwegs in einem Güterwaggon. Wir wurden aus Siebenbürgen in Rumänien deportiert und sollten nach Auschwitz gebracht werden. Es gab nur Gerüchte, was dort mit uns geschehen sollte. Keiner ist jemals von dort wieder zurückgekommen. Plötzlich stoppte der Zug und wir vernahmen laute Explosionen in unmittelbarer Nähe. Der ganze Waggon wurde dabei durchgeschüttelt. Irgendjemand öffnete damals die Türe von außen und wir konnten ins Freie. Wir standen in einem Bahnhof, ich konnte ein großes Schild lesen: „Salzburg". Überall ringsum stiegen Rauchsäulen empor. Es gab einen Bombenangriff der Alliierten, wir konnten die Flugzeuge über uns kreisen sehen. Andauernd erfolgten neue Explosionen. Das dumpfe Dröhnen der Flugzeugmotoren, das Pfeifen und Detonieren der Bomben, ich kann es heute nach so vielen Jahren noch hören, rief bei mir Todesängste hervor. Ich rannte los und konnte zwischen den Rauchschwaden in der Ferne einen großen, hohen Berg sehen. Wie ich später erfuhr, nannte man ihn „Untersberg." Pausenlos ertönte das Feuern der Flugabwehr Kanonen. Irgendwie gelang es mir, zwischen eingestürzten Häusern und Schutthaufen dem Inferno, welches sich auf den Bahnhof der Stadt zu konzentrieren schien, zu entkommen. Ich schlug mich bis zum Fuß dieses Untersberges durch. Dort erstreckten sich ausgedehnte Felder und viele Bauernhöfe. Bei einem von diesen konnte ich mich verstecken. Die Bauersleute hatten Arbeit für mich und ich bekam dafür zu essen. Sie waren alle recht hilfsbereit und sie meinten, dass der Krieg ohnehin in ein paar Wochen vorbei sein würde. So war es dann auch. Als der Winter vorüber war und der Frühling kam, marschierten die US-Truppen in Salzburg ein und ich war damit gerettet. Erst da erfuhr ich, dass unser Transport in ein Vernichtungslager geführt hätte und keiner von uns am Leben geblieben wäre. Ich bekam Ausreisepapiere in die Vereinigten Staaten und nach wenigen Wochen war ich bereits auf einem Schiff in meine neue Heimat.

Nach der Ankunft blieb ich hier in New York und baute mit im Laufe der Jahre dieses kleine Geschäft mit den Krawatten auf. Ich hätte nie gedacht, dass mich einmal jemand aus Salzburg besuchen kommen würde.

Verstehen Sie jetzt, weshalb für mich Salzburg die schönste Stadt der Welt ist?
Und ihr seid die erste Kundschaft aus Salzburg, die je in mein Geschäft gekommen ist. Das freut mich besonders.'
Dem alten Mann standen die Tränen in den Augen. Er kam zu mir, umarmte mich und sagte: „Gott möge Sie segnen, grüßen Sie mir Salzburg."
Auch wir beide waren sehr gerührt über das, was uns dieser alte Jude da erzählt hatte. Ich fragte ihn, weshalb er so nett zu uns war, wo wir für ihn doch die Nachkommen derjenigen sein müssten, die ihn einst in den Tod geschickt hätten. „Das seid ihr doch auf keinen Fall, ihr kommt aus Austria oder Germany, was soll euch für eine Schuld treffen? Die wahren Schuldigen sind schon fast alle gestorben, aber die waren ganz woanders zu suchen, glaubt mir!"
Solche Worte aus dem Mund eines Juden! Eines Juden, der selbst beinahe Opfer dieses Verbrechens im Zweiten Weltkrieg geworden war. Das erschütterte mich zutiefst. Wir hörten doch bislang bei uns zu Hause immer von den Medien, dass wir Wiedergutmachung zu leisten hätten und alles, was an diese Zeit damals erinnerte, unter sogenannte Verbotsgesetze fiel.

Mittlerweile war auch Benjamin, der zwanzigjährige Sohn des Alten, zur Tür hereingekommen. Auch er begrüßte uns und erzählte auf Englisch von den Geschichten, die er von seinem Vater gehört hatte. Er selbst war noch nie in Europa gewesen, aber er hatte da seine eigene Theorie über die Juden Deportationen im Dritten Reich. Freilich hatten die Deutschen im Endeffekt das alles getan und Schuld auf sich geladen, die wahren Initiatoren dieses fürchterlichen Verbrechens wären aber ganz woanders zu suchen, meinte auch Benjamin. Und diese bekämen auch heute noch viel Geld dafür und nur darum ginge es, meinte der junge Jude.
Wieder wunderte ich mich. So etwas hatte ich noch nicht einmal hier bei uns in Österreich gehört. Auch meine

Tochter war irgendwie irritiert. Ihr wurde ja bereits in ihrer Schulzeit etwas anderes eingetrichtert. Alexandra und Benjamin tauschten ihre Adressen aus, sie wollten sich schreiben. Ich nahm mein Paket mit den Clip-Krawatten und wir verabschiedeten uns.

Einige Jahre später besuchte ich den Juden noch einmal, da erzählte er mir wieder einige Einzelheiten von seiner Zeit in Salzburg."
Die Kellnerin brachte die Speisen herein.
Linda hatte aufmerksam zugehört. Sie schien ebenfalls gerührt zu sein von der Geschichte des alten Juden. Bevor sie zu essen begann, meinte sie:
„Es wäre wirklich interessant, auch in anderen Ländern die Meinungen zu diesem Thema zu hören. Wir kennen ja nur das, was uns laufend vorgesetzt wird, und nicht mehr. Möglicherweise gibt es ja auch noch eine andere Wahrheit. Wer weiß?"
„Dazu könnten wir zur Abwechslung einmal den General befragen", sagte Wolf, „der hat bestimmt seine eigene Meinung über das, was die Juden betrifft, das haben wir doch bereits im Hotel Interconti bei unserem Treffen vor zwei Jahren erlebt."
Linda entgegnete: „Es könnte aber sein, dass er um die Hintergründe, wie das Ganze entstanden ist, weiß. Das war bestimmt nicht nur Heinrich Himmlers Ahnenerbe. Da haben sicher auch noch andere Faktoren und Gruppierungen mitgespielt."
„Aber denk dran, was uns der Apollo gesagt hat", antwortete Wolf resignierend, „solche Vermutungen auszusprechen ist – um es mit seinen Worten zu sagen – politisch nicht korrekt – und wird hierzulande nicht toleriert."
„Ja, so ist es", bestätigte Linda, „aber wenn selbst dieser alte Jude aus New York so etwas sagt, dann kann mir diese Korrektheit auch egal sein. Aber es ist doch ein interessantes Wortspiel: „politisch korrekt?" – „korrekte Politiker?" – „Korruptionsskandale?"

„Nicht so laut!", flüsterte Wolf, als eine Gruppe Leute in die Hitler-Stube hereinkamen, „sonst holt uns gleich der Verfassungsschutz."

„Mit unseren Ansichten hätten wir vor fünfundsiebzig Jahren Bekanntschaft mit der Gestapo gemacht", lächelte Linda vielsagend.

„Falsch, Frau Lehrer!", verbesserte sie Wolf, „hier am Obersalzberg war der Reichssicherheitsdienst dafür zuständig, der hatte übrigens im Hotel Türken sein Quartier."

KAPITEL 12

▲

DAS UNWETTER IN DER ALMBACHKLAMM

Friedl Anfang, der Wirt vom Gasthof „Kugelmühle", lud Linda und Wolf ein, ihn zu besuchen. Er hätte ihnen etwas zu erzählen. Am Mittwochabend wäre es ideal, da sollte es etwas ruhiger bei ihm zugehen.

„Ich bin neugierig, was uns Friedl zu sagen hat", rätselte Wolf auf der Fahrt zur Almbachklamm, „vielleicht so eine mystische Geschichte wie damals vor Jahren von dem Mann aus Berlin, der uns den Amethystkristall geschenkt hat?" „Das glaube ich nicht, aber warten wir's ab", sagte Linda.

Tatsächlich waren die meisten Gäste schon nach Hause gefahren und der Parkplatz vor dem Gasthaus war nahezu leer.

Auch in der großen, mit Zirbenholz getäfelten Gaststube saßen nur noch an einem Tisch Gäste. Friedl, der Wirt, noch immer mit seiner weißen Kochschürze bekleidet, kam herein, begrüßte die beiden herzlich und meinte: „Setzt euch an einen Tisch, ich komme gleich zu euch."

Die Kellnerin kam und stellte einen Krug Wein und Wasser mit drei Gläsern auf den Tisch.

Friedl kam wieder zurück, er hatte mittlerweile seine Schürze abgelegt und setzte sich neben Linda an den Tisch.

„Wisst Ihr, dass es hier in dieser Klamm ein Geheimnis gibt? Zu jedem Vollmond kommen abends immer wieder Leute hierher. Sie kehren selten im Gasthaus ein, sondern gehen nur in die Klamm hinauf. Sie haben Lampen dabei.

Erst spät in der Nacht kommen sie wieder zurück und es sieht so aus, als würden sie in ihren Rucksäcken etwas herunterbringen. Ich habe keine Ahnung, was das bedeuten soll. Ich glaube auch, dass es sich dabei immer um dieselben Leute handeln muss, denn ich habe mir einmal die Kennzeichen der drei Autos am Parkplatz aufgeschrieben. Es waren jedes Mal die gleichen Münchner Nummernschilder. Wisst ihr etwas davon?"

Wolf schüttelte den Kopf und meinte: „Nein, das hören wir heute zum ersten Mal und wir haben absolut keine Ahnung, was die da tun."

„Das habe ich mir schon gedacht", antwortete der Wirt, „aber fragen wollte ich euch auf jeden Fall, denn Ihr wisst ja so vieles vom Untersberg, es hätte ja sein können."

„Aber vielleicht kannst uns Du eine Geschichte vom Berg erzählen, die wir noch nicht kennen?", fragte Linda.

„Dir wird doch, hier am Ende der Klamm, bestimmt auch schon etwas Abenteuerliches widerfahren sein?", fügte Wolf hinzu.

„Ja, wenn ich so überlege ...", der Wirt kratzte sich am Kinn, so als müsste er nachdenken, dann begann er:

„Es war am sechsundzwanzigsten Juni im Jahr 1998. Das war ein Freitag. Es war sehr heiß an diesem Tag und am Nachmittag braute sich über dem Untersberg ein schweres Gewitter zusammen. Schwarze Wolken türmten sich hoch über den Gipfeln und der Himmel begann sich rasch zu verfinstern. Starker Wind kam auf, den wir allerdings hier unten am Ende der Klamm nicht so heftig zu spüren bekamen. Wir konnten es aber an den Bäumen sehen, welche sich oben auf den umliegenden Bergrücken im Wind bogen. Vereinzelt zuckten gleißende Blitze aus den dunklen Wolken. Es war ein wirklich gespenstischer Anblick. Wanderer waren kaum noch unterwegs. Im Radio wurde bereits eine Unwetterwarnung gegeben. Aber es regnete nicht und ich glaubte schon, dass das Wetter weitergezogen war. Ich ging nach draußen. Der Almbach führte wenig Wasser, was aber für die Jahreszeit eigentlich nicht ungewöhnlich war. Nur wenn drüben am Untersberg starker Regen niederging, dann konnte es schon mal vorkommen, dass der Bach anschwoll. Aber das war eben an diesem Tag nicht der Fall. Deshalb war ich der Meinung, dass es oben am Berg auch kaum geregnet haben dürfte. Plötzlich sah ich eine Frau, die ganz alleine am fast leeren Parkplatz neben dem Bach völlig konfus herumlief und immer wieder in Richtung zur Klamm schaute, als suche sie jemanden. Ich fragte sie, was los sei, und sie meinte ganz aufgeregt, dass ihr Mann und ihr Sohn noch in der Almbachklamm wären. Ich konnte die Frau kaum beruhigen und machte mich sogleich auf den Weg, um die beiden zu suchen. Ein ungewöhnliches Geräusch, das von ganz oben aus der Schlucht zu kommen schien, machte mich stutzig. Ich beschleunigte meine Schritte und erblickte nach der ersten Biegung des Weges den Mann mit dem kleinen Jungen. Das Geräusch aus der Klamm wurde inzwischen immer lauter und mir schwante Schlimmes. Ich rief den beiden zu, schnell zu laufen, und dirigierte sie auf einen seitlichen Steig in den Steilhang hinauf. Kaum hatten wir eine halbwegs ebene Stelle am Waldrand erreicht, an der wir einigermaßen sicher stehen bleiben konnten, da sahen wir eine gewaltige Sturzflut die Klamm herunterbrausen. Wurzeln und Sträucher riss das wild tosende Wasser mit sich und bahnte sich unaufhaltsam seinen Weg. Jetzt sahen wir auch Teile der Holzbrücken vorbeischwimmen, welche in großer Zahl die Klamm überspannten – von den tosenden Fluten wie Spielzeug mitgerissen. Offensichtlich war tatsächlich ein schweres Gewitter am Untersberg niedergegangen. Aber anstatt abzufließen, mussten sich diesmal die Wassermassen irgendwo aufgestaut haben, um sich dann urplötzlich einen Weg ins Tal zu bahnen. Dem Vater und seinem Sohn schien die Angst ins Gesicht geschrieben. Nur knapp waren die beiden dem sicheren Tod entronnen. Ich selbst hatte so etwas auch noch nie erlebt und war glücklich, dass ich den beiden das Leben retten konnte. Auch meine Brücke vom Parkplatz zum Gasthof wurde damals vom Wasser weggerissen. Erst später erfuhr ich, dass von den neunundzwanzig Holzbrücken in der Klamm siebzehn zerstört worden waren. Der Bach hatte sich hoch oben durch Schwemmholz verklaust und das Wasser staute sich in der Folge über sechs Meter hoch auf. Man kann sich kaum vorstellen, mit welch ungeheurer Energie diese Flut dann nach unten ins Tal schoss. Gottlob kam dabei niemand ums Leben."

Aufmerksam hatten Wolf und Linda der Erzählung des Wirtes zugehört.

„Davon haben wir noch nie gehört", sagte Wolf.

„Wir werden dir beim nächsten Mal unsere Geschichte von dem Amethystkristall erzählen. Schließlich wurde uns dieser Kristall ja hier in dieser Gaststube überreicht", versprach Linda dem Wirt, der schon neugierig auf die Erzählung der beiden war.

KAPITEL 13

▲

DER RING DES TEMPLERS

Den beiden Polizisten Herbert und Elisabeth, welche fleißig mithalfen, die historischen Einzelheiten rund um den Untersberg ans Tageslicht zu bringen, war eine erstaunliche Entdeckung gelungen. In einem uralten Buch, das ihnen ein Pfarrer aus Berchtesgaden gezeigt hatte, fanden sie eine Beschreibung der alten Komturei am Ettenberg. In dieser, einem kleinen Kloster ähnlichen Stätte hätte sich tatsächlich ein gewisser Ritter Hubertus mit seinen Mannen niedergelassen. Schon lange munkelte man über diese Komturei, doch wirkliche Anhaltspunkte für einen Stützpunkt der Tempelritter wurden bislang nicht gefunden.

Nun hatten die beiden Polizisten aber durch den Hinweis in diesem Buch in einer Kirche am Fuße des Untersberges eine Steinplatte entdeckt, auf welcher in lateinischer Schrift vermerkt war, dass der Tempelritter Großkomtur Hubertus hoch oben am Ettenberg und auch unten im Talgrund eine Komturei errichtet hatte. Er selbst hätte ja vor vielen Hundert Jahren den Schwarzen Stein aus dem Orient auf Geheiß der Erscheinung der Isais hierher zum Berg gebracht und in einer Höhle im Massiv des Untersberges versteckt. Die Nachfolger dieses Ritters nannten sich hinfort „Die Herren vom Schwarzen Stein" und bewahrten ihr Geheimnis über die Jahrhunderte hinweg.

„Ihr seid sicher, dass der Hubertus wirklich dort oben am Berg gewohnt haben soll?", fragte Wolf etwas ungläubig.

Herbert erwiderte: „Die Inschrift auf der Steinplatte in der Kirche deutet zumindest darauf hin, dass er dort jedenfalls viel Zeit verbracht haben soll. Ich könnte mir gut vorstellen, dass er zumindest in der schneefreien Jahreszeit in dieser Komturei war. Im Winter dort hinaufzukommen, stelle ich mir bei den damaligen Wegen und Möglichkeiten sehr schwierig vor."

Wolf, der schon des Öfteren mit Linda in den Ruinen dieses uralten Gemäuers herumgestöbert hatte, kannte dort eigentlich schon jeden Fleck. Gefunden hatten sie bislang nur einen verrosteten dicken Eisenstab, welcher wohl als Riegel fungiert haben konnte. Zwar war ihm von General Kammler im Vorjahr eine Besichtigung dieser Stätte mit dessen Chronoskop ermöglicht worden, aber Wolf war trotz alledem nicht ganz sicher gewesen, ob es sich dabei um eine Templerniederlassung gehandelt hatte.

Doch um das herauszufinden, wollte er jetzt mit seinem Metalldetektor die Grundmauern der Komturei abtasten.

Linda sollte ebenfalls mitkommen, denn wenn sie dabei war, wurde doch fast immer etwas entdeckt.

„Glaubst du im Ernst, dass ich dir dabei helfen kann?", fragte sie erstaunt, als er ihr von Herbert und Elisabeths Entdeckung erzählte.

„Freilich, denn du brauchst dich ja nur zu bücken und findest schon ein fünfblättriges Kleeblatt in der Wiese. Du bist irgendwie eine kleine Hexe."

Das brachte ihm erwartungsgemäß einen finsteren Blick der Lehrerin ein und sie schmollte: „Ich bin bestimmt keine Hexe, merk dir das. Wenn ich ab und zu etwas finde, dann ist das pures Glück. So ist das und nicht anders!"

Wolf nickte nur stumm und meinte dann: „Ja, wenn wir etwas gebrauchen können, dann ist es ganz sicher Glück. Möglicherweise finden wir heute mit dem Metallsuchgerät irgendetwas in dieser Ruine. Ich nehme sicherheitshalber auch gleich einen schweren Hammer und einen Meißel mit."

Als sie später oben am Ettenberg bei den Mauerresten der alten Komturei, welche sich direkt an der kleinen asphaltierten Straße befand, angelangt waren, meinte Linda:

„Wir hätten besser eine Baumschere mitnehmen sollen. Wie willst du denn in diesem Gestrüpp mit deinem Metallsuchgerät herumgehen?" Überall wucherten Stauden und Gebüsche zwischen den Grundmauern. Damit hatte Wolf nicht gerechnet. Es war tatsächlich sehr mühsam, mit dem Metalldetektor in diesem Gestrüpp zu suchen. Zu guter Letzt waren da auch noch Brennnesseln in den Ruinen und erschwerten alles noch mehr.

Wolf ließ sich trotzdem nicht aus der Ruhe bringen und schritt Meter für Meter die alten Mauern ab. So ging es über eine Stunde dahin. Die Sonne brannte unbarmherzig herab und er war froh, dass er seinen Akubra-Hut mitgenommen hatte. Linda hatte wie immer eine Trinkflasche dabei und reichte sie von Zeit zu Zeit in das Dickicht zu Wolf hinüber, dem mittlerweile schon der Schweiß von der Stirne tropfte. Als das Suchgerät plötzlich einen anschwellenden Ton von sich gab, rief er: „Linda, das Werkzeug! Ich glaube, da ist etwas." Die Lehrerin lief, plötzlich aufgeregt, zum Wagen und brachte ihm Hammer und Meißel. Wolf begann, damit das alte Mauerwerk aufzustemmen. Er hatte es sich wahrlich leichter vorgestellt. „Die haben damals recht guten Mörtel gehabt, der ist ja fast so hart wie Beton", schimpfte er und musste aufpassen, dass er nicht in die Brennnesseln griff.

Als er ein zehn Zentimeter tiefes Loch aufgestemmt hatte, war dahinter ein kleiner Hohlraum zwischen den Steinen zu sehen. Darin kamen Reste einer Holzschatulle zum Vorschein. Es musste ein recht kleines Kästchen gewesen sein. In der Mitte zwischen den vermoderten Holzstücken lag ein halb zerfallener Lederbeutel. Wolf kratzte mit den Fingern vorsichtig den Schutt weg, nahm den Beutel heraus und zeigte ihn Linda.

„Schau, was ich gefunden habe. Es sieht zwar nicht nach dem Schatz der Templer aus, aber immerhin muss sich vor vielen Hundert Jahren jemand große Mühe gemacht haben, um das hier zu verstecken."

„Komm, lass sehen!" Linda drängte sich dicht an Wolf heran, um den Lederbeutel näher zu betrachten. Dabei geriet sie mit ihren Beinen an eine Brennnessel und schrie erschrocken auf.

„Das hast du nun davon, bei Ausgrabungen hat man doch immer lange Hosen an, so wie ich."

„Wir sind hier aber nicht bei einer Ausgrabung, sondern suchen nur etwas herum!", konterte sie und rieb sich ihr schmerzendes Schienbein, auf dem sich mittlerweile viele rote Punkte abzeichneten.

„Jedenfalls hast du mir Glück gebracht, wie immer", lächelte Wolf versöhnlich und kam mit seinem Gerät und dem Werkzeug zum Auto. Den Lederbeutel hatte er samt Inhalt in seine Hemdtasche gesteckt.

Nachdem er das Suchgerät und das Werkzeug im Kofferraum verstaut hatte, meinte er: „Komm einmal mit deiner Wasserflasche zu mir herüber. Ich möchte den Inhalt des Beutels abwaschen."

„Das ist doch verdünnter Apfelsaft und kein Wasser, falls du es noch nicht bemerkt haben solltest!", widersprach die Lehrerin kopfschüttelnd.

„Das ist mir jetzt egal, ich möchte ja nur sehen, was das ist", sagte Wolf. Er schüttete den Saft über die kleinen metallenen Teile im Lederbeutel und rieb den Schmutz der Jahrhunderte etwas ab. Bei einem der Stücke durfte es sich um einen Ring handeln, dann war noch eine Kette mit einem vier Zentimeter großen Kreuz und ein Anhänger im Durchmesser von ebenfalls vier Zentimetern darin. Die Farbe der Metallteile war Dunkelbraun und Wolf stellte fest: „Das wird wahrscheinlich Kupfer oder Bronze sein. Genau kann ich dir das aber erst zu Hause sagen, wenn ich die Sachen richtig geputzt habe." An dem Kreuz und auch an dem Anhänger konnte man jetzt bereits sehen, dass sich darauf Glas oder Edelsteine befinden mussten. Auf eine Einkehr beim Wirt vor der Wallfahrtskirche am Ettenberg musste Linda verzichten, denn Wolf war geradezu besessen davon, die soeben gefundenen Stücke zu reinigen und genau zu untersuchen.

Und das konnte er nur bei sich zu Hause tun. „Wir können ja später am Abend noch zum Essen gehen", entschuldigte er sich mit einem treuherzigen Blick bei Linda und wendete den Wagen auf der schmalen Straße vor den Ruinen.

Daheim angekommen, schaltete er sofort das Ultraschall Reinigungsgerät ein, füllte es mit Reinigungsmittel und legte seine Fundstücke hinein. Während der Apparat surrte, meinte er zu Linda: „Jetzt werden wir gleich sehen, woraus die Sachen bestehen." Kaum hatte sich das Ultraschallgerät abgeschaltet und der grobe Schmutz war vom Ring heruntergefallen, da konnte man sehen, dass ein schwarzer Stein mit einem daraufliegenden Templerkreuz den Ring zierte. Mit der Filz Polierscheibe und feinen Stiften putzte Wolf vorsichtig den auf den Seiten durchbrochen gearbeiteten Ring. Dieser schien gegossen worden zu sein und war aus Gelbgold hergestellt. Das Kreuz auf der Vorderseite musste hingegen Weißgold sein, was die Untersuchung mit dem Goldtester auch bestätigte. Die schwarze Steinplatte war eindeutig Onyx. Wolf legte den Ring für einige Minuten in ein Goldreinigungsbad und widmete sich anschließend den anderen Stücken aus dem Lederbeutel. Das Kreuz war aus Silber gemacht und hatte sechs rote und grüne Steine eingearbeitet, welche sich jedoch als einfaches Glas herausstellten. Auch der runde Anhänger, auf dem undeutlich eine christliche Szene wahrgenommen werden konnte, besaß vier Glassteine auf der Vorderseite. Die etwa sechzig Zentimeter lange Kette bestand aus ziemlich schweren Gliedern verschiedener Art und war aus Silber gefertigt.

„Die Kette werde ich mit einer speziellen Flüssigkeit putzen", sagte Wolf und legte sie in eine Schale. Er nahm den Goldring aus dem Reinigungsbad, spülte ihn mit Wasser ab und gab ihn Linda in die Hand, die den Ring jetzt genauer betrachtete. „Der ist wunderschön, der hat bestimmt dem Großkomtur Hubertus gehört", begann sie zu schwärmen.

„Das muss ja nicht unbedingt der Hubertus gewesen sein, aber dass er einem dieser Tempelritter gehört hat, wäre durchaus möglich", antwortete Wolf.

„Wenn man nach der Ringgröße urteilt, dann war es sicher ein großer Mann", spekulierte Linda und gab Wolf den Ring zurück, der ihn sich an den Finger steckte. „Ja, so groß wie ich", meinte Wolf, „denn der Ring passt mir wie angegossen."
Linda lachte leise über den kleinen Scherz.
„So meine ich das nicht. Aber auf alten Bildern sind doch die Anführer der Tempelritter oft recht füllig dargestellt. So könnte ich mir dich auch vorstellen. Und wenn dir der Ring passt, könntest du in einem früheren Leben vielleicht einmal so ein Templer gewesen sein, oder zumindest einer der Herren vom Schwarzen Stein."
„Halte keine Vorträge, es können eben nicht alle Menschen so zart gebaut sein wie du, bei manchen sieht man eben die wahre Größe auch an der Figur", konterte Wolf und schaute sich den Ring an seinem Finger genau an. Er sah edel aus. Befreit vom Schutt der Jahrhunderte und nachdem Wolf mit der Polierscheibe etwas darübergefahren war, erstrahlte er jetzt wieder in neuem Glanz.

Nachdem Linda ihren Monolog betreffend Wolfs Figur beendet hatte, nahm er die Fundstücke und gab sie in einen neuen Lederbeutel. Diesen verstaute er in einer kleinen Holzschatulle und stellte sie in die Glasvitrine zu den Schwarzen Steinen. „So, jetzt sind die Sachen wieder standesgemäß untergebracht."

„Eigentlich müsste so ein Fund doch gemeldet werden?", fragte Linda, aber Wolf meinte nur lapidar:

„Das ist doch gewissermaßen ein Erbe von den Templern, von den Herren vom Schwarzen Stein. Und wir befassen uns schließlich seit Jahren damit. Vielleicht sind wir ja diese Erben der Templer, so wie es Herbert und Elisabeth schon einmal gesagt haben?"

KAPITEL 14

▲

DIE NEUN UNBEKANNTEN

Nachdem Wolf und Linda ihren Kurzbesuch auf der Insel Atlantis erst einmal verarbeitet hatten, erinnerte sich Wolf an ein Buch mit dem Titel „Die Neun Unbekannten", das er schon vor Jahrzehnten gelesen hatte. Es stammte aus der Feder des Freundes vom Rosenkreuzer Baron. Dieser Autor war mit Sicherheit auch jener, welcher die Schriftrollen in den Flaschen in der Höhle am Untersberg versteckt hatte. Diese Rollen hatte Wolf zusammen mit Linda im Vorjahr gefunden.

Sowohl in dem Buch als auch auf den Rollen aus der Höhle war von einer geheimnisvollen Station im Untersberg die Rede. Mysteriöse Kapuzenmänner kamen darin vor und ein Gerät, mit dem man sich zu anderen Stationen beamen konnte. Auch von einer massiven Zeitverlangsamung in der Station war dort zu lesen.

„Was meinst du", fragte Wolf Linda, „es scheint doch so, als wäre dieser Schriftsteller schon vor vielen Jahren ebenfalls hier im Berg in der Station des Generals gewesen. Alles, was dieser Autor in seinem Manuskript und auch in dem Buch beschreibt, weist doch eine ziemliche Ähnlichkeit mit unseren Erlebnissen auf?"

„Ja, du hast recht", erwiderte Linda, „sogar die neun Kapuzenmänner kommen in seiner Geschichte vor, nur eben nicht als verschwundene Brüder der Illuminaten, sondern als beinahe unsterbliche Weltenlenker, die fast alles auf dieser Erde sehen und auch kontrollieren können."

Wolf überlegte: „Solche Eigenschaften und Möglichkeiten wurden doch seit jeher den erleuchteten Brüdern nachgesagt. Vielleicht hat sich der Autor nicht so deutlich über diese Bruderschaft zu schreiben getraut. Wer weiß? Vor dreißig Jahren war das möglicherweise ein Risiko für ihn? Mag sein, dass er deshalb seine Geschichte verschleiert und verschlüsselt niedergeschrieben hat." Wolf überlegte einen Moment und fuhr fort: „Weißt du was? Wir werden einfach Becker dazu fragen. Ich bin mir sicher, dass der uns weiterhelfen kann."

„Ausgerechnet Becker, den Illuminaten, möchtest du zu diesem brisanten Thema befragen?", zweifelnd warf Linda Wolf einen fragenden Blick zu, worauf dieser antwortete:

„Du weißt doch ebenso gut wie ich, dass Becker kein richtiger Illuminat ist. Der hat Zugang zu diesen Brüdern, genauso, wie er zur Bundesregierung und dem BVT einen direkten Zugang hat. Er ist einer von den „Anderen" und diese „Anderen" dürften Leute aus der Zukunft sein, deren Tätigkeit hier in unserer Gegenwart nur sehr subtiler Natur sein kann. Ich werde ihn anrufen."

Sonderbarerweise wollte sich Becker diesmal nicht am alten Illuminatensitz beim Schloss Aigen mit ihnen treffen, sondern schlug vor, dass sie zum Gasthof „Latschenwirt", welcher tief versteckt im Untersbergwald liegt, kommen sollten. Der Latschenwirt war ein vornehmes kleines, aber rustikales Landgasthaus. Als Termin schlug er den kommenden Mittwoch um sechzehn Uhr vor. Am Nachmittag unter der Woche waren da bestimmt nur wenige Gäste anwesend und das würde bedeuten, dass sie sich dort relativ ungestört unterhalten konnten.

Als Wolf und Linda am Parkplatz im Wald ankamen, war dieser vollkommen leer. Kein einziger Wagen war dort abgestellt. „Siehst du", meinte Wolf, „ich glaube, wir werden heute ganz alleine im Gasthaus sein. Und Becker müsste auch gleich kommen, es ist ja bereits vier Uhr nachmittags."

Umso erstaunter waren sie, als sie die rustikale Gaststube betraten, denn Becker saß bereits an einem runden Tisch und erwartete die beiden.

Wolf wunderte sich. Wie war Becker hierhergekommen? Vermutlich mit dem Taxi, fiel ihm als einzig mögliche Erklärung dazu ein, denn zu Fuß wäre es doch sehr weit gewesen.

„Wir wollten Sie heute etwas fragen", begann Wolf. Der Illuminat lächelte und unterbrach ihn:

„Sie möchten unbedingt wissen, ob der Schriftsteller damals auch die Station des Generals betreten hat? Es lässt Ihnen keine Ruhe. Sie haben die Antwort aber ohnehin schon selbst herausgefunden. Ich kann Ihnen daher nur bestätigen, dass es so war. Auch dass er nicht alle Einzelheiten über seine Besuche im Berg niedergeschrieben hat, ist richtig. Er wollte aber der Nachwelt unbedingt etwas von seinen Erlebnissen mitteilen, deshalb hat er einen Roman daraus gemacht. Fragen Sie den General direkt nach ihm, bestimmt wird er Ihnen etwas dazu sagen." Linda schaute Becker mit einem etwas entsetzten Gesichtsausdruck an und sagte:

„Wie konnten Sie wissen, was Wolf Sie fragen würde?"

Anstatt eine Antwort zu geben, lächelte Becker nur geheimnisvoll:

„Die Zeit ist bald gekommen, da werden all diese Dinge ans Tageslicht kommen. Sie werden es selbst erleben."

„Können Sie mir etwas mehr zu den Erlebnissen des Schriftstellers sagen?", wandte sich Wolf wieder an Becker.

„Nun gut. Dieser Autor hatte ja im Krieg ein für ihn seltsames Erlebnis, als er eine unserer Stationen auf einem Berg in Norwegen durch „Zufall" entdeckte. Er hielt uns offenbar für Außerirdische. Wir ließen ihn in dem Glauben, da es für ihn keinen Unterschied machte, dass wir stattdessen aus der Zukunft kamen. Als er dann in späteren Jahren hier in der Nähe des Untersberges wohnte, interessierte er sich naturgemäß für die Sagen und Erzählungen rund um diesen Berg. Er begann, zu recherchieren und zu suchen. Dabei stieß er auf den General und seine Station. Dort wurden ihm die Dimensionstore gezeigt und er durfte auch einige der Basen besuchen. Offenbar musste er dem General zusichern, dass er nichts von der Existenz der SS-Leute im Berg veröffentlichen würde. So entstand dann schließlich auch sein Roman „Die Neun Unbekannten." Er hat auch vom Verschwinden der neun Illuminaten in der Vollmondnacht am siebenundzwanzigsten Juli 1798 gewusst. Das war mit ein Grund dafür, dass die Kapuzenmänner in seiner Erzählung vorkommen. Aber wie gesagt, Sie haben es eigentlich selber herausgefunden, denn schon damals, als Sie die Schriftrollen des Autors in der Höhle entdeckt haben, wurde Ihnen klar, dass er mehr gewusst haben musste."

Wolf nickte nur stumm. Er hatte ja mittlerweile die Manuskriptrollen des Autors studiert und Einzelheiten darin gefunden, welche im Roman nicht ersichtlich waren. Wolf fiel noch etwas ein. Sein Bekannter Udo hatte doch vor Jahren diesen Roman unter einem anderen Titel als Neuauflage herausgebracht. Offensichtlich mit gleichem Inhalt. Zur Originalausgabe des ursprünglichen Autors gab es jedoch einen einzigen, aber entscheidenden Unterschied. Die Wegbeschreibung zum Eingang in die Station am Untersberg war spiegelbildlich angegeben. Ob das ein Zufall war?

Der alte Pfarrer vom kleinen Dorf am Fuße des Untersberges hatte doch auch von „Spiegelwelten" in Verbindung mit dem Untersberg gesprochen. Sollte auch dies Zufall sein?

Und hatte ihn nicht Becker vor einigen Wochen auf den Spiegel der Isais hingewiesen? Diesen würde er brauchen, um mit Claudia den Eingang zur Halle mit der goldenen Kugel zu finden.

Wieder schien Becker Wolfs Gedanken erraten zu haben: „Ja, es hat etwas mit dem Spiegel zu tun. Der ‚Spiegel der Isais' wird Sie leiten."

Dieser Satz von Becker riss Wolf aus seinen Überlegungen und erschrocken blickte er zu Becker: „Welcher Spiegel?", fragte er den Illuminaten.

„Sie haben ihn doch bereits. Die Silberplatte, Sie brauchen doch nur die Rückseite etwas aufzupolieren. Vorher sollten Sie die Platte allerdings zur Kirche nach Maria Eck bringen. Halten Sie sie bei dem Brunnen vor der Kirche in das Wasser und im Kerzenraum unter der Orgel über die Flammen der Lichter. Ein Mönch, der in der Kirche eine kleine Predigt halten wird, wird unbewusst den Segen darüber sprechen, wenn Sie die Platte in der Hand halten. Achten Sie auf die Abbildungen der Madonna auf der Mondsichel. Es handelt sich dabei in Wahrheit nicht um eine Mondsichel, aber das werden wir selbst herausfinden müssen. Machen Sie ein Bild davon und zeigen Sie es auch Ihren Freunden. Danach sollten Sie mit der Seilbahn auf den Gipfel des nahe gelegenen Berges Hochfelln hinauffahren. Dort, wo schon der bekannte Prophet Irlmaier einst sein „Schlüsselerlebnis" gehabt hat, wird auch Ihnen die Erkenntnis zuteilwerden, wie die Silberplatte als Spiegel gebraucht werden muss. Sie werden ganz alleine in der Gondel auf den Berg hinauffahren. Das ist ein besonderer Ort. Irlmaier erhielt an diesem Berg sozusagen seine Initiation. Am besten, Sie nehmen Claudia auf dieser Fahrt nach Maria Eck mit, denn sie wird ja auch mit dabei sein, wenn Sie in den Untersberg hineingehen werden."

Linda schaute etwas verstört. Da sollte es plötzlich Claudia sein, welche Wolf in den Berg begleiten sollte? Aber schließlich kannte sie Claudia gut, waren sie beide doch Mitglieder des Isais-Ringes.

KAPITEL 15

▲

DER SPIEGEL DER ISAIS

Wie Becker ihm aufgetragen hatte, polierte Wolf die Silberplatte auf der Rückseite mit einer Filzscheibe. Nun konnte man damit tatsächlich wie in einen Spiegel schauen. Am Wochenende darauf fuhr er mit Claudia zur fünfzig Kilometer entfernten Wallfahrtskirche Maria Eck. Es geschah alles so, wie es der Illuminat vorhergesagt hatte. Er hielt die Platte unter das Wasser des Marienbrunnens und anschließend über die Kerzenflammen. Auch der Mönch in der Kirche war anwesend, so wie es Becker beschrieben hatte. Claudia wunderte sich zwar darüber, was Wolf mit der Silberplatte machte, sagte aber nichts dazu. Anschließend besuchten die beiden den nahe gelegenen Gipfel des Hochfelln per Seilbahn. Und genau, wie es der Illuminat vorhergesagt hatte, überkam Wolf in der Seilbahngondel, in der sie tatsächlich ganz alleine mit dem Seilbahnführer hinauffuhren, plötzlich die innere Eingebung, wie die Silberplatte zu gebrauchen war. Für Claudia war es ein schöner Ausflug, aber Wolf empfand das ganz anders.

Bei einer der nächsten Zusammenkünfte der Mitglieder des Isais-Rings präsentierte Wolf die neu polierte Platte. Peter, der Graf vom Palfen, entdeckte bei genauerem Hinsehen einen Effekt, welcher an die dreidimensionalen Bilder, die vor Jahren in Mode gekommen waren, erinnerte. Claudia und Linda konnten zwar so einen Effekt nicht erkennen, Herbert und Elisabeth wussten es nicht so genau und Wolf sah eigentlich auch nichts.

„Und mit dieser Platte wollt ihr beide in den Untersberg hineingehen?", fragte Elisabeth. „Immerhin wäre es möglich", meinte Wolf, „denn Becker war ja der Ansicht, dass es sich bei dieser Silberplatte um etwas Besonderes handeln soll. Schließlich hat er mir noch Hinweise gegeben, was ich damit in der Kirche von Maria Eck tun soll." Herbert fragte: „Du sagtest, Maria Eck? Das ist doch auch eine der zwölf Untersbergkirchen, so hat es mir zumindest der alte Pfarrer gesagt." Wolf zeigte ihm daraufhin die Fotos, die er mit seinem Handy vom Altarbild der Kirche gemacht hatte. Herbert war erstaunt und meinte: „Die Mondsichel unter der Maria ist eigenartig. Das ist ja eigentlich gar keine Mondsichel, sondern sieht wie ein dünner Schlauch aus." Auch den anderen Anwesenden kam diese Abbildung irgendwie seltsam vor.

„Es muss sich aber bestimmt um einen kraftvollen Ort handeln. Dort in der Nähe ist übrigens auch der Seher Alois Irlmaier aufgewachsen."

„Und jetzt meinst du, dass du auch Irlmaier-Fähigkeiten bekommen könntest?", lachte Linda.

„Das gerade nicht, aber irgendwie musste ich einfach dorthin fahren. Ich weiß auch nicht, warum. Vielleicht hat es wirklich mit der Aktivierung des Berges zu tun."

„Wenn ich euch recht verstanden habe", mischte sich Peter, der Graf vom Palfen, ein, „dann wollt ihr jetzt mit dieser Silberplatte in den Untersberg gehen und die Aktivierung vornehmen. Aber zuvor müsstet ihr doch wissen, wo sich dieser Eingang überhaupt befindet."

„Ich glaube kaum", erwiderte Wolf, „dass das ein Problem sein wird. Bisher haben sich die Zufälle so gehäuft, wie es keiner für möglich gehalten hätte. Ich bin sehr zuversichtlich, dass alles so geschehen wird, wie Becker gesagt hat."

„Und wie stehts mit dir, Claudia", fragte Elisabeth, „hast du überhaupt keine Angst, mit Wolf in den Berg zu gehen?" Claudia antwortete: „Weshalb sollte ich Angst haben? Linda ist doch auch schon oft mit ihm in Zeitkorridoren und

Dimensionstoren herumgekrochen. Die beiden sind doch auch jedes Mal wieder heil nach Hause gekommen. Ich glaube kaum, dass es mir mit Wolf anderes ergehen wird."

KAPITEL 16

▲

DIE TEMPLER KIRCHE

Seit im Vorjahr mit Tino, dem Australier, in der kleinen Kirche oberhalb des Ortes Marktschellenberg ein Ritual durchgeführt wurde, war ein enger Kontakt mit dem Besitzer dieser Kirche entstanden. Dieser Eigentümer fand bei Durchsicht der alten Unterlagen einen Grundriss Plan des Gotteshauses. Da er wusste, dass sich Wolf mit der Geschichte dieses Gebäudes intensiv beschäftigte, rief er ihn an und teilte ihm mit, dass er sich die Pläne zur Einsicht abholen könnte.

„Ich selbst habe mich auch schon seit Jahren mit der Entstehung dieses Kirchleins beschäftigt und bin dabei einige Male auf die Tempelritter und deren Symbole gestoßen. Vielleicht können Sie ja mehr herausfinden?", sagte er am Telefon hoffnungsvoll zu Wolf. Dieser ließ sich das nicht zweimal sagen und schon am selben Nachmittag traf er sich mit dem Mann in seinem Wohnhaus neben der Kirche. Als Wolf die Pläne kurz öffnete, konnte er sehen, dass unter dem Kellergewölbe der Kirche noch ein kleiner Raum dargestellt war. Der Zugang war im rechten hinteren Eck des Kellers eingezeichnet. Von dieser Stelle aus musste eine schmale Treppe nach unten führen. Darauf angesprochen, meinte der Besitzer: „Im Kellergewölbe selbst sieht man aber gar nichts. Ich selbst habe dort unten schon alles abgesucht. Da gibt es keinen Abgang und auch keine Türe oder Öffnung. Meiner Meinung ist bei den Renovierungsarbeiten, welche in den Fünfzigerjahren des vorigen Jahrhunderts durchgeführt wurden, ein

Abgang in ein darunter liegendes Gewölbe zugemauert worden."

„Mit einem Bodenradar ließe sich so etwas leicht feststellen", antwortete Wolf. „Ich kenne eine Firma in der Nähe von Salzburg, die solche Geräte verleiht."

„Bitte tun Sie das, ich lasse Ihnen vollkommen freie Hand. Auch mich würde es brennend interessieren, ob da tatsächlich die Tempelritter am Werk waren und möglicherweise ein Versteck aus der damaligen Zeit existiert."

Wolf erinnerte sich vage an ein Erlebnis in unmittelbarer Nähe der Kirche, als er vor zwei Jahren mit einer Bekannten in der Nacht dorthin fuhr. Er wollte ihr den Isais-Weiher, welcher neben der Kirche lag, zeigen. Diese Bekannte besaß zuweilen etwas, was man als siebten Sinn bezeichnen könnte. Sie stand damals in jener kalten Winternacht ganz ruhig am Rande des Teiches, schloss ihre Augen und sagte nach einer Weile:

„Da gibt es einen unterirdischen Gang. Dieser verläuft unter der Kirche bis zum Teich und dann bergwärts. Ganz tief unten befindet sich eine Grotte, in der eine Quelle entspringt. Deren Wasser rinnt dann weiter in den Teich."

Wolf schaute die junge Frau damals erstaunt an und dachte, dass sie wohl eine rege Fantasie haben würde. Nie im Leben würde er glauben, dass so nahe am Teich ein unterirdischer Gang gegraben wurde.

Nach all dem, was ihm nun der Besitzer der Kirche erzählt hatte, sah die Angelegenheit jedoch etwas anders aus.

Ja, er würde sich rasch so ein Bodenradar ausleihen und damit auf die Suche gehen.

Es dauerte nicht sehr lange, da hatte er bereits ein solches Gerät im Kofferraum seines Wagens und fuhr damit zu Linda.

„Schau, was ich da habe", rief Wolf und zeigte der Lehrerin das Gerät.

„Was hast du damit vor? Gehst du neuerdings auf Schatzsuche? So etwas haben doch höchstens Archäologen oder Raubgräber", antwortete die Lehrerin mit einem mitleidigen Ausdruck im Gesicht, als sie das Bodenradar erblickte.

Wolf klärte Linda in knappen Worten über sein Vorhaben auf und konnte sie schließlich davon überzeugen, dass es sich dabei um eine ernsthafte Suche handeln würde. Linda würde mitkommen, denn neugierig war sie von Natur aus.

Schon am nächsten Vormittag fuhren sie los. Das Wetter war nicht besonders gut und es regnete leicht. Der Untersberg war nebelverhangen und man konnte von der Straße aus sehen, wie die Seilbahngondel auf halber Strecke bereits in den Wolken verschwand. Der Besitzer der Kirche war gerade nicht anwesend, er hatte Wolf aber bereits am Vortag vorsorglich den Schlüssel zu dem als Garage benützten Gewölbe unter dem Gotteshaus gegeben. Wolf sperrte das Vorhängeschloss auf und knarrend öffnete er das hölzerne Tor.

Außer ein paar Getränkeboxen und einem Motorroller war das Gewölbe leer, was das Absuchen mit dem Radargerät erleichtern würde.

„Weißt du überhaupt, wie man mit so etwas umgeht?", fragte Linda, als Wolf den Antennenrahmen des Gerätes zusammenschraubte und die Kabel anschloss.

„Ich habe es mir bei der Firma erklären lassen, er müsste ganz einfach zu bedienen sein. Würdest du mir dann helfen, den Rahmen zu tragen, schwer ist er zwar nicht, allerdings etwas unhandlich?"

„Freilich", lachte Linda und schob zwei Kinderfahrräder auf die linke Seite des Kellers. Wolf schaltete das Bodenradar ein und sie suchten zuerst die rechte Seite ab. Da war aber nichts zu sehen. Sie schritten dann genau in der Mitte das Gewölbe von vorne bis hinten ab und tatsächlich zeichnete sich hier ein Hohlraum in drei Metern Tiefe ab. Er war zwar nur knapp einen Meter breit und hatte eine Höhe von ungefähr zwei Metern, dafür schien er unter dem gesamten Gewölbe hindurchzuführen. „Jetzt müssten wir nur noch ein Loch graben, dann könnten wir in diesen Gang hinuntersteigen", meinte Linda ganz aufgeregt.

Ernüchternd antwortete ihr Wolf: „Vergiss nicht, der Boden hier ist betoniert. Um den aufzubrechen, würden wir einen kleinen Bagger oder zumindest einen Presslufthammer brauchen. Und auf alle Fälle das Einverständnis des Besitzers." Er hatte mittlerweile das Radargerät abgesetzt und überlegte: „Vielleicht gibt es doch einen Eingang da hinunter, lass uns weitersuchen."

Da er die Schlüssel auch für die Kirchentür und den Raum unter dem Glockenturm erhalten hatte, gingen die beiden über die Wiese hinauf, um oben weiterzusuchen.

„Pass auf, dass du im nassen Gras nicht ausrutschst!", rief er Linda zu, welche erstaunt über seine sonst nicht übliche Fürsorge war. Wolf bemerkte ihre Verwirrung und fügte rasch hinzu:

„Das habe ich eigentlich nur wegen der Antenne des Gerätes gesagt, wenn da etwas kaputtgeht, dann wird es teuer."

„Und ob mir dabei etwas passiert? Daran denkst du wohl nicht?", konterte die Lehrerin schmollend.

Sie waren nun bei der Kirchentüre angelangt, die Wolf mit dem großen Schlüssel aufsperrte. „Wenn ich den Grundriss richtig in Erinnerung habe, dann endet das Gewölbe genau hier, wo wir gerade stehen. Lass uns nach rechts unter den Glockenturm gehen und mit dem Gerät weitersuchen."

Am Boden entdeckten sie seltsame Zeichen an den Steinplatten, während das Glockenseil vor ihren Köpfen herunterhing. Es schien, als wären einige dieser Steinplatten mit einem Kreuz markiert worden. „Wenn ich mir das so anschaue, dann erinnert mich das an das ‚Tempelhüpfen', das wir als Kinder so gerne gespielt haben", witzelte Linda.

„Wieder so ein ‚Zufall'", antwortete Wolf, „du sagst etwas vom „Tempelhüpfen" und wir suchen nach Templer Geheimnissen. Ist das nicht kurios?"

Ihre Überraschung war groß, als das Suchgerät tatsächlich über den mit Kreuzen markierten Steinplatten anschlug. Darunter musste sich also ein Hohlraum befinden. Vielleicht sogar eine Wendeltreppe, welche in diesen Gang hinunterführte? Wolf schlussfolgerte: „Es ist schon möglich, dass hier unter dem Turm der Abgang war, aber wir können doch in der Kirche nicht zu graben beginnen, da wäre dann der ganze Boden kaputt. Ich habe noch eine andere Idee. Sehen wir nach, ob der Hohlraum auch noch außerhalb des Gewölbes in Richtung Teich weiterführt."

„Du denkst an die Vision der jungen Frau in der Winternacht?", kombinierte Linda.

„Egal, wie dem auch sei", erwiderte er, „komm, wir gehen wieder hinunter und sondieren den Boden vor dem Gewölbe."

Es war kaum zu glauben, der Hohlraum unter dem Gewölbe erstreckte sich viele Meter außerhalb des Kellers geradeaus weiter und machte dann eine scharfe Biegung bergwärts.

„Wenn die Frau wirklich recht hat, dann gibt es einen unterirdischen Gang vom Glockenturm ausgehend unter dem Gewölbe entlang bis an den Rand des Weihers und dann rechtwinklig weiter zu dieser ominösen Grotte mit der Quelle, falls sie wirklich existieren sollte", sagte Linda mit einem skeptischen Gesichtsausdruck.

Wolf überlegte und meinte: „Hier draußen würden wir es aber wesentlich leichter haben, einen Zugang zu dem Tunnel zu graben, vor dem Tor des Kellers ist zwar noch asphaltiert, aber ein paar Meter weiter oben ist nur noch Wiese, und dort zu graben, wäre viel einfacher."

Aber an Graben war vorerst noch nicht zu denken. Zuerst musste er den Besitzer davon überzeugen, dass es unter der Kirche tatsächlich einen geheimen unterirdischen Gang gab. Und es war abzuwarten, ob der Mann seine Zustimmung dazu geben würde, dass auf seinem Grundstück Löcher gegraben werden sollten.

Der Sommer war ja noch lang und deshalb war auch keine Eile geboten. Wolf hatte sich genaue Notizen gemacht, um einen exakten Lageplan zeichnen zu können.

„Was, glaubst du, könnte da unten verborgen sein?", überlegte Linda, als Wolf das Bodenradargerät wieder zerlegte und im Kofferraum seines Wagens verstaute.

„Der Schatz der Templer bestimmt nicht", lachte Wolf, um aber ich nächsten Augenblick wieder mit ernster Miene zu weiterzusprechen: „Aber denk doch an unseren Fund in den Ruinen am Ettenberg oben. Damit hatten wir ja auch nicht gerechnet, dass da in einer Mauer dieser goldene Templerring versteckt war. Vielleicht finden wir dort unten auch etwas?"

„Da es sich um einen unterirdischen Zugang zu einer Quelle handeln müsste, könnte das eine rituelle Bedeutung haben", antwortete Linda.

„Du meinst also so wie in Delphi, dort, wo die Apollo-Priester aus der kastallischen Quelle in der Schlucht unter dem Tempel das Wasser geholt hatten?"

„Ich habe wirklich keine Ahnung, aber wenn uns der Besitzer graben lässt, werden wir wahrscheinlich wissen, worum es sich handelt", erwiderte Wolf, während er seinen Wagen wendete und wieder auf die Straße einbog.

KAPITEL 17

▲

BECKERS LISTE

Wieder einmal meldete sich der Illuminat bei Wolf. Becker hatte etwas Neues vom BVT in Erfahrung bringen können. Es war ein pensionierter Chefinspektor, welcher ihm eine interessante Information zukommen ließ. In Wien führte man angeblich bereits seit Jahren eine Akte, in der Wolfs Aktivitäten rund um den Untersberg dokumentiert wurden, aber für umfangreiche Observationen reichte es offenbar nicht aus. So begnügte man sich dort mit dem Sammeln von Wolfs Erlebnissen am Untersberg, sofern sie für das BVT von Belang waren.

Becker wollte ihm deshalb ein Verzeichnis zukommen lassen, eine Liste, auf der sowohl Ermittler des Verfassungsschutzes als auch sonstige Leute aufgeführt waren, vor denen er sich in Acht nehmen sollte. Darin wurden diese Leute recht ausführlich beschrieben und natürlich waren von jedem Einzelnen auch mehrere Bilder dabei. Er dürfte diese Liste aber vorerst niemandem zeigen, nicht einmal Linda, so meinte Becker.

Wolf war erstaunt, kannte er doch einige der angeführten Personen recht gut und hätte ihnen niemals zugetraut, dass sie in irgendeiner Weise dem Staatsschutz nahestehen würden. Er rief kurzerhand den Illuminaten an und fragte: „Es ist mir ein Rätsel, weshalb da gewisse Leute auf Ihrer Liste stehen, von denen doch jeder einen Beruf ausübt, der mit dem BVT in keiner Weise zu tun hat. Sind Sie wirklich sicher, dass es sich dabei um Spitzel handelt, die nur darauf aus sind, Informationen von mir zu erhalten und dann weiterzugeben?"

„So einfach ist das nicht", antwortete Becker, „es handelt sich bei einigen um ganz normale Menschen, welche auch keine bösen Absichten haben. Das BVT bedient sich dabei einer ganz subtilen Methode, um an Informationen zu gelangen. Aber ich möchte Ihnen Einzelheiten ersparen. Glauben Sie mir einfach, dass diese Leute potenziell für Sie eine Gefahr bedeuten können, wenn auch nicht unmittelbar. Natürlich sind auf der Liste auch einige von den Ermittlern angeführt, ich habe diese Personen mit einem roten Kreuzchen versehen, damit Sie gleich wissen, wem Sie auf keinen Fall trauen dürfen. Wie gesagt, man sieht es keinem der Betreffenden an."

Wolf hörte Becker aufmerksam zu. Ja, er würde vorsichtiger werden mit der Weitergabe von Informationen. Wie oft wurde er schon zum Thema General befragt? Auch bestand naturgemäß ein regelrechter Run auf die möglichen Verstecke des Goldes. Und es gab sogar Fragen nach dem Stollen mit dem Uranoxid. Bislang hatten sich zwar noch keine Terroristen wegen des Plastiksprengstoffes bei ihm gemeldet, das könnte aber auch noch jederzeit kommen, dachte er.

Becker sprach weiter: „Ich habe von deutschen Behörden erfahren, dass vor Kurzem auch die Oberstaatsanwaltschaft in München zu den Vorgängen um den Untersberg eingeschaltet wurde. Und zwar geschah das auf Intervention des österreichischen Staatsschutzes. Und wie Sie sehen können, sind demnach auch deutsche Staatsbürger auf der besagten Liste."

„Natürlich", erwiderte Wolf, „das Uranoxid, das Gold und auch die Hologrammhöhle mit dem gesamten Ettenberg, das liegt doch alles auf deutscher Seite der Grenze. Dort endet ja für gewöhnlich die Befugnis von Grimmigs Leuten."

„Richtig", antwortete Becker, „deshalb werden nun auch die deutschen Behörden auf Ihre Suche aufmerksam werden. Ich kann Ihnen also nur nochmals den Rat geben, sparsam mit den Informationen umzugehen, welche Sie den Leuten zukommen lassen."

„Kann ich dem General von diesem Gespräch berichten?", fragte Wolf.

„Ohne Weiteres! Kammler hat sich meines Wissens schon bestens abgesichert. Zu dessen Station gelangt ohne sein Zutun niemand. Sprechen Sie mit ihm aber nicht über die bevorstehende Aktivierung des Berges, er würde Sie ohnehin nicht verstehen. Er ist noch zu sehr in seiner Rolle als General und daran gewöhnt, dass mit Befehlen alles erreicht werden kann."

„Das werde ich und vielen Dank noch." Hiermit verabschiedete sich Wolf und rief bei Linda an:

„Ich habe gerade mit Becker gesprochen, angeblich sind jetzt auch deutsche Behörden hinter diesem Geheimnis des Untersberges her. Das wäre doch eine feine Story für unsere Zeitungen."

„Ah, du denkst doch dabei sicher an eine Titelseite *Münchner Staatsanwalt erlässt Haftbefehl gegen General Kammler* oder so in der Art?" Sie lachte dabei und Wolf erwiderte:

„Nein ich habe das etwas ernster gemeint, aber was solls." Dann fügte er noch hinzu: „Eines kann ich dir aber sagen, jetzt scheint es wirklich spannend zu werden. Vielleicht sollte ich den Apollo anrufen, dass er wieder einmal zu uns herunterkommt. Dem würde es tierischen Spaß bereiten, wenn er die Staatsschützer zum Narren halten könnte. Der hat ja seit Jahren schon ein Faible für den Geheimdienst."

„Faible?", die Lehrerin klang erstaunt. „Du meinst wohl ein ausgewachsenes Trauma. Erinnere mich bloß nicht daran, wie der Apollo damals beim Auwirt lautstark auf die deutsche Obrigkeit geschimpft hat. Am liebsten wäre ich aufgestanden und fortgelaufen. Ich hatte ehrlich eine Riesenangst, dass wir alle zusammen verhaftet würden."

„Nimm das nicht so tragisch, der Apollo ist schließlich auch älter geworden und damit auch ein wenig ruhiger. Der tut niemandem etwas zuleide. Ich wollte doch nur sagen, dass ihm das Versteckspiel Freude machen würde."

KAPITEL 18

▲

DIE ZEITLINIEN

Obersturmbannführer Weber sandte eine SMS auf Wolfs Handy. Längst schon hatte er sich mehrere Funktelefone besorgt, um einer etwaigen Ortung durch das BVT zu entgehen. Da in Österreich Wertkarten für Telefone nicht registrierungspflichtig waren, musste er sich neue, billige Handys kaufen, deren IMEI-Nummern noch nie in Erscheinung getreten waren. Auch durfte er sie nicht in der Nähe seines Hauses benutzen. Am besten funktionierte das von stets wechselnden Standorten in der Nähe von großen Wohnsiedlungen in der Stadt Salzburg. Auch Gespräche sollten damit keine geführt werden, denn die Techniker des BVT mit ihren modernen Sprachanalyzern waren ja schließlich bestens versierte Leute, die selbst eine verstellte Stimme mit hundertprozentiger Sicherheit wie einen Fingerabdruck einer bestimmten Person zuordnen konnten.

Da boten SMS in einfacher Sprache die perfekte Lösung. Werner, der Polizist, hatte einen Bekannten, einen Kollegen in Wien und von dem kamen diese vertraulichen Informationen.

Diesmal konnte Wolf am Display seines Handys lesen: „Party heute um 18 Uhr am Wasser."

Das würde bedeuten, dass sie sich mit Weber und Kammler heute um achtzehn Uhr am Marmorbrunnen vor dem alten Gasthof treffen würden.

Als Antwort schrieb Wolf dann: „Dann lassen wir die Fete steigen."

Niemand würde eine solche Konversation für eine Einladung zu einem hoch geheimen Treffen halten. Nicht einmal Grimmigs Leute.

Auch mit Becker hatte er so seine spezielle Art der Kommunikation. Mit dem Illuminaten war es aber viel einfacher, da sich dieser niemals der Gefahr eines Zugriffs aussetzen musste.

Das Treffen mit den beiden SS-Leuten fand dann, im Beisein von Linda, wieder im alten Gasthof statt. Kammler wollte wissen, ob den beiden schon etwas eingefallen wäre, um in die große Halle am Berg zu gelangen.

„Leider noch nicht, aber wir bemühen uns, eine Lösung zu finden", versicherte Wolf und stellte im Gegenzug dem General eine Frage:

„Haben Sie jemals Kontakt mit einem Schriftsteller gehabt, dem Sie auch einen Einblick in die Basen gewährt haben? Er war ebenfalls Soldat im Krieg und hat später in einer Höhle am Fuße des Untersberges eine Art Flaschenpost über seine Erlebnisse deponiert. Wir haben seine Aufzeichnungen im Vorjahr dort gefunden."

Kammler schien erstaunt und fragte: „Was hat dieser Mann geschrieben? Steht da etwas von unserer Station? Wir haben es ihm untersagt. Er musste uns sein Ehrenwort geben, dass nichts an die Öffentlichkeit gelangen darf." Sein Blick verfinsterte sich etwas.

„Nein", meinte Wolf, „dieser Autor, welcher auch viele Science-Fiction-Romane geschrieben hat, hätte bestimmt nichts verraten, er hat das, was er gesehen hat, in einem Roman verpackt."

Also war der Schriftsteller wirklich in Kammlers Station und sogar in den Basen gewesen. Wolf erzählte dem General auch, was er von den Aktivitäten der deutschen Behörden gehört hatte.

Kammler meinte gelassen: „Die können uns gar nichts anhaben, wir würden den Mantel des Vergessens über sie ausbreiten, dann kommt von denen keiner mehr nach Hause."

„Wie meinen Sie das?", fragte Linda. „Was bedeutet der Mantel des Vergessens?"

„Wir haben ein System entwickelt, welches es uns ermöglicht, direkt auf die Gehirne von Lebewesen einzuwirken. Mittels niederfrequenter Impulse können wir Menschen derart beeinflussen, dass sie im Extremfall orientierungslos herumirren und letztendlich in einen Abgrund stürzen. Dazu sind nur ganz einfache Antennen in Ypsilon-Form notwendig und der Generator zur Erzeugung der Impulse. Wenn die Anlage schwächer eingestellt ist, dann vergessen die Betroffenen alles, was sie in den letzten Stunden gesehen haben. Bei einer starken Einstellung wird ein Mensch orientierungslos. Bestimmt haben Sie bereits von einigen unerklärlichen Unfällen hier am Berg gehört."

„Ja, jetzt, wo Sie das sagen", antwortete Wolf, „da erinnere ich mich an mehrere solcher Begebenheiten, bei denen Leute ihr Erinnerungsvermögen verloren haben. Es hieß dann meistens, die Betroffenen seien gestürzt und wären auf den Kopf gefallen. Aber wenn man das aus Ihrer Sicht betrachtet? Sie sind ja in Ihrer Station wirklich sehr gut abgesichert. Die Zeitfalle, dieser Mantel des Vergessens und Ihre Männer mit den Maschinenpistolen."

Der General nickte zustimmend mit dem Kopf.

„Der Besuch auf Basis drei hat uns sehr beeindruckt. Mich würde dazu interessieren – wie weit zurück in der Vergangenheit liegt diese Basis?", fragte Linda.

„Das sind über fünfzehntausend Jahre", antwortete der General, „wir können beinahe unbegrenzt in die Vergangenheit reisen, aber keine Minute in die Zukunft. Das ist eben nicht möglich."

„Und was war das dann, als Sie mir die silbernen Türme im Jahr 2090 gezeigt haben?", fragte Wolf.

Der General nickte. „Das war ein natürlicher Zeitkorridor, der führt einfach über eine fixe, unveränderliche Zeitdistanz in die Zukunft. Unsere Dimensionstore jedoch sind künstlich geschaffen und einstellbar. Damit können wir in

eine exakt definierte Vergangenheit reisen. Gezielt in die Zukunft zu gelangen, ist uns hingegen nicht möglich."
Wolf überlegte kurz. Becker, der Illuminat, der aus der Zukunft kam, konnte ja eigentlich auch nur in die Vergangenheit zurück. Wahrscheinlich war auch für ihn eine Reise in die Zukunft unmöglich. Er würde ihn fragen.
„Was würden Sie dazu sagen, wenn ich Ihnen erklären würde, dass es eine zweite Wirklichkeit gibt?", meinte Kammler.
„Eine zweite Wirklichkeit? Wie meinen Sie das?", fragte Wolf mit erstauntem Blick.
„Nun, nehmen Sie einmal an, dass durch ein spezielles Ereignis, das es eigentlich gar nicht geben dürfte, eine neue, parallele Zeitlinie entstanden ist. In dieser Zeitlinie gibt es demnach auch das heutige Datum, mit einem Großteil der Menschen, welche auch heute hier leben."
Wolf und Linda waren schockiert. So etwas hatte keiner von ihnen jemals gehört. Wollte der General damit sagen, dass sie zweimal existierten?
„Bei unseren Zeitexperimenten 1943 ist uns etwas passiert, was ich Ihnen aber erst später erklären kann. Auf jeden Fall teilte sich die Zeitschiene. Ein direktes Überwechseln von einer in die andere Zeitlinie ist nicht möglich, aber man kann durch ein Zeitentor in die Vergangenheit gelangen. Und zwar auch in die Vergangenheit kurz vor der Erschaffung der neuen Zeitlinie. Ab da ist es dann möglich, in die andere Gegenwart zu wechseln. Ich weiß, das klingt etwas kompliziert für Sie, aber im Prinzip funktioniert das so."
Langsam ahnte Wolf, dass es mehrere Zeitlinien, welche parallel existierten, geben musste. Vermutlich hatten Kammlers Leute bei ihren Versuchen im letzten Kriegsjahr doch entscheidende Eingriffe in die Vergangenheit gemacht und dadurch war damals eine neue Zeitlinie geschaffen worden. Würde das letzten Endes wirklich bedeuten, dass manche Menschen doppelt existierten?
Apollo hatte doch schon einmal gesagt, dass er „vergessen" wurde. Hatte das etwa auch damit zu tun?

Wahrscheinlich war hier am Untersberg so eine Art Übergangsstelle in eine andere Zeitlinie – der alte Pfarrer nannte das „Parallelwelt" und in vielen Sagen wurde ja auch schon darüber berichtet, nur eben mit anderen Worten und Ausdrücken. War das ebenfalls so eine Zeitlinie, welche im Krieg von den Leuten des Generals initiiert wurde, oder verbarg sich hier im Berg noch ein weiteres Geheimnis, das mit dieser riesigen Halle zu tun hatte? Diese Halle hatten aber nicht Kammlers Männer erbaut. Ihnen war doch der Zugang verwehrt. Also musste es da noch etwas geben.

KAPITEL 19

▲

DIE SCHWARZE DAME JULIA

Wieder einmal wurde Wolf von einem Fremden kontaktiert. Der Mann behauptete am Telefon, aus dem norddeutschen Raum zu kommen, und er hätte eine wichtige Mitteilung. Er wollte sich mit Wolf alleine im alten Gasthof treffen und ihm dann dort alles Notwendige erzählen. Die Zusammenkunft fand bereits einige Tage später statt. Der Mann war mittleren Alters und erklärte, dem alten „Ordo Bucintoro" nahezustehen. Dieser Orden, der schon seit mehr als einhundert Jahren nicht mehr existieren sollte, hatte seinen letzten Sitz auf der Glasbläser-Insel Murano in der Lagune von Venedig gehabt.

„Wie ich in Erfahrung gebracht habe, sind Sie auf der Suche nach den Geheimnissen der Schwarzen Steine. Die „Herren vom Schwarzen Stein", welche mit Isais zu tun hatten, gehörten diesem Orden an."

Wolf unterbrach den Mann: „Und Sie meinen, die „Herren vom Schwarzen Stein" gibt es auch heute noch?"

Der Fremde nickte. „Sehr wohl gibt es diese Vereinigung. Sie bezeichnen sich heute als die Hüter des Schwarzen Steines und auch als die Erben der Templer. Ihre Suche ist nicht unentdeckt geblieben und ich bin daher gesandt worden, Ihnen eine Information zu überbringen, die Ihnen dabei helfen wird, Ihr Wissen um die Zusammenhänge in Verbindung mit Isais, dem Schwarzen Stein und dem Untersberg zu vervollkommnen."

„Dann sind Sie auch ein Mitglied dieses Ordens?", fragte Wolf.

„Nicht direkt", antwortete der Mann, „ich bin lediglich der Überbringer der Botschaft. Aber nun hören Sie gut zu. Sie müssen noch einmal nach Murano fahren. Aber diesmal nicht zu der alten Villa, in welcher der Ordo Bucintoro seinen Sitz hatte. Nein, gehen Sie in die große Basilika auf Murano. Dort in der Kirche Maria e Donato finden Sie auf der rechten Seite, kurz vor dem Altar, eine Steinplatte zwischen den Mosaikbildern am Boden. Auf dieser befindet sich so etwas wie eine Karte. Eine Karte vom Umriss einer Insel. Auch sehen Sie darauf das Symbol der Tempelritter. Fotografieren Sie diese Steinplatte und mit etwas Glück werden Sie dann das Versteck eines Kultgegenstandes ausfindig machen können. Die Herren vom Schwarzen Stein haben schon vor Jahrhunderten einen sehr sicheren Ort dafür ausgewählt.

Dieser Gegenstand befindet sich auf einer Insel in der Adria. Es handelt sich um eine sehr kleine Insel, welche keinen Hafen besitzt und auch keine Straßen. Und doch leben dort Menschen. Früher hatten die Venezianer auf dieser Insel einen Stützpunkt."

Das klang für Wolf jetzt wieder einmal nach Abenteuer. Er würde sich natürlich auf die Suche machen.

Er bedankte sich und bat den Mann noch um seine E-Mail-Adresse, damit er ihm später von seiner Suche berichten könnte.

Zuerst nach Venedig und dann eine Insel suchen, deren Umrisse er erst in der Kirche von Murano sehen würde, das schien ziemlich kompliziert zu sein. Zumindest dann, wenn er dorthin mit dem Auto fahren würde. Wie sollte er diese Insel finden, wenn er sie erst einmal identifiziert hatte? Zudem sollte es ja dort keinen Hafen und keine Straßen geben. Kurzerhand entschloss sich Wolf, diese Reise mit der Cessna zu machen. Erstens ging es wesentlich schneller und zweitens konnte er sich aus der Luft ganz gut ein Bild davon machen, was diese Insel betraf.

Linda, welcher noch immer der Schock vom letzten Flug mit Wolf in den Knochen saß, hätte er nur schwer dazu bewegen können, ihn zu begleiten.

Sie hatte nach dem Flugabenteuer vor mehr als drei Jahren noch immer ein ungutes Gefühl, was das Fliegen betraf. Claudia hingegen, die ja ebenfalls beim Isais-Ring mit dabei war und außerdem noch nie in einem Sportflugzeug gesessen hatte, freute sich riesig, als Wolf sie fragte, ob sie mit dabei sein wolle. Es sollte ja ein ganz normaler Flug werden und davor hatte sie auch keine Angst. Da dieses Mal doch größere Entfernungen über das Meer geflogen werden mussten, nahm Wolf eine stärkere Maschine als damals mit Linda.

„Du brauchst dich nur in den Flieger zu setzen und kannst dir nachher von oben die Landschaft und die Berge ansehen", meinte Wolf zu ihr, als sie ihn fragte, ob sie ihm irgendwie helfen könnte.

Den Flugplan nach Venedig hatte er schon am Tag zuvor am PC aufgegeben und noch ein paar Sachen eingepackt. Denn sollte das Wetter schlecht werden, konnte es leicht geschehen, dass eine Alpenüberquerung beim Rückflug nicht mehr möglich war und sie für ein paar Tage im Süden abwarten mussten.

Dann war es so weit. Früh am Morgen zogen die beiden die Cessna 182 aus dem Hangar und ließen das Flugzeug noch volltanken. Doch kaum, dass sie im Cockpit saßen, zog überraschend ein Gewitter auf und entlud sich direkt über dem Flughafen von Salzburg. So hieß es also vorerst warten. Für Wolf war das aber eine gute Gelegenheit, seiner Co Pilotin die vielen Instrumente, Hebel und Tasten zu erklären. „Und all diese Knöpfe hier, weißt du wirklich auswendig, wofür die alle gut sind?" Mit einem fragenden Blick schaute Claudia zu Wolf.

„Keine Angst, ich fliege jetzt schon seit über zwanzig Jahren und kenne das Flugzeug mittlerweile ganz gut", gab er der jungen Frau zur Antwort.

Nach einer halben Stunde war das Gewitter vorübergezogen. Es regnete zwar noch, was aber für Wolf kein Hindernis war, den Tower per Funk um Starterlaubnis zu fragen.

„Cleared for takeoff runway 16, Wind variable, five knots" kam über die Kopfhörer, welche beide bereits aufgesetzt hatten.

Zügig schob Wolf den Gashebel nach vorne und schon nach weniger als dreihundert Metern hob die kleine Cessna bei strömendem Regen von der Startbahn in Salzburg ab.

Claudia, anfangs recht interessiert, schloss nach dem Start kurz ihre Augen. Als sie sie wieder öffnete, staunte die junge Frau: „Wir sind ja schon so hoch oben."

„So ist das nun mal", erwiderte Wolf, „Flugzeuge fliegen halt einmal in der Luft. Du brauchst aber keine Angst zu haben, runter sind alle noch gekommen. So oder so."

Das hätte er besser nicht zu Claudia gesagt, denn bei der ersten minimalen Turbulenz hielt sie sich so stark an seinem rechten Arm fest, sodass Wolf nur noch mit der linken Hand steuern konnte.

Nach einer halben Stunde hatten sie bereits den Alpenhauptkamm überflogen und das Wetter war mittlerweile wunderschön geworden.

Jetzt hatte sich Claudia bereits an die Höhe gewöhnt und begann, sich in Ruhe die Seen und Berge von oben anzusehen.

Sie erreichten den italienischen Luftraum und nach einer weiteren Viertelstunde kam schon Venedig in Sicht. Der kleine Flugplatz St. Nikola auf dem Lido wurde angeflogen. Als sie im Endanflug bereits tief über dem Friedhof und den anschließenden Zypressen zur Landebahn flogen, war Claudias Flugangst endgültig vorüber. Sanft setzte Wolf die Cessna auf dem Rollfeld auf. Sie ließen die Maschine an der Parkfläche stehen und gingen zur Anlegestelle, von wo aus sie mit dem Schiff auf die Insel Murano hinüberfuhren.

Claudia war schon des Öfteren in Venedig gewesen und wusste daher auch, dass auf Murano die Glasbläser zu Hause waren. Als sie Wolf fragte, ob sie sich so eine Manufaktur ansehen könnten, meinte er nur kurz: „Dazu werden wir leider keine Zeit haben, denn wenn wir diese Steinplatte wirklich finden sollten, dann möchte ich unbedingt heute noch nach dieser geheimnisvollen Insel suchen."

Die Fahrt nach Murano dauerte fast eine halbe Stunde. Sie fanden auch rasch den Weg zur Kirche Maria e Donato. Zielstrebig ging Wolf in der Basilika nach vorne und suchte den Boden mit den Mosaikbildern ab. Da sah man zwei Hähne, welche an einer Stange einen gefesselten Fuchs trugen. „Das bedeutet Aufmerksamkeit geht vor Schlauheit", erklärte er Claudia. „So sollten wir es auch tun. Schauen wir uns einfach alles aufmerksam an, dann kommen wir vielleicht ans Ziel."

Langsam, immer auf die Mosaike am Boden achtend, gingen die beiden Schritt für Schritt durch das alte Gotteshaus. Es war nicht sehr hell im Kirchenschiff, doch nach wenigen Minuten hatten sich ihre Augen an das düstere Licht gewöhnt.

Claudia fand als Erste die beschriebene Steinplatte zwischen den Mosaikbildern am Kirchenboden, obwohl sie nicht sehr groß war. Aber der jungen Frau waren die Umrisse der Insel mit dem darüber eingezeichneten Templerkreuz sofort aufgefallen.

Wolf eilte zu Claudia und fotografierte jede Einzelheit der Platte, als plötzlich eine sehr schöne, dunkel gekleidete Frau mittleren Alters direkt hinter ihnen stand und sie in gutem Deutsch ansprach.

„Schauen Sie auch hier, auf der rechten Seite der Platte." Sie deutete mit ihrer Hand auf den Boden, „das „Ouroboros", das Zeichen der doppelten Unsterblichkeit."

Wolf erschrak, als er die Dame in Schwarz so unverhofft hinter sich erblickte. Er war sogleich von ihrer Schönheit und Anmut berührt. Wer war sie und wo kam sie so plötzlich her? Hatte sie etwa gesehen, dass er und Claudia hier in der Kirche etwas suchten? Woher wusste sie das?

Diese Fragen gingen ihm durch den Kopf und dennoch konnte er seinen Blick nicht von dieser Frau, die eine überirdische Ausstrahlung besaß, abwenden.

Claudia fasste sich zuerst und fragte die Dame: „Was sollen wir mit diesem Zeichen, das eine Schlange zeigt, die sich selbst in den Schwanz beißt. Was bedeutet das?"

„Das ist, wie ich bereits gesagt habe, das Zeichen der doppelten Unsterblichkeit. Sie werden rasch begreifen, was es bedeutet. Sie werden es auch auf dieser Insel finden, die eine Tagesreise von hier entfernt liegt."

„Was? Eine Tagesreise?", rief Wolf und schaute unsicher nochmals auf die Steinplatte mit der Insel, deren Umrisse ihm irgendwie bekannt vorkamen. Das musste Unije sein. Ein kleines Eiland fünfzig Kilometer südöstlich der Hafenstadt Pula. Ja, er war sich sicher. Als Pilot, der schon des Öfteren in dieser Gegend über das Meer geflogen war, kannte er die Umrisse der Insel, auf welcher sich nur ein einziger kleiner Ort befand. Ja, das musste Unije sein. Aber was meinte die schwarze Frau mit „einer Tagesreise"?

Sie schien seine Gedanken zu lesen und sprach: „Zur Zeit der Dogen benötigte man mit dem Schiff einen Tag, um dorthin zu gelangen."

Die Dame stand im Halbdunkel der Säulen und trotzdem konnte er ihr überaus anmutiges Gesicht sehen. Wer war sie und woher kam die Frau? Was hatte sie mit der Zeit der Dogen zu tun, die regierten doch in Venedig vor vielen Jahrhunderten?

„Wer sind Sie, wenn ich Sie das fragen darf?", kam es fast wie von selbst über Wolfs Lippen.

„Nennen Sie mich Julia, ich bin gekommen, um Ihnen bei Ihrer Suche behilflich zu sein. Halten Sie auf der Insel nach der Mauer mit dem Stein, auf dem das Ouroboros-Symbol angebracht ist, Ausschau. Sie befindet sich auf der gegenüberliegenden Seite des Ortes, nahe am Meer." Sie trat einen Schritt zurück in den Schatten der Säulen. Wolf ging ihr nach und wollte noch weitere Einzelheiten von ihr erfragen. „Julia, ich hätte da noch eine Frage an Sie", rief er in die Dunkelheit. Doch da war niemand mehr in der Kirche außer Claudia und ihm.

KAPITEL 20

▲

DIE DOPPELTE UNSTERBLICHKEIT

Soviel sich die beiden in der Kirche auch umsahen, die schwarze Dame blieb verschwunden, als wäre sie vom Erdboden verschluckt worden.
Sie machten sich also wieder auf den Weg zurück zur Anlegestelle. Es war bereits Mittag und brütende Hitze lag über der Lagune. „Für einen Restaurantbesuch haben wir jetzt keine Zeit", sagte Wolf zu Claudia, „ich kaufe uns ein paar Müsli Riegel dort vorne bei dem Kiosk, mit denen können wir es bis zum Abendessen aushalten."
„Was hast du vor?", fragte Claudia, „wo wollen wir denn heute noch hin?"
„Nach Unije, denn so heißt die Insel, welche auf der Steinplatte abgebildet war", antwortete Wolf, „und die liegt in Kroatien. In einer Stunde können wir mit dem Flugzeug dort sein. Ich muss nur vorher einen Flugplan aufgeben."
„Kroatien?", fragte Claudia erstaunt, „das ist ja weit übers Meer!"
„Nur einhundert Kilometer, das ist für die Cessna ein Katzensprung", erwiderte Wolf mit gespielter Gelassenheit. Innerlich war er jedoch bereits voller Unruhe. Er war gespannt, ob sie in Unije etwas finden würden.
Das Vaporetto brachte sie wieder hinüber zum Lido nach San Nicolo, wie der kleine Sportflugplatz von Venedig genannt wurde. Rasch wurde in dem kleinen Büro neben der Rollbahn der Flugplan aufgegeben. Die Route sollte ziemlich genau einhundert Kilometer direkt über das Meer nach Vrsar, einer kleinen Stadt an der kroatischen

Küste, führen. Dort wollte Wolf die Zollformalitäten erledigen und danach sofort zur kleinen Insel Unije weiterfliegen.

Sie starteten am frühen Nachmittag und erreichten schon nach einer halben Stunde Flug den Landeplatz von Vrsar. Als dort niemand auf Wolfs Funksprüche antwortete, setzte er eine Blindmeldung ab, mit welcher er seine unmittelbar bevorstehende Landung ankündigte. Die asphaltierte Piste in Vrsar besaß eine Besonderheit. Sie war bombiert und hatte zusätzlich ein Gefälle von etwa zwölf Metern, was bedeutete, dass man das jeweils andere Ende der Landebahn nicht sehen konnte. Wolf setzte die Cessna sauber im ersten Viertel der Rollbahn auf, als er plötzlich am Funk hörte, dass eine größere Maschine Starterlaubnis bekam. Im nächsten Moment sah er auch schon ein zweimotoriges Flugzeug vom anderen Ende der Piste auf sich zukommen, das gerade in Gegenrichtung startete. Er hatte bereits stark abgebremst und es war daher für ihn nicht schwierig, der entgegenkommenden Maschine, die gerade abhob, auszuweichen. Claudia hingegen war zu Tode erschrocken, als sie so plötzlich ein größeres Flugzeug vor sich auftauchen sah.

Nachdem die Passkontrolle auch hier erledigt war, starteten die beiden mit der Cessna in Richtung Unije. Von der Flugaufsicht in Pula erhielten sie die Genehmigung, die kleine Insel direkt anfliegen zu dürfen. „In spätestens zwanzig Minuten sind wir drüben", meinte Wolf zu Claudia, welche die Aussicht auf die herrliche Küstenlandschaft offenbar zu genießen schien. Dann kam die Insel in Sicht. Wolf schaltete auf die Frequenz von Unije um und wartete, dass sich Drago melden würde.

Der Bäckermeister Drago, der auf der kleinen Insel auch zugleich die Flugaufsicht darstellte, meldete sich am Funk und sagte zu Wolf: „Landung nach eigenem Ermessen, Wind geht keiner, aber pass auf die Schafe auf!"

Claudia fragte: „Was soll das heißen, ‚pass auf die Schafe auf'?"

„Na, das wird eben so ein Scherz von Drago sein", meinte Wolf, der den Bäckermeister von früher her gut kannte, und begann seinen Landeanflug. Sie flogen in geringer Höhe über das Meer und Wolf setzte die Cessna gleich zu Beginn der Graspiste auf. Er hatte offenbar vergessen, dass es nach etwa einhundert Metern eine große Bodenwelle, die fast schon einem kleinen Hügel glich, gab.

Es kam, wie es kommen musste, die Cessna wurde beim Erreichen der Welle nach oben katapultiert und befand sich plötzlich wieder in drei Metern Höhe über dem Boden, um erneut zu landen. In diesem Moment sahen die beiden aber Hunderte Schafe vor ihnen auf der Graspiste. Claudia, welcher der Zwischenfall in Vrsar noch in den Knochen steckte, riss die Augen auf und schrie: „Um Gottes willen! Da sind ja wirklich Schafe! Das war doch kein Scherz von Drago!"

Wolf zuckte mit den Achseln. „Ja, du hast recht, aber irgendwie geht sich das schon aus!"

Zum Durchstarten war es schon zu spät, denn Wolf hatte das Flugzeug bereits stark abgebremst. Jetzt war nur zu hoffen, dass die Schafe rechtzeitig die Piste verlassen würden.

„Wenn die nicht gleich verschwinden, dann gibt es heute Abend Schafsbraten", lachte Wolf, welcher aber genau wusste, dass hier noch nie ein Schaf überfahren wurde.

Die Tiere sprangen wild durcheinander, schafften es aber trotzdem mühelos, sich vor dem heranrollenden Flugzeug in Sicherheit zu bringen.

Wolf brachte das Flugzeug in Parkposition und sicherte die Cessna mit Seilen, die im Boden verankert waren. Dann rief er Drago am Handy an: „Hast recht gehabt mit den Schafen! Aber jetzt sei bitte so lieb und hole unser Gepäck ab."

Claudia fragte: „Wie soll der Drago hier unsere Taschen abholen, da gibts ja wirklich keine Straßen und Autos habe ich hier auch keine gesehen?"

„Drago hat auch kein Auto, der kommt mit seinem Moped", antwortete Wolf, „da bringt er locker unsere vier Taschen drauf, denn bis ins Dorf schleppen möchte ich die heute bei dieser Hitze nicht." Er wischte sich den Schweiß von der Stirn. Hier auf dem Flugfeld hatte es, obwohl es bereits nach fünfzehn Uhr war, eine Temperatur von über vierzig Grad im Schatten.

Wolfs australischer Akubra-Hut, der ihn auch auf seinen Ägypten Reisen vor der Sonne schützte, leistete hier auf Unije ebenfalls gute Dienste.

Drago kam nach geraumer Zeit zum Flugplatz und hatte eine Überraschung für die beiden.

Ein Appartement mit Air Condition, eine absolute Rarität auf der Insel, aber bei dieser Temperatur eine vorzügliche Idee. „Für zwei Nächte können wir uns das schon leisten", schmunzelte Wolf, dem der Preis, den ihm Drago nannte, doch ein wenig hoch vorkam.

Die Insel glich einem Paradies. Während sich an den Stränden, welche mit dem Auto erreichbar waren, die Touristen nur so tummelten und ein Hotel nach dem anderen stand, gab es hier auf Unije nur zwei Gaststätten und ein ganz kleines Lebensmittelgeschäft. Einige Boote lagen in der Nähe vor Anker. Der Strand war sauber und das Wasser kristallklar.

„Das Wichtigste ist für mich jetzt ein kühles Bier", sagte Wolf und Claudia antwortete: „Ich werde mir gleich den Bikini anziehen. Ich will sofort ins Meer!"

Als sie dann am Abend bei Sonnenuntergang auf der Terrasse der kleinen Gaststätte saßen, zeichnete Wolf einen groben Plan der Insel auf die Serviette und zeigte Claudia darauf die Stelle, an der sich die Steinmauer mit dem Ouroboros-Zeichen befinden musste. „Morgen Vormittag, wenn es noch halbwegs kühl ist, dann werden wir dorthin gehen. Julia, die schwarze Dame, hat uns ja erklärt, wo wir nachsehen müssen."

Am nächsten Morgen machten sich die beiden auf den Weg. Es war nicht weit und schon bald erreichten sie die andere Seite der Insel.

„Hier sollte ein Weg zum Meer runterführen", meinte Wolf und suchte auf der rechten Seite nach einem Pfad, der zwischen den Büschen zu sehen sein sollte. Claudia lief vor und sagte: „Von unten kann man das alles besser sehen." Tatsächlich entdeckte sie unweit der Felsküste eine massive alte Steinmauer, deren Zweck nicht klar ersichtlich war. Die Mauer zog sich nur ein Stück landeinwärts, ohne irgendetwas zu begrenzen. Sie stand einfach so in der Landschaft. Jetzt war auch Wolf unten bei Claudia angelangt. Gemeinsam suchten sie die alte Steinmauer Meter für Meter ab. Manchmal versperrte ihnen ein dornenbewehrtes Gestrüpp den Weg. Claudia ging rechts und Wolf auf der linken Seite der Mauer. Es dauerte doch eine geraume Zeit, bis sie den Stein mit der Schlange fanden. Er befand sich ganz unten an einem Felsen. Dieses ringförmige Zeichen war in sehr vielen alten Kulturen zu finden. Angefangen vom alten Ägypten über das antike Griechenland und den Kelten. Überall konnte man den „Ouroboros" sehen.

„Schau, diese Mauer ist eine sogenannte „Trockenmauer", das heißt, die Steine wurden nur passend aufeinandergelegt und überdauerten so die Jahrhunderte."

„Was willst du damit sagen?", fragte Claudia.

„Dass es sich hier um eine ziemlich alte Mauer handeln muss. Unije war ja sogar schon in der Bronzezeit besiedelt, wie mir Drago erzählt hat. Später lebten die Römer hier, wie zahlreiche Ruinen auch heute noch bezeugen, und schließlich kam die Insel dann unter die Kontrolle der Venezianer. Schwer zu sagen, aus welcher Epoche dieses Symbol stammen könnte. Wenn diese Julia recht hat, dann könnte es die Zeit der Dogen sein, also der Herrschaft Venedigs. Ja, aber diese Dogen gab es schon seit über eintausend Jahren. Soviel ich weiß, wurde Venedig vom letzten Dogen am Ende des achtzehnten Jahrhunderts an Napoleon übergeben. Du kannst es dir also aussuchen, auf welche Zeit wir diesen Stein datieren wollen."

Claudia schüttelte den Kopf und sagte: „Der Fremde, mit dem du dich beim alten Gasthof getroffen hast, hatte doch von den Herren vom Schwarzen Stein und den Templern gesprochen. Er hat dir doch den Rat gegeben, in Venedig auf der Insel Murano weiterzusuchen. Also könnte dieses Symbol auch etwas mit den Schwarzen Steinen und den Templern zu tun haben, was glaubst du?"

„Das wäre einleuchtend", stimmte Wolf zu, „es würde mich aber auch interessieren, wie diese Julia damit zusammenhängt. Das war doch kein Zufall, dass die genau zur selben Zeit wie wir in die Kirche gekommen ist. Erst gibt sie uns einen Hinweis zu dieser Insel und dem Symbol, dann verschwindet sie urplötzlich, als hätte sie der Erdboden verschluckt. Das ist doch alles sehr mysteriös, findest du nicht?"

Wolf setzte sich auf einen Felsen und meinte: „Schade, dass ich meinen Metalldetektor nicht dabeihabe. Mich erinnert die Situation nämlich an meine Suche mit Linda in der Ruine der alten Komturei neben dem Untersberg. Da sind wir auch vor so einer Steinmauer gestanden und ich habe damals den Templerring und die beiden Amulette gefunden."

„Und jetzt denkst du, wir könnten hier ebenfalls etwas finden?", lachte Claudia, hielt aber gleich wieder inne und überlegte: „Warte einmal, diese Mauer besteht ja nur aus übereinandergeschichteten Steinen. Wir tragen ein paar Steine ab, dann sehen wir recht schnell, ob da drinnen etwas verborgen ist."

Sie begann sofort mit der Arbeit und beim dritten Stein, den sie herunterhob, stieß sie einen Schrei aus und ließ ihn fallen. Eine große Eidechse war zwischen den Blöcken herausgeschossen und hatte ihr ordentlich Angst eingejagt.

Wolf musste jetzt lachen. „Warte, ich helfe dir, zu zweit geht es leichter."

Als die beiden schließlich die meterhohe Steinmauer an einer schmalen Stelle zur Hälfte abgetragen hatten und nichts zum Vorschein kam, gaben sie auf.

Das Symbol mit der Schlange, welche sich in den Schwanz beißt, wurde fotografiert und die GPS-Daten für ein späteres Wiederfinden gespeichert.

„Was hast du da eigentlich zu finden gehofft?", fragte ihn Claudia auf dem Rückweg.

„Eigentlich weiß ich es selber nicht", war Wolfs Antwort, „ich kann mir auch beim besten Willen nicht vorstellen, was da in dieser offenen Mauer die Jahrhunderte überdauert haben könnte. Da rinnt doch überall das Wasser vom Regen hindurch und im Sommer werden diese Steine zudem recht heiß. Das ist sicher keine gute Idee für ein Versteck. Am Untersberg in der Templer Ruine, da waren die Sachen eingemauert und blieben daher etwas geschützt. Damals habe ich Hammer und Meißel gebraucht, um an das geheime Versteck zu gelangen. Doch auch dort waren die Holzkassette und der Lederbeutel schon fast zerfallen."

Mittlerweile hatten sie wieder das Dorf erreicht. Es war an einem Hang erbaut, der zum Meer hin abfiel. Auf Unije sah es aus, als wäre die Zeit auf dieser einsamen Insel stehen geblieben. Keinerlei Motorenlärm von irgendwelchen Fahrzeugen war zu hören. Lautlos kreisten einige Möwen über ihnen. Das Zirpen der Grillen und manchmal auch das zarte Brummen einer Biene waren die einzigen Geräusche hier oben. Ganz klein konnten sie von dem Hügel aus ihre abgestellte Cessna auf der Wiese sehen. Gegenüber standen jetzt noch drei weitere Kleinflugzeuge. Diese mussten schon früh am Morgen angekommen sein.

„Wenn dort in der Mauer etwas versteckt worden ist, dann kann es sich dabei nur um ein Ding handeln, dem weder Feuchtigkeit noch Hitze etwas ausmachen", schlussfolgerte Claudia.

„Das müsste dann heißen, dass es nur aus Edelmetall oder aus Stein bestehen dürfte", überlegte Wolf.

„Dann könnte es sich ja auch um einen Kristall handeln", erwiderte Claudia.

„Das werden wir morgen, bevor wir zurückfliegen, nochmals nachprüfen", meinte Wolf, „aber jetzt gehen wir erst einmal ins Wasser. Schließlich möchte ich ja auch wieder einmal im Meer baden."

Damit machte er der jungen Frau die größte Freude, denn im Meer zu schwimmen, das mochte Claudia besonders gerne.

Später, als die Sonne über dem Meer untergegangen war und die beiden in der Gaststätte zum Abendessen saßen, meldete Wolfs Handy eine Kurznachricht: „OE-DID auf Unije gesichtet. OE-CMC – stehen genau gegenüber. Wo bist du? Gruß Walter." Wolf war überrascht: „Da ist einer von Salzburg hierhergeflogen. Die OE-CMC ist ein kleines zweisitziges Flugzeug von unserem Club und Walter, das müsste der Fluglehrer sein."
Er schrieb ihm zurück, dass sie im Gasthaus auf der Terrasse sitzen würden, und schon nach einer Minute kam Walter zu ihnen, um sie zu begrüßen. Er hatte nur zehn Meter weiter am anderen Ende der Terrasse gesessen. Sie setzten sich zusammen und ließen sich jeder einen köstlichen Fisch schmecken. Wein wollte Wolf heute keinen mehr trinken, denn am nächsten Vormittag sollte es wieder zurück in die Heimat gehen. Und Alkohol war ein Tabu für Piloten – zumindest, wenn sie fliegen mussten. So nahm er stattdessen mit Apfelsaft und Mineralwasser vorlieb. Sie tauschten Flugerlebnisse aus, von welchen jeder der beiden reichlich zu erzählen hatte, und sie diskutierten über den großen Zufall, sich gerade hier getroffen zu haben. Diese Insel wurde sehr selten von Clubmitgliedern angeflogen, denn nur wenige Piloten wollten über das Meer fliegen, um dann auf dieser holprigen Graspiste zu landen. Die meisten Piloten bevorzugten eine betonierte Rollbahn. Walter berichtete auch noch über einen tragischen Unfall, bei dem zehn Tage zuvor zwei Leute vom Fliegerclub in Salzburg ums Leben gekommen waren. Bei diesem Unfall war die Maschine während einer Landeübung abgestürzt. Die beiden Insassen dürften keine Chance gehabt haben. Es handelte sich um eine zweisitzige Cessna 150. Es war jenes Flugzeug, mit dem Wolf und Markus vor vielen Jahren schon diesen gefährlichen Zwischenfall über den Bergen gehabt hatten.

„Ja, Fahrt ist Leben", sagte Walter bedeutungsvoll und meinte damit, dass ein Flugzeug niemals zu langsam werden sollte, denn dann würde es einfach abkippen und runterfallen. In großer Höhe hätte man noch die Chance, den Flieger wieder abzufangen, aber in Bodennähe, wie etwa beim Landen, wäre so etwas fatal. Deshalb sollte man immer genau auf seine Geschwindigkeit achten, meinte Walter, der es ja als Fluglehrer wissen musste.

Es war sehr spät geworden, erst gegen ein Uhr früh verabschiedeten sie sich und gingen zu ihren Quartieren.

Auf dem Weg sagte Wolf noch zu Claudia: „Diese schwarz gekleidete Dame in der Kirche, welche sich Julia nannte, die sprach doch davon, dass es sich bei diesem Stein mit der Schlange um das Symbol der „doppelten Unsterblichkeit" handeln soll. Mich würde interessieren, was sie wohl damit gemeint hat. Leider konnte ich sie nicht mehr danach fragen, sie war ja plötzlich weg."

Claudia war schon müde und kaum mehr fähig, sich zu konzentrieren. Sie meinte bloß: „Darüber können wir uns morgen unterhalten, jetzt möchte ich nur noch schlafen."

Am nächsten Morgen, Wolf saß schon unten im Wohnzimmer des Appartements und stellte seine Flugvorbereitung fertig, da kam auch Claudia herunter. Sie sah noch ganz verschlafen aus. Wolf eröffnete ihr: „Bevor wir uns zum Flugzeug aufmachen, möchte ich ganz kurz nochmals zu dieser Steinmauer gehen. Das dauert nur eine halbe Stunde. Vielleicht finde ich doch noch etwas."

Claudia murmelte noch ein paar Worte von Morgentoilette und Haare waschen, worauf sich Wolf alleine auf den Weg machte. Die Luft war jetzt am frühen Vormittag noch nicht so heiß und die Kräuter am Wegrand strömten ihr eigentümlich würziges Aroma aus, welches man an den Felsküsten der Adria überall finden konnte. Als er wieder zu der Steinmauer kam, konnte er schon von Weitem die abgetragene Öffnung erkennen. Rasch hob er noch einige Lagen Steinblöcke herunter und kam zu der Stelle direkt über dem Symbol mit der Schlange. Da sah er, dass zwischen den Steinen ein Loch ausgespart war. Etwa zehn Zentimeter im Quadrat. Es war gerade groß genug, dass er mit seiner Hand hineingreifen konnte. Er wollte es schon tun, da sah er im letzten Moment eine kleine, zusammengerollte Schlange, deren Unterschlupf er zuvor geöffnet haben musste, als er die Steine weggehoben hatte. Die Schlange hatte ein Horn ganz vorne am Kopf und war bestimmt giftig. Wolf hatte das Gefühl, als würde ihn irgendetwas davon abzuhalten versuchen, dieses Geheimnis zu ergründen. Rasch verwarf er aber wieder diesen Gedanken. Er wich zurück und klopfte mit einem Stein mehrmals auf die Mauer, um das Reptil zu verscheuchen, was ihm so auch gelang. Die Schlange verkroch sich zwischen den Steinen in der Mauer. Sollte er jetzt wirklich in diese Öffnung hineingreifen? Er hatte doch ein wenig Angst. Aber seine Neugier siegte schlussendlich. Trotzdem überfiel ihn ein mulmiges Gefühl, als er mit seiner rechten Hand in das dunkle Loch griff. Würde ihn gleich eine Schlange beißen oder ein Skorpion stechen, aber der Gedanke daran währte nur einen Augenblick, dann ertastete er mit seinen Fingern einen harten Gegenstand. Er war scharfkantig. Wolf konnte ihn leicht herausziehen und dann traute er seinen Augen nicht. Es war ein Kristall, ein Bergkristall. Ein sogenannter Doppel Ender, von welchem in der Mitte noch ein weiterer Kristall herausragte. Der Kristall war nicht sehr groß, nur zehn Zentimeter vielleicht, deshalb konnte er ihn auch in seine Hosentasche schieben. Wolf griff nochmals in die Öffnung hinein, um sicherzugehen, ja nichts übersehen zu haben, aber da war nichts mehr. Außer diesem Bergkristall war dort nichts versteckt worden.

 Als er zu Claudia zurückkehrte, hatte sie bereits fertig gepackt. Sie saß auf der kleinen Terrasse des Appartements und war zur Abreise bereit. Er erwähnte nichts von der Schlange an der Mauer, sondern nahm seinen Fund aus der Tasche, zeigte ihn ihr und sagte: „Schau dir diesen Kristall an, der hat zwei spitze Enden und noch ein drittes rechtwinklig in der Mitte."

 „Zwei Enden – doppelte Unsterblichkeit", antwortete sie spontan, „das hat doch die Dame in Schwarz gesagt."

„Ich weiß nicht, ob das damit zu tun hat", sagte Wolf und rief den Bäckermeister an, um ihn zu bitten, das Gepäck abzuholen.

Eine Viertelstunde später standen sie vor der Cessna und räumten ihre Taschen, welche Drago mit seinem Moped gebracht hatte, ein. Sie verabschiedeten sich von dem hilfsbereiten Kroaten und stiegen in die Maschine.

Nachdem er das Flugzeug gecheckt hatte, startete Wolf den Motor und beobachtete die Instrumente. Es war alles im grünen Bereich. Dann sagte er zum Spaß ins Bordmikrofon: „Ladies and Gentlemen, your captain speaking, please close the doors and fasten your seat belts", und dann „Cleared for takeoff 09." Claudia, die ebenfalls ihren Kopfhörer aufgesetzt hatte, musste lachen und Wolf schob den Gashebel nach vorne. Der Motor der Cessna heulte auf und langsam setzte sich das Flugzeug auf der doch recht holprigen Graspiste in Bewegung. Nach einigen Hundert Metern hob der Flieger schließlich ab und wenige Sekunden später befanden sie sich bereits ein paar Meter über dem Meer. Wolf checkte jetzt nochmals die Instrumente. Er erschrak. Der Fahrtmesser zeigte auf null.

Das war nicht gut, nein, absolut nicht gut! Für einen Moment dachte er daran, wieder umzukehren, um in Unije nachsehen zu können, was da mit dem Instrument nicht in Ordnung war. Doch blitzartig fiel ihm ein, dass er auf der welligen Graspiste ja nur mit Mindestgeschwindigkeit landen könnte, und ohne Fahrtmesser wäre das schlichtweg ein Himmelfahrtskommando. Er musste in dieser Situation an den tödlichen Unfall vor zehn Tagen denken. Dieser Flieger war ja wegen zu geringer Fahrt in Bodennähe abgestürzt. Auch die Worte seines Fliegerkameraden Walter von gestern Abend gingen ihm durch den Kopf, „Fahrt ist Leben" hatte dieser zu ihm gesagt.

Also setzte er etwas deprimiert seinen Flug fort. Vor Claudia ließ er sich nichts anmerken, er tat so, als wäre alles völlig normal. Für sie war es doch der allererste Flug in einem Kleinflugzeug und sie sollte es auch genießen können. Er flog mit ihr noch einige Runden über die Buchten an der Südspitze der istrischen Halbinsel, dort, wo sie schon als Jugendliche mit ihren Eltern öfter den Urlaub verbracht hatte. Claudia machte viele Fotos und freute sich wie ein Kind, als sie die ihr so gut bekannte Gegend nun auch aus der Luft sehen konnte. Wolf musste nur zusehen, dass er immer schnell genug unterwegs war und keine zu steilen Kurven flog. Das funktionierte alles recht gut, aber die bevorstehende Landung auf dem Airport von Pula bereitete ihm Sorgen. Da fiel ihm plötzlich sein GPS-Gerät ein, das er in der Flugtasche dabeihatte. Er ließ es sich von Claudia geben, schaltete es ein und schon nach kurzer Zeit konnte er darauf zumindest seine Geschwindigkeit über Grund ablesen. Das waren immerhin über einhundertzwanzig Knoten. Aber landen konnte man mit so einer hohen Geschwindigkeit nicht, noch dazu, wo über der Betonpiste von Pula Airport doch sicher eine Temperatur von vierzig Grad herrschen würde. Runter mussten sie aber in jedem Fall, denn der Tankinhalt würde nicht bis Salzburg reichen. Mit welcher Geschwindigkeit sollte er Pula anfliegen? Wenn das Flugzeug bei der Landung zu schnell war, würde es bei der geringsten Bodenberührung sofort wieder abheben. Und wenn Wolf den Flieger auf der Landebahn mit dem Höhenruder nach unten drücken würde, dann wäre es möglich, dass das Bugfahrwerk der enormen Belastung nicht standhielt und einknickte.

Als Claudia die riesige Landbahn von Pula aus der Luft sah, meinte sie: „Super, jetzt landen wir auch hier auf dieser tollen Bahn."

Wolf nickte mit gespielter Ruhe, bereitete sich auf den Anflug vor und ersuchte den Tower um Landefreigabe. „OE-DID, temperature 38, wind 300 degrees, 5 knots, cleared to land runway 09", kam als Bestätigung aus dem Kopfhörer. Die Runway war fast drei Kilometer lang und Wolf reduzierte seine Geschwindigkeit bis auf neunzig Knoten laut der Anzeige auf seinem GPS-Gerät. Ganz sachte flog er immer tiefer, bis die Räder der Cessna den

Boden berührten. Es kam so, wie er erwartet hatte, die Maschine hob sofort wieder ab, um nach weiteren einhundert Metern wieder die Landebahn zu berühren und danach abermals aufzusteigen. Dieser Vorgang wiederholte sich dreimal. Dann, als Wolf sah, dass die Höhe nur mehr einen Meter betrug, ließ er die Landeklappen voll ausfahren, womit er dann rasch die richtige Geschwindigkeit erreichte, bei welcher das Flugzeug schließlich am Boden blieb.

Claudia klatschte: „Das war eine butterweiche Landung, viel sanfter als die großen Ferienflieger, mit denen ich schon geflogen bin."

Wolf meinte nur gelassen: „Danke für das Kompliment! Ich habe mir auch Mühe gegeben."

Sie erledigten die Zollformalitäten und ließen den Flieger auftanken. Jetzt konnte er Claudia über den Instrumentenausfall unterrichten, was diese aber nur beiläufig wahrnahm. Für sie bedeutete das nicht mehr, als wenn lediglich eine Kontrollbirne ausgefallen wäre.

Der Start verlief wie gewohnt problemlos und auch die Alpenüberquerung stellte keine besondere Herausforderung an Wolf dar.

„Ist es eigentlich gefährlich, ohne Fahrtmesser zu fliegen?", fragte Claudia, als sie hoch über den Gipfeln der Alpen dahinflogen.

„Eigentlich nicht, würde ich sagen", antwortete Wolf, „außer bei der Landung. Weißt du, in Bodennähe, da muss man unbedingt die richtige Geschwindigkeit haben, so wie uns Walter gestern gesagt hat.

Dazu fällt mir gerade mein Prüfungsflug ein, den ich vor zwanzig Jahren, übrigens mit der vor zehn Tagen abgestürzten Cessna, absolviert hatte. Damals waren alle siebzehn Prüfungskandidaten und die Fluglehrer auf der Wiese neben der großen Runway in Salzburg versammelt. Auch der Prüfer von der Luftfahrtbehörde war dort anwesend, um festzustellen, wie genau die Landungen erfolgten. Wir alle mussten eine sogenannte Spotlanding durchführen. Das heißt, den Motor in sechshundert Metern über dem Flugplatz auf Leerlaufdrehzahl stellen und dann das Flugzeug, ohne erneut Gas zu geben, auf einem markierten, fünfzig Meter langen Abschnitt auf der Rollbahn landen. Natürlich konnten wir das in den Wochen davor ausgiebig üben. Ich war der erste Kandidat und deshalb ziemlich aufgeregt. Deswegen klappte meine Einteilung bei der Landung nicht optimal. Ich kam damals trotz voll ausgefahrener Landeklappen mit einer zu hohen Geschwindigkeit herunter. Die Cessna berührte dennoch genau den ausgewählten Abschnitt auf der Runway, aber es war eher ein Aufschlag, den das Fahrwerk dieser robusten Maschine gerade noch vertrug.

Aber dieser Aufschlag katapultierte die Cessna wieder zehn bis fünfzehn Meter in die Luft hinauf, wo sie dann mit leicht nach oben geneigter Schnauze fast stehen blieb.

Der Fahrtmesser zeigte keine vierzig Meilen mehr an. Bei fünfundvierzig Meilen sollte der Flieger laut Handbuch aber bereits herunterfallen.

Die ‚Stall-Warning‘, welche kurz vor dem Strömungsabriss, dem unmittelbar darauf das Abkippen folgt, ein hässliches Geräusch von sich gibt, ertönte fast gleichzeitig. Ich schob den Gashebel mit der rechten Hand rasch nach vorne und mit der Linken drückte ich blitzartig das Höhenruder, um das Flugzeug nach unten zu lenken. Ich hatte Glück, der Motor nahm das Gas an, ohne sich zu ‚verschlucken‘, und heulte auf. Die Cessna neigte sich sofort steil mit der Schnauze nach unten und raste auf die Betonpiste zu. Etwa einen Meter über der Landebahn gelang es mir, die Maschine wieder in eine gerade Fluglage zu bringen. Ohne den Boden zu berühren, gewann die Cessna ganz langsam wieder an Höhe und ich konnte einen zweiten Versuch starten, bei dem mir dann die Spotlanding auch super gelang.

In dem Augenblick, als ich das Flugzeug nach unten gedrückt hatte, rannte der Prüfer schon zur vermeintlichen Absturzstelle und Otto, der alte Flugschulleiter, biss seine Zigarette zwischen den Zähnen ab. Die reden heute noch über diesen Zwischenfall, der böse enden hätte können. Aber obwohl ich meine, irgendwie gehts immer, war damals doch eine Riesenportion Glück dabei."

Claudia war bei dieser Schilderung von Wolf ganz still geworden. Mittlerweile hatten sie den Alpenhauptkamm überflogen und würden die Kontrollzone von Salzburg in circa fünf Minuten erreichen.

Nachdem Wolf die Wetterdaten vom Airport in Salzburg per Funk eingeholt hatte, meldete er sich auf der Towerfrequenz und bekam die Landefreigabe in Form eines „straight in approaches". Das hieß, sie konnten in gerader Linie direkt auf die Landebahn zufliegen.

Die Landung in Salzburg verlief ebenso wie in Pula und Wolf informierte anschließend noch den Flugzeugwart über den Ausfall des Fahrtmessers, der daraufhin die Cessna sofort für weitere Flüge sperren ließ.

Als die beiden dann anschließend in einem Gastgarten einen Apfelsaft tranken, nahm Wolf den Kristall nochmals heraus und sie überlegten, was er wohl zu bedeuten hatte.

„Ich werde Becker fragen, was es damit für eine Bewandtnis hat", sagte er zu Claudia.

KAPITEL 21

▲

JULIETTA

Wieder zu Hause angekommen, musste er auch Linda das Fundstück zeigen. Er rief sie an, nahm den Bergkristall und fuhr zu ihr. Er erzählte ihr auch von den Zwischenfällen, welche sie beim Flug erlebt hatten, und Linda meinte: „Bei dir gibt es doch immer gefährliche Situationen, normal läuft bei dir doch gar nichts ab. Ich denke da gerade an den Tag, als wir mit dem letzten Tropfen Benzin in Marokko über der Sahara nach El Aiuun geflogen sind, oder im Sandsturm ohne jegliche Sicht über dem Atlantik von Fuerteventura nach Gran Canaria. Aber das Ärgste war für mich dann doch der Flug in einhundert Metern Höhe durch das Valle de Canal in Italien, wo wir bei manchen Häusern am Berghang zum Fenster hineinschauen konnten."

Wolf zuckte mit den Achseln. „Das ist eben so, aber wirklich gefährlich war es doch noch nie. Ich will mit dir heute jedoch nicht philosophieren, ich bin hergekommen, um dir etwas zu zeigen." Dabei nahm er den Kristall heraus und legte ihn Linda in die Hand.

„Was hältst du davon?", fragte er sie. „Ich habe diesen Kristall in Unije gefunden, als ich mit Claudia letzte Woche dort hingeflogen bin." Er erzählte ihr auch von dem Mann aus Norddeutschland, der ihn nach Murano in die Marienkirche geschickt hatte, und ebenso von der Dame Julia, welche ihm schließlich den Weg nach Unije wies. „Das ist schon seltsam", meinte Linda, der die Geschichte vom Ordo Bucintoro recht gut bekannt war. „Bei dieser Dame könnte es sich um Julietta Montefeltro handeln."

„Kannst du mir da ein bisschen weiterhelfen? Wer soll diese Julietta sein?", fragte Wolf. „Das ist wieder einmal typisch für dich! Du hast mit den Schwarzen Steinen zu tun und bist auf den Spuren der Isais, aber du weißt nicht einmal, wer Julietta Montefeltro war, oder vielleicht noch ist. Julietta war vom Beginn des sechzehnten Jahrhunderts bis 1562 die Chefin des Ordo Bucintoro und verschwand dann urplötzlich von der Bildfläche. Sie wollte ein Imperium Novum gründen, dessen Beginn aber schon damals auf den Anfang des einundzwanzigsten Jahrhunderts datiert wurde. Es wird behauptet, dass sie auch in späteren Jahrhunderten immer wieder auftauchte. Sie war ebenfalls eng mit der Isais-Geschichte verbunden. Die magischen Gegenstände des Ordo Bucintoro wurden schon vor langer Zeit sehr gut versteckt und sollten erst mit dem Einsetzen der großen Umwälzung wieder hervorgeholt werden."

„Und du könntest dir vorstellen, dass diese schwarze Dame Julia, welche uns in der Kirche auf Murano begegnete, diese Julietta war?", antwortete Wolf etwas erstaunt. „Die müsste doch schon seit über vierhundert Jahren tot sein."

Linda schaute etwas nachdenklich und sagte dann: „Denk doch einmal an den Grafen von St. Germain, auch der ist über die Jahrhunderte hinwegauch immer wieder irgendwo aufgetaucht und blieb danach für lange Zeit verschwunden. Und überlege, sie hat dir doch etwas von der ‚doppelten Unsterblichkeit' gesagt."

„Könnte das bedeuten, dass es sich bei ihr um eine Zeitreisende handeln würde?"

„Möglicherweise, oder die beim Ordo Bucintoro haben etwas entdeckt, etwas Magisches, das eine Art Unsterblichkeit hervorrief", sagte Linda.

„Das wäre ja toll, dann sind Claudia und ich in der Kirche auf Murano einer Unsterblichen begegnet. Für eine Unsterbliche sah die Frau aber wahnsinnig gut aus. Ich hab immer noch ihr Bild vor Augen."

„Jaja, Männer eben. Kaum seht ihr eine hübsche Frau, dann ist es um euch geschehen und ihr könnt an nichts anderes mehr denken."

Wolf antwortete entrüstet: „So war es aber nicht, deinen Liebreiz, gute Linda, hab ich zu keiner Zeit vergessen, aber diese Julia war einfach überirdisch schön."

„Im Halbdunkel der Kirche kannst du sie ja gar nicht so genau gesehen haben. Aber was solls, sie hat dir halt gefallen und du warst ihr offensichtlich auch sympathisch, denn sonst hätte sie dir das mit Unije nicht gezeigt."

„Der Claudia hat sie ebenfalls sehr gut gefallen", verteidigte sich Wolf ein letztes Mal. Linda ging gar nicht mehr auf Wolfs Antwort ein. Sie drehte den Kristall in ihrer Hand und meinte: „Wenn der wirklich etwas mit dem Ordo Bucintoro zu tun hat, dann kannst du sicher sein, dass es sich dabei um einen Schlüssel zu einem Geheimnis handelt."

„Wenn das so weitergeht, werde ich bald eine neue Glasvitrine für die vielen Fundstücke in meinem Wohnzimmer brauchen", sagte Wolf, worauf Linda trocken antwortete: „Es kommt schließlich nicht darauf an, wie viele Stücke du bei dir aufbewahrst, sondern wozu sie gebraucht werden können. Die Sachen haben doch allesamt mit Isais und den Schwarzen Steinen zu tun. Bestimmt wird schon bald jemand auftauchen, der dir über die Verwendung der Fundstücke etwas sagen kann."

„Das will ich hoffen", antwortete Wolf, „denn sonst kann ich bald ein kleines Museum eröffnen."

KAPITEL 22

▲

DER VOLKSWAGEN IM KÖNIGSEE

Von Apollo im fernen Dortmund erhielt Wolf eine Nachricht, dass es im Königsee bei Berchtesgaden Eingänge aus der Zeit des Weltkrieges in die Felswand neben dem See geben sollte. Dort drinnen im Berg wären unterirdische Kammern, in denen sich bis heute geheime Unterlagen und Geräte des damaligen Regimes befinden sollten. Diese Eingänge sollten jedoch unter Wasser liegen und die Kammern auch nur von dort zugänglich sein. Wolf wollte nachprüfen, ob an dieser Geschichte etwas dran sein könnte, und kontaktierte daher den Obersturmbannführer Weber mit der Bitte, ob er ihn mit dem Chronoskop für einen halben Tag zu einem Bootsausflug auf dem Königsee begleiten würde. Weber musste zuvor vom General die Genehmigung dafür einholen und meldete sich nach drei Tagen wieder. „Der General ist selbst daran interessiert, der Sache mit den unterirdischen Eingängen nachzugehen, da er auch schon davon gehört hat. Wir können uns in vier Tagen um zehn Uhr vormittags in der Nähe des Stationseingangs, dort, wo das Wasser über das Wasser fließt, treffen. Das wäre für mich einfacher, da, wie Sie wissen, das Chronoskop doch ein ansehnliches Gewicht hat. Könnten Sie wieder eine Zwölf-Volt-Batterie, so wie beim letzten Mal, mitnehmen?"

Wolf rief Claudia an: „Hallo, junge Frau, hast du Lust auf eine Bootspartie?"

„Ja, gerne", antwortete sie und die Vorfreude auf eine romantische Fahrt mit einem Ruderboot ließ ihre Stimme gleich um eine Oktave höher klingen. „Wohin solls denn gehen?"

„Nur damit du dir keine falsche Vorstellung machst, das wird eher ein Erkundungstrip, der Obersturmbannführer Weber kommt auch mit. Wir werden mit dem Chronoskop vom General am Königsee nachsehen, ob und wann dort unterirdische Anlagen gebaut wurden." Claudia machte dies nichts aus, war sie doch genauso wie die anderen des Isais-Ringes an den Geheimnissen rund um den Untersberg und dem Obersalzberg interessiert. Da auch sie in der näheren Umgebung wohnte, war es für Wolf kein großer Umweg, sie von zu Hause abzuholen, um danach Weber mit dem Chronoskop aufzunehmen. Gemeinsam fuhren sie dann mit ihm nach Berchtesgaden und weiter zum Königsee, und zwar zu dem Gasthof am Ende der Rodelbahn. Dort gab es einen Bootssteg, an welchem ein Ruderboot vertäut lag. Wolfs Frage, ob das Boot zu vermieten sei, verneinte der Wirt und meinte, das sei privat. Doch mithilfe von Claudias Charme bekamen sie schließlich das Boot für zwei Stunden. Weber und Wolf wechselten sich beim Rudern ab und Claudia genoss es, von beiden Männern über diesen tiefsten See Deutschlands in einer grandiosen Bergwelt herumchauffiert zu werden. Obwohl es bereits Mittag war, lag doch eine angenehme Kühle über dem Wasser. Die Sonnenstrahlen fanden nur für kurze Zeit den Weg zwischen den hohen Felswänden bis zum See.

„Wo genau müssen wir hinfahren?", fragte der Obersturmbannführer und schloss Wolfs mitgebrachte Zwölf-Volt-Batterie an das Chronoskop an. Claudia staunte, als sie dieses eigentümliche Gerät in Webers Händen sah.

„Und damit soll man in die Vergangenheit sehen können?", fragte sie ungläubig.

„Ja, aber nur in Schwarz-Weiß, eben so, wie die meisten Menschen über diese Zeit denken", antwortete Wolf zweideutig und wischte sich mit einem Taschentuch den Schweiß von der Stirn. Das Rudern war er einfach nicht gewohnt. Aber nicht nur deshalb ließ er sich von Weber ablösen. Nein, ihn interessierte es, so rasch wie möglich durch das Chronoskop, das schon betriebsbereit im Boot lag, sehen zu können. Er nahm das Gerät, von dem er wusste, wie es funktionierte, und begann, damit in die Vergangenheit zu schauen. Normalerweise konnte man die Winter mit Schnee auf Wäldern und Wiesen als Indikator dafür ansehen, dass wieder ein Jahr vergangen war. So musste er also bis ins Jahr 1943 zurückdrehen. Laut Apollo wurden ja in diesem Jahr diese Eingänge unter Wasser gebaut. Da gab es aber eine Schwierigkeit, denn der See fror nicht in allen Wintern zu und das Wasser sah zu jeder Jahreszeit ziemlich gleich aus. Wolf musste sich daher eine Stelle am Ufer suchen, an welcher in jedem Fall der Schnee im Winter liegen blieb. Er wollte aber noch etwas warten, bis Weber nahe genug am Ufer bei der Felswand war. In der Zwischenzeit gab er Claudia, welche schon ganz neugierig neben ihm saß, das Chronoskop in die Hand und erklärte ihr die beiden Einstellknöpfe. Interessiert schaute die junge Frau durch das Gerät und meinte verwundert: „Ja, ich sehe alles in Schwarz-Weiß, aber soll das wirklich die Vergangenheit sein? Es sieht doch alles genau so aus, wie es eben ist."

„Das ist ganz klar", meinte Weber, „hier am See und an den Felswänden wurde auch absolut nichts verändert. Das wird vermutlich in hundert Jahren auch noch so aussehen wie heute."

„Wonach suchen wir dann eigentlich?", fragte Claudia und drehte fleißig an den beiden Knöpfen herum.

„Nach Eingängen in diese große Felswand hier auf der rechten Seite. Die sollen jedoch unter der Wasseroberfläche liegen", antwortete ihr Wolf, „so hat es mir jedenfalls unser Freund, der Apollo, geschrieben."

„Und wie möchtest du mit diesem klobigen Ding unter Wasser sehen können?", wollte Claudia wissen.

„Nein, nicht unter Wasser, aber für diese Arbeiten hat man doch sicher schwimmende Plattformen verwendet, von denen aus Taucher einige Meter unter der Wasseroberfläche die Eingänge in die Felswand trieben."

Claudia ließ es bei dieser Antwort bewenden, ohne das Chronoskop abzusetzen. Plötzlich sagte sie: „Ich glaube, mit dem Ding ist irgendetwas nicht in Ordnung. Da kommt gerade ein Volkswagen auf uns zu. Ich kann ihn ganz genau erkennen, obwohl es Nacht sein dürfte. Man sieht sogar das Kennzeichen. BGD ... und zum Schluss die Zahl 55. Er hat nur wenig Licht eingeschaltet. Jetzt schleudert der Wagen und dreht sich. Ich sehe ihn von hinten, er hat noch das kleine Heckfenster. Mein Opa hat auch so einen Wagen gehabt. Der müsste meiner Meinung nach aus den Fünfzigerjahren stammen."

„Das klingt gut", freute sich Wolf, „dann wissen wir jetzt, auf welche Zeit du das Chronoskop eingestellt hast, und brauchen nicht so viele Winter zurückzuzählen."

Weber schaute Wolf an und wunderte sich: „Aber wie kommt es, dass Claudia hier auf dem See ein Auto sieht?" Wolf erklärte schmunzelnd: „Das ist früher gar nicht so selten gewesen. Wenn der See in sehr kalten Wintern zugefroren war, konnte man ihn ohne Weiteres mit Autos überqueren. So etwas muss Claudia gerade gesehen haben."

„Jetzt ist der Wagen direkt vor uns an der Felswand verschwunden, es hat so ausgesehen, als wäre er vom See verschluckt worden", stotterte sie aufgeregt. Wolf nahm das Chronoskop und schaute sich selber die Stelle an, an welcher Claudia den Wagen zuletzt gesehen hatte. Er drehte den Feinregler vorsichtig etwas zurück und erblickte nun ebenfalls den Volkswagen, der sich schleudernd um die eigene Achse bewegte und auf die Felswand zufuhr. Es sah so aus, als wäre der See einige Meter vor der Wand nicht zugefroren, denn das Auto schlitterte direkt ins Wasser und versank binnen Sekunden darin. Wolf setzte das Gerät ab und gab es Weber in die Hand:

„Wir sind soeben Zeugen eines Unfalls geworden, der sich vor über fünfzig Jahren hier zugetragen haben dürfte. Wir können es aber niemandem erzählen. Wer würde es uns schon glauben, dass wir mit dem Chronoskop in die Vergangenheit schauen konnten."

Langsam drehte Weber den groben Regler um einige Jahre zurück und tatsächlich konnten sie dann drei große Plattformen an der Felswand sehen. Darauf standen schwere Kompressoren, deren Schläuche ins Wasser hingen. Wahrscheinlich arbeiteten dort unten Taucher. Es war also etwas Wahres an der Geschichte von Apollo dran. Aber es war auch anzunehmen, dass diese Eingänge kaum Türen haben durften und sich auch nicht sehr tief unter Wasser befinden würden.

„Da kannst du endlich einmal wieder deine Taucherbrille und deine Pressluftflaschen einsetzen", stieß Claudia Wolf lachend in die Seite, „die verwendest du ja in den letzten fünf Jahren ohnehin nur zum Putzen deines Schwimmbeckens."

„Ja, du hast recht", antwortete Wolf, „wenn du willst, kannst du mitkommen, ich habe zwei komplette Tauchausrüstungen zu Hause liegen. Du bist doch ausgebildete Rettungsschwimmerin und zum Tauchen sollte man ohnehin immer zu zweit sein."

Da winkte wieder einmal ein Abenteuer und Claudia freute sich schon darauf. „Gerne, wenn du mich mitnimmst. Ich bin dabei."

„Aber vergesst nicht, dieses Gewässer ist kein Badesee, zumindest was die Wassertemperatur betrifft", sagte Weber, der die Unterhaltung der beiden mit angehört hatte und prüfend seine rechte Hand ins Wasser hielt.

„Ich werd mich halt warm anziehen müssen", lachte Claudia, „aber er", und sie deutete auf Wolf, „hat doch genug Isolierung, dem wird sicher nicht kalt." Sie spielte damit sarkastisch auf Wolfs Fülle an, was dieser aber ebenfalls lachend quittierte. Wolf ließ den Obersturmbannführer zurückrudern und machte noch einige Aufnahmen von der Stelle, an welcher die schwimmenden Plattformen im Chronoskop zu sehen waren.

Zur Sicherheit markierte er den Ort auch noch auf seinem GPS, um ihn direkt auf seinen PC übertragen zu können.

Claudia genoss noch einmal das wunderschöne Panorama. Bald schon würden sie wiederkommen, um mit Wolfs

Tauchgeräten an der Felswand nach den Eingängen zu suchen. Hoffentlich würde das Wasser nicht zu kalt zum Tauchen ohne Neopren Anzug sein.

Beim Gasthof am See angekommen, gaben sie das Boot zurück, bedankten sich beim Wirt und kehrten dort ein. Das Rudern hatte Wolf und den Obersturmbannführer hungrig gemacht und auch Claudia freute sich auf ein gutes Essen.

„Wenn Sie bei der Felswand da hinten wirklich diese Eingänge unter Wasser finden, geben Sie uns bitte Bescheid", sagte Weber, als sie ihn eine Stunde später wieder beim Eingang zur Station aussteigen ließen.

KAPITEL 23

▲

DIE VERSCHWUNDENE FRAU AM UNTERSBERG

Da der Wirt von der Almbachklamm mittlerweile schon viel von Wolfs Suche am Untersberg gehört hatte, wollte auch er ihm eine mysteriöse Geschichte erzählen, die so gut wie unbekannt war.

Er rief bei ihm an und lud Wolf und Linda zu sich in seinen Gasthof Kugelmühle ein.

„Ich bin schon neugierig, was uns der Wirt zu sagen hat", meinte Linda.

Sie trafen sich mit ihm am Abend, als das Tagesgeschäft schon zu Ende war.

Ganz hinten in der schönen Zirbenstube nahmen die beiden Platz und bestellten die Getränke. Dann kam auch schon Friedl, der Wirt, begrüßte sie und setzte sich zu ihnen. Auch er ließ sich von der Kellnerin ein Bier bringen.

Dann begann er zu erzählen:

„Mein Vater, er hieß auch Friedl, so wie ich, war Gründungsmitglied der Bergwacht hier im Ort. Damals, als es noch keine Hubschraubereinsätze gab, war die Suche nach Vermissten und die Bergung von Verletzten sehr viel komplizierter als heute.

Von einem ganz eigenartigen Ereignis hatte mein Vater immer wieder erzählt. Ich war zu dieser Zeit noch ein Bub von neun Jahren, aber diese Geschichte faszinierte mich auch damals schon. Sie gab Anlass zu zahlreichen Spekulationen über die mystischen Begebenheiten dort oben am Berg."

„Mach es nicht so spannend", meinte Wolf, „nun erzähl uns schon. Was hat sich damals da oben zugetragen?"

Der Wirt von der Kugelmühle nahm einen kräftigen Schluck aus seinem Bierkrug und begann:

„Es war ein heißer Sommertag, Mitte August 1958. Eine junge Frau war alleine am Berg unterwegs gewesen. Sie kam aus Norddeutschland und wollte eine Bergtour machen. Die letzte Schutzhütte hatte sie schon vor mehr als einer Stunde verlassen. Zwischen den dichten Legföhren am Plateau des Gebirgsstocks verlor sie dann den markierten Pfad und kam völlig vom Weg ab. Zu ihrem Unglück fiel auch noch Nebel ein. Es waren tief liegende Wolken, welche ihr nun vollends die Sicht nahmen. Jetzt wurde ihr klar, dass sie sich verirrt hatte. So erzählte es die Frau zwölf Tage später, nach ihrer Rettung, meinem Vater."

„Was? Zwölf Tage hat die dort oben am Berg verbracht? Wie konnte sie so etwas überleben?", staunte Linda.

„Es war doch um den fünfzehnten August", witzelte Wolf und lachte, „da gibt es doch oft so Sachen am Berg, die es eigentlich nicht geben dürfte."

„Ja, das konnten sich die Bergrettungsleute anfangs auch nicht erklären", meinte Friedl.

„Es klang so unglaublich, was sie noch alles erzählte, dass die Rettungskräfte der Meinung waren, die Frau fantasiere bereits oder sei durch eine Verletzung völlig verwirrt geworden. Es waren aber keinerlei äußere Anzeichen dafür zu sehen, dass ihr etwas passiert war, was sie um ihren Verstand gebracht haben konnte. Auch eine spätere Untersuchung im Krankenhaus bestätigte nur, dass sie bei bester Gesundheit und bei klarem Verstand war.

Die Frau erzählte eine haarsträubende Geschichte:

Als ich völlig ratlos im Nebel mitten in dem dichten Nadelgehölz stand, wollte ich abwarten, ob es nicht doch wieder heller werden würde. Ich wartete einige Stunden, doch das Wetter blieb unverändert düster.

Kurz vor Einbruch der Dunkelheit kam plötzlich ein Mann mit einer Kutte bekleidet zwischen den Legföhren hervor und bot mir an, mich zu einem Quartier zu geleiten, in dem ich das Ende der Schlechtwetterphase am

Berg abwarten könne. Es würde gleich zu regnen beginnen und auch die Temperaturen in der Nacht könnten in dieser Höhe recht tief sinken, meinte der Mann. Mir blieb ohnehin keine Wahl und ich folgte dem Fremden, den ich für einen Mönch hielt. Nicht weit von der Stelle, an der ich nicht mehr weitergewusst hatte, gelangten wir zu einer unscheinbaren Türe an einer Felswand, die der Kapuzenmann öffnete und mich in den dahinterliegenden Gang bat. Ich folgte ihm und wir kamen in ein niedriges Gewölbe, in welchem sich ein Tisch mit Stühlen befand. Es war ausreichend hell in dem Raum, eine Beleuchtungsquelle war aber nirgends zu sehen. Auf dem Tisch standen ein Teller mit Brot und Käse sowie ein Krug mit frischem Wasser.

Der Mann bedeutete mir, mich hinzusetzen und zuzugreifen. Ich ließ es mir schmecken und fragte den Mönch, wo wir hier eigentlich seien. Anstatt mir eine Antwort auf meine Frage zu geben, sprach er zu mir:

„Sie werden gleich wieder nach draußen gehen können, jetzt ist das Wetter wieder schön geworden." Ich wunderte mich, war ich doch erst vor kurzer Zeit hier hereingekommen – und nun sollte sich der Nebel schon verzogen haben?

Der Mönch schaute mich durchdringend an. „Sie werden, wenn Sie nach draußen kommen, bereits seit vielen Tagen vermisst worden sein. Aber es war die einzige Möglichkeit, Sie vor dem sicheren Tod zu bewahren. Den Wettersturz hätten sie nicht überlebt. Sagen Sie einfach, wenn man Sie finden wird, dass Sie sich von Föhrennadeln und Wasser aus den Bächen ernährt hätten. Anderenfalls würde man Sie für verrückt halten." Nach diesen Worten öffnete er wieder die Türe und gleißender Sonnenschein fiel herein. Draußen war tatsächlich wieder strahlendes Wetter und außerdem war es Vormittag, wie ich am Stand der Sonne feststellen konnte. Der Kuttenträger begleitete mich bis zu einer Stelle, von der ich, wie er sagte, sicher ins Tal absteigen könnte.

Kurz danach begegnete ich auch schon den Bergrettungsleuten, welche die Hoffnung, mich noch lebend zu finden, bereits aufgegeben hatten. Ihre Freude, mich unversehrt aufzufinden, war groß und sie begleiteten mich dann auch bis ins Tal hinunter."

Der Wirt hielt für einen Moment inne, um einen Schluck aus seinem Bierglas zu machen.

„Bei dieser Suche wäre mein Vater damals beinahe abgestürzt und tödlich verunglückt. Es war der zwölfte Tag der groß angelegten Suche nach der Frau. Niemand glaubte mehr daran, dass diese noch lebend geborgen werden konnte. Mehrere Tage und vor allem Nächte ohne spezielle Ausrüstung am Berg zu überleben und noch dazu bei schlechtem Wetter, das war so gut wie unmöglich. Da erblickte er ein Stück oberhalb die Frau. Er war so froh, die Gesuchte plötzlich entdeckt zu haben, dass er im steilen Gelände über eine meterbreite Felsrinne hinüberspringen wollte. Drüben war ein Felssporn, an dem er, wie er glaubte, Halt finden würde. Dem war aber nicht so, denn als mein Vater hinübersprang und sich an dem Felsspitz festhielt, gab dieser nach. Der Felsbrocken stürzte die steile Rinne fünfzig Meter polternd in die Tiefe. Im allerletzten Moment konnte mein Vater einen Ast ergreifen, an dem er sich gottlob festhalten konnte. Seine rasch herbeigeeilten Kameraden von der Bergwacht konnten ihn halten und wieder zurückziehen. Die Frau wurde ebenfalls sicher zu Tal geleitet. Trotz der Warnung des Mönches, den wahren Ablauf der Geschichte nicht zu erzählen, teilte sie beim Abstieg das Erlebte zumindest den Männern der Bergrettung mit. Im Tal angekommen, wurde aber von allen Beteiligten vereinbart, dass nur noch die Version mit den Föhrennadeln und dem Wasser aus dem Bach berichtet werden sollte."

„Das kann ich mir denken", sagte Wolf, „die Männer der Bergwacht wären bestimmt zum Gespött der Leute geworden, wenn sie die Geschichte, so wie sie war, weiter erzählt hätten."

„Ja, und deshalb wird auch heute noch in unserer Gegend behauptet, dass man mit Legföhrennadeln und Wasser überleben kann", lächelte Friedl.

„Das könnte ich mir bei ihm nicht so ganz vorstellen", antwortete Linda grinsend und deutete dabei auf Wolf, „denn um seinen Appetit zu stillen, da müssten schon ganze Äste herhalten und ...", sie schaute dabei fragend den Wirt an, „die Legföhren stehen doch unter Naturschutz?"
Friedl der Wirt musste lachen. Er griff zu seiner Gitarre und spielte einige volkstümliche Weisen, zu denen er mit kraftvoller Stimme sang.

Dabei verstummten sämtliche Tischgespräche in der Zirbenstube und nach jedem einzelnen Lied erntete der singende Wirt von den Gästen reichlich Applaus.

Beim Nachhausefahren sagte Linda lachend: „Weißt du, jetzt taucht schon wieder einmal so ein Kapuzenmann in einer Geschichte um den Untersberg auf. Ich glaube, dass der ganze Berg ein riesiges Kloster ist, in dem lauter Mönche im Verborgenen leben."

Auch Wolf musste lachen. „Ich weiß auch nicht, was ich davon halten soll, aber auffällig ist das schon."

KAPITEL 24

▲

DIE WALDANDACHT

Wolf wusste nicht mehr, wo er bei seiner Suche weitermachen sollte. Zu viele offene Fragen waren inzwischen aufgetaucht. Die Manuskripte des bekannten Schriftstellers, welche er mit Linda in der Höhle gefunden hatte. Die Behälter mit den Plänen im Bibliotheksstollen, dort, wo auch das Uranoxid lagerte. Der unterirdische Gang von der Kirche zum Isais-Weiher. N3, der geheime Ritualraum der Generäle. Die blauen Kristall Prismen, die mittlerweile farblos geworden waren. Und nun auch noch der „Doppelender"-Bergkristall von der kroatischen Insel. Immer wieder kam etwas Neues dazu.

Wolf konnte nur hoffen, dass ihm dieses Geheimnis des Untersberges bald zugänglich sein würde. Da kam ihm unerwartet Becker zu Hilfe.

„Ich würde mich gerne mit Ihnen und Claudia treffen, heute Abend noch, wenn es möglich ist, und nehmen Sie den Kristall mit, welchen Sie neulich auf dieser Insel in der Adria gefunden haben", sagte der Illuminat zu ihm am Telefon.

Wolf wunderte sich, woher Becker von dem Kristall wusste, und antwortete:

„Ja gerne! Wo wollen wir uns treffen?"

„Wir treffen uns diesmal um achtzehn Uhr bei der kleinen Kapelle in der Nähe des „Latschenwirtes", sie wird auch die „Waldandacht" genannt. Dort ist gewährleistet, dass niemand mithören kann."

„Wir werden da sein", versprach Wolf und rief gleich darauf bei Claudia an, um sie zu informieren. Wie erwartet, war sie gerne bereit, mitzukommen, denn die Informationen von Becker waren für sie immer sehr interessant.

„Hier am Parkplatz steht aber überhaupt kein Wagen", sagte er, als sie beim Latschenwirt am Fuße des Untersberges ankamen. „Vielleicht kommt Becker erst später", beruhigte ihn Claudia.

„Nein, das glaube ich nicht", antwortete Wolf, „der war jedes Mal vor mir am vereinbarten Ort, als ich mich mit ihm getroffen habe, egal, wo das auch war. Aber vielleicht ist er mit dem Taxi hierhergekommen."

Bis zur „Waldandacht" war es vom Parkplatz des Gasthauses etwa zwanzig Minuten zu gehen. Es wurde allmählich dämmrig, als die beiden schließlich bei der kleinen Marienkapelle ankamen. Dort erwartete sie bereits der Illuminat.

Eine kleine Bank unter dem Vordach der Kapelle lud zum Sitzen ein.

Becker begann ohne Umschweife: „Die Zeit ist jetzt da, die Umwälzung hat ihren Lauf genommen. Noch bemerkt keiner etwas davon, aber im Hintergrund ist etwas in Gang gesetzt worden, das nicht mehr gestoppt werden kann. Jetzt gilt es, die Weichen zu stellen, um ein Chaos zu verhindern. Das morphogenetische Feld ist inzwischen stark geworden, es sind schon sehr viele Leute, welche um die Kraft dieses Berges wissen."

„Wie meinen Sie das, ‚Weichen stellen', was soll das bedeuten und was hat das mit uns zu tun?", fragte Wolf.

„Sehen Sie", antwortete Becker, „Sie haben viele Geheimnisse dieses Berges bereits gesehen und sogar am eigenen Leib verspürt." Und es war, als würde er wieder einmal Wolfs Gedanken lesen können, als er sagte: „Sie brauchen einzelne Sachen, die Sie beschäftigen und bei denen Sie nicht weiterkommen, gar nicht weiter zu verfolgen. Nehmen Sie sie einfach so zur Kenntnis, wie sie sind. Das alles wird sich für Sie beide später zu einem Ganzen zusammenfügen und Ihnen ganz einfach erscheinen. Jetzt ist wichtig, dass Sie Ihr Augenmerk auf die Aktivierung der Kraft konzentrieren, welche hier Ihren Ursprung hat."

„Was, hier bei dieser Kapelle?", fragte Claudia erstaunt.
„Nein, ich meine den gesamten Berg. Aber auch diese Kapelle hat damit zu tun. Darüber könnte Ihnen der alte Pfarrer viel berichten. Er weiß um die Macht, die auch hier erfahren werden kann. Das hier ist ein mächtiger Kraftplatz, an dem wir uns heute getroffen haben. Nicht zufällig habe ich diesen Ort vorgeschlagen."

Claudia, die den Pfarrer von Großgmain persönlich kannte, bestätigte: „Ja, der hat ein großes Wissen, ich kenne ihn. Seinen Marienheilgarten habe ich auch schon öfters besucht."

Becker fuhr fort: „Die Herren vom Schwarzen Stein und der Ordo Bucintoro, sie alle wussten um das Geheimnis des Berges und auch um die Umwälzung, welche sich zu Beginn des einundzwanzigsten Jahrhunderts ereignen würde. Von diesen Leuten wurde vieles schon vor langer Zeit vorbereitet. Deshalb wurden auch Ihnen nach und nach die Einzelheiten erklärt. Nun ist es an der Zeit, die Aktivierung des Berges vorzunehmen und damit das neue Zeitalter einzuläuten." Fast theatralisch klangen seine Worte, so wie eine Verheißung aus alter Zeit, als er sich zu Wolf wandte und sagte:

„Nehmen Sie nun den Bergkristall heraus, den Sie aus dem Versteck des Ordo Bucintoro geborgen haben."

Wolf tat, wie ihm geheißen, und zog den Kristall mit den doppelten Enden aus seiner Jackentasche.

In der Kapelle flackerte eine weiße Kerze vor dem Marienbild und gab ihr schwaches Licht nach draußen, das sich im Kristall widerspiegelte und ihn wie einen Edelstein funkeln ließ.

„Nehmen Sie jetzt das eine Ende in Ihre rechte Hand und Sie, Claudia, ergreifen mit Ihrer Linken die andere Hälfte des Steines. Nun heben Sie beide Ihre Hände in die Höhe und schließen Sie dabei Ihre Augen."

Claudia und Wolf hoben den Kristall über ihre Köpfe, wobei dieser mit seiner dritten Spitze nach oben zeigte. In diesem Moment spürten beide eine Art Strom, welcher direkt aus dem Stein zu kommen schien und durch ihre Körper fuhr. Ein Schauer überkam sie. Es war wie ein feierlicher Akt, von dem keiner der beiden wusste, was er zu bedeuten hatte.

„Sie beide, Wolf und Claudia, sind nun bereit, die Aktivierung durchzuführen. Alles Weitere wird sehr bald auf Sie zukommen."

Sie standen noch einige Augenblicke mit erhobenen Händen da. Dann nahm Wolf den Stein alleine in die Hand. Er öffnete als Erster wieder seine Augen und musste erstaunt feststellen, dass Becker nicht mehr da war. Auch Claudia konnte es nicht fassen und schaute sich um, aber da war niemand mehr.

Vom Wald hinter der Kapelle hörte man schaurig einen Kauz rufen.

Wolf meinte: „Das ist eigenartig. Ich kann mir nicht vorstellen, wie sich dieser Becker innerhalb einer Minute von hier so rasch entfernen konnte. Zumindest seine Schritte hätten wir hören müssen."

„Mich würde interessieren, weshalb uns Becker gerade hierher bestellt hat, um dieses Ritual, denn um ein solches hat es sich ja eigentlich gehandelt, durchzuführen", sagte Claudia.

„Ich werde den alten Pfarrer beim nächsten Mal fragen, was für eine Bewandtnis es mit dieser Kapelle auf sich hat", sagte Wolf und suchte nach seiner kleinen Taschenlampe. Es war inzwischen dunkel geworden und auf dem Weg durch den Wald zurück zum Parkplatz war es bereits stockfinster.

„Jetzt kannst du sicher sein, dass du diejenige bist, die mit mir die Kraft des Berges aktivieren soll. Sonst würde Becker heute dieses Ritual nicht mit uns beiden durchgeführt haben", sagte er zu Claudia.

„Das würde heißen, dass ich das ‚unbedarfte Mädchen' sein soll, welches zur Aktivierung benötigt wird?" In der Dunkelheit konnte Wolf den fragenden Ausdruck in Claudias Gesicht nicht sehen. Stattdessen hörte man wieder den

Ruf des Waldkauzes. Claudia hängte sich bei Wolf ein, aber nicht, weil es so kalt war, nein, sie hatte irgendwie Angst. Angst vor dem, was kommen würde und von dem sie noch gar nichts wusste. Beim Wagen angekommen, meinte Wolf: „Dann brauchen wir also nur noch abzuwarten, was da auf uns zukommen wird."

KAPITEL 25

▲

DIE GRUFT UNTER DER KIRCHE

Peter, der Graf vom Palfen, welcher Architekt und Mitglied im Isais-Ring war, hatte im Keller der kleinen Kirche am Ettenberg mit einem Metalldetektor die Grundmauern abgesucht. Wolfs Fund oben in den Ruinen der alten Komturei hatte ihn dazu ermutigt. Vielleicht war hier unten ebenfalls etwas versteckt worden, dachte er.

Er fuhr anschließend zu Wolf in die Firma und wollte ihm von seiner Suche erzählen, da kam ihm dieser zuvor und berichtete ihm von seiner Erkundung mit dem Bodenradargerät.

„Du und Linda, ihr habt dort tatsächlich einen unterirdischen Gang entdeckt?", fragte er.

„Ja, er beginnt unter dem Glockenturm und führt dann weiter bis knapp zum Weiher, aber an ein Ausgraben können wir vorläufig nicht denken. Wir müssen erst den Ulrich, den Besitzer des Grundstückes, fragen und der ist im Moment nicht im Lande", antwortete Wolf.

„Ich wollte dir das mit dem unterirdischen Gang schon vor ein paar Wochen erzählen, aber ich hatte einfach viel zu tun und so etwas Weltbewegendes war es schließlich auch nicht. Aber da fällt mir gerade ein, Tino, der Australier, hat gestern angerufen. Wie ich ihm von Becker, dem Kristall und dem Gang erzählt habe, hat er beschlossen, nun doch diesen Sommer nach Österreich zu kommen. Er möchte um den fünfzehnten August wieder hier am Berg sein."

Peter, welcher Tino ebenfalls gut kannte und auch wusste, dass Tino Rosenkreuzer in den Hochgraden war, würde ihn allerhand fragen wollen.

„Wir werden uns mit ihm zusammensetzen, er wird uns bestimmt viel zu erzählen haben", freute sich Wolf.

Peter holte aus seiner Aktentasche eine kleine Steinplatte, auf der ein Templerkreuz zu sehen war. „Das war das Einzige, was ich im Keller der Kirche gefunden habe. Zumindest zeigt dieses Kreuz aber, dass hier tatsächlich die Tempelritter am Werk waren. Mein Suchgerät hat einige Male ganz deutlich ausgeschlagen, aber ich konnte doch nicht einfach den Boden aufreißen."

„Das werden wir mit dem Besitzer alles besprechen, wenn er wieder da ist. Tino kennt ihn auch ganz gut und es wird bestimmt Sinn machen, wenn er bei diesem Treffen auch mit dabei sein kann", antwortete ihm Wolf.

Kurz darauf rief Ulrich, der Besitzer des Anwesens und der Kirche, bei ihm an. „Tino hat mir Ihre Telefonnummer gegeben, damit wir uns schon vor seiner Ankunft in Österreich kurzschließen können. Vielleicht ist es Ihnen möglich, dass wir uns in den nächsten beiden Wochen einmal spontan treffen."

„Selbstverständlich", erwiderte Wolf, „ich würde als Treffpunkt den alten Gasthof am Fuße des Untersberges, oder falls dieser Ruhetag haben sollte, die Kugelmühle in der Almbachklamm vorschlagen."

Ulrich antwortete: „Was Sie vielleicht noch nicht wissen werden, wir haben in alten Unterlagen einen Hinweis darauf gefunden, dass sich unter dem Keller der Kirche eine Gruft befinden soll.

Höchstwahrscheinlich handelt es sich dabei um die Grabstätte eines hochrangigen Tempelritters. Möglicherweise sogar um jene des Gründers der Komturei der Templer am Ettenberg."

Wolf war erstaunt, „das wäre ja eine Sensation, damit ließe sich die Geschichte der Herren vom Schwarzen Stein verifizieren. Woher haben Sie diese Unterlagen?"

„Ich habe sie bei Renovierungsarbeiten hinter dem Altar in einer zugemauerten Nische entdeckt", entgegnete der Besitzer der Kirche, „es dürfte sich dabei um sehr alte Schriftstücke handeln. Ich selbst bin in einem technischen Beruf tätig und kann daher über das genaue Alter keine konkrete Aussage treffen. Ich bin aber gerne bereit, Ihnen diese Unterlagen zu zeigen."

„Ich war vorige Weihnachten, als recht viel Schnee lag, an einem Abend mit einer jungen Dame bei Ihrer Kirche. Wir sind beim danebenliegenden Weiher stehen geblieben. Die Frau stieg aus und blickte eine Weile über den zugefrorenen Teich. Sie sagte etwas von einem unterirdischen Gang, der von der Kirche in Richtung des Weihers führen sollte. Angeblich spürte sie das. Ich weiß zwar nicht, was ich davon halten soll, aber auch Tino, der Australier, hat mir gegenüber letzten Sommer eine ähnliche Andeutung gemacht."

Ulrich antwortete: „Ein unterirdischer Gang soll sich übrigens auch in die andere Seite erstrecken, nämlich in Richtung Berchtesgaden. Dabei soll es sich um einen Teil eines Salzabbaustollens handeln. In Schellenberg befand sich vor Jahrhunderten nicht nur eine der ersten Salinen Deutschlands, sondern auch auf der gegenüberliegenden Seite der Königsee-Ache eine Salzabbau Stätte, die von Mönchen betrieben wurde."

Wolf freute sich schon auf ein Treffen mit Ulrich, dem Besitzer der Kirche, und sagte: „Auch ich werde Ihnen, wenn wir uns sehen, einige Artefakte zeigen, welche ich in den Ruinen der alten Komturei oben am Ettenberg gefunden habe. Ich würde daher vorschlagen, dass wir uns eventuell nächsten Donnerstag um achtzehn Uhr beim alten Gasthof treffen."

So vereinbarten die beiden diesen Termin und Wolf war schon gespannt, was dieser Ulrich ihm alles erzählen würde.

KAPITEL 26

▲

DIE ZEIT IST JETZT DA.

Ein Bekannter von Herbert und Elisabeth, den beiden Polizisten, besuchte Wolf und sagte, er habe eine Nachricht für ihn. Alois, so hieß er, setzte sich zu ihm und öffnete seine Tasche. Er nahm einen kleinen Zettel heraus und überreichte ihn Wolf mit den Worten: „Das ist für dich."
Darauf war nur wenig zu sehen:

Die Zeit ist jetzt da,
die Berge sind nah.
Es darf jetzt sein,
er hole ab den Schrein.

Darunter stand noch das Datum. Wolf wusste nicht so recht, was diese Worte für ihn bedeuten sollten, und fragte daher: „Was soll ich damit?"
Als Antwort kam von Alois nur: „Das kann ich dir nicht sagen, ich sollte dir nur diese Nachricht überbringen."
Insgeheim dachte Wolf bereits daran, sich bei Becker um eine Erklärung zu bemühen. Der Illuminat hatte doch so gut wie immer auf alles eine Antwort parat.
Alois blieb nur kurz, denn er wollte sich noch mit dem alten Pfarrer, welchen er ebenfalls gut kannte, treffen, wie er sagte. Da es noch früher Nachmittag war und Wolf einmal in Ruhe über die sich überstürzenden Ereignisse der letzten Monate nachdenken wollte, fuhr er zum Untersbergwald. Er ließ seinen Wagen an der Stelle stehen, wo er Becker, den Illuminaten, das allererste Mal getroffen

hatte, und schlenderte in Gedanken versunken den Waldweg entlang. Er kam bis zu der Stelle, an der er damals mit dem Illuminaten fast die halbe Nacht geredet hatte. Der Baumstamm, auf den er sich vor Jahren mit Becker gesetzt hatte, war natürlich nicht mehr da. Der Boden war aber trocken und Wolf breitete seine Jacke aus, legte sie ins Moos und setzte sich darauf. Er schaute gedankenverloren zu den Wipfeln der großen Fichten empor, zwischen denen die Sonne noch ein wenig hindurchschien. Er genoss das Zwitschern der Vögel. Ja, er befand sich jetzt genau wieder an jenem Ort, an dem alles begann.

„Sie wissen nicht, was die Sätze auf dem Zettel bedeuten sollen?", hörte er plötzlich eine Stimme hinter sich. Wolf erschrak. Es war die Stimme von Becker. Wie kam der Illuminat plötzlich hierher? Hatte er ihn etwa erwartet? Becker trat seitlich hinter ihm hervor und stand nun direkt vor Wolf.

„Das ist die Bestätigung, dass Sie nun in den Berg gehen dürfen, um den Schrein zu holen", sagte Becker.

„Welchen Schrein? Und wo soll ich in den Berg hineingehen? In die Station zum General oder woanders?", fragte Wolf.

„Der Weg dorthin wird Ihnen gezeigt werden, und was den Schrein betrifft, werden Sie selbst herausfinden müssen, was es für eine Bewandtnis damit hat. Das, was in diesem Schrein verborgen wurde, ist das wichtigste Artefakt, das von Ihnen bei Ihrer Arbeit benötigt wird."

Wolf schlug die Hände vor sein Gesicht, so als könne er sich gar nicht vorstellen, was da noch kommen würde. Als er sie wieder runternahm, war der Illuminat bereits verschwunden. Wolf glaubte schon, sich Beckers Auftauchen nur eingebildet zu haben, da sah er neben sich auf seiner Jacke einen kleinen Zettel liegen.

Wo alter Quell dem Berg entspringt
Da wasche deine Hände
Ein steiler Pfad dich weiterbringt

Folg diesem bis zum Ende
Dort wo der Fels am höchsten ist
Öffnet sich geheimes Tor
Und wenn du der Rechte bist
Holst du den Schrein hervor
Doch sei bedacht und auf der Hut
Mit Liebe wird es dir gelingen
Denn neun bewachen dieses Gut
Den Frieden wird es bringen

Ohne Zweifel, das Papier konnte nur von Becker stammen. Ja, Becker musste es unbemerkt hier deponiert haben. Also war das doch keine Einbildung gewesen. Blieb jedoch die Frage, was dieser kryptische Text auf dem Blatt zu bedeuten hatte? Es könnte sich um eine Wegbeschreibung handeln. Auf der Rückseite war noch etwas Eigenartiges zu sehen: Da war eine astrologische Konstellation abgebildet. Wolf konnte auf den ersten Blick unschwer erkennen, dass es sich um ein Vollmond Datum handeln musste. Die Sonne stand genau gegenüber dem Mond.

Wolf glaubte, mithilfe der anderen Symbole würde er vermutlich auch das dazugehörige Datum ermitteln können. Er fuhr zu Claudia, denn diese musste ja mit dabei sein, wenn es so weit sein sollte. „Schau, was ich heute bekommen habe", meinte er und gab ihr das Papier in die Hand.

Sie sah sich den Zettel genau an und antwortete: „Das ist doch ein ganz modernes Papier. Die Schrift darauf ist zwar mit Tinte geschrieben, aber der Text klingt sehr alt, das ist wahrscheinlich abgeschrieben worden."

„Ja, das habe ich auch schon bemerkt", antwortete Wolf, „aber mir geht es eigentlich um den Inhalt. Was meinst du? Ist das die Wegbeschreibung zu dem Eingang, durch den wir den Berg betreten sollen?"

„Lass mich noch mal in Ruhe lesen", bat Claudia und überlegte.

„Der Hinweis mit dem Quell, der dem Berg entspringt, das könnte doch dort bei den alten Steinbrüchen aus der

Römerzeit sein. Dort entspringen sogar mehrere Quellen und von dieser Stelle führt ein kaum sichtbarer Pfad durch den Wald steil nach oben. Über diesen gelangt man doch direkt zur Illuminatenhöhle, dort, wo vor über zweihundert Jahren die neun Brüder bei Ihrem Vollmondritual verschwunden sind. Und wenn ich mich richtig entsinne, dann ist der Felsen genau über der Höhle am höchsten."

„Ja, du hast recht", meinte Wolf, „aber wo soll sich dort ein geheimes Tor öffnen – und wer sind dann die Neun, die den Schrein bewachen?"

„Wo dort ein Tor sein soll, kann ich dir auch nicht sagen, aber die Neun, welche auf den Schrein aufpassen sollen, vielleicht sind das die neun verschwundenen Illuminaten?", antwortete Claudia, die immer noch konzentriert auf den Zettel blickte.

„Nur eines fehlt", sagte sie, „die Zeitangabe, wann wir dorthin gehen sollen."

„Warte, du hast noch nicht alles gesehen, dreh den Zettel um, da steht noch mehr drauf. Auf der Rückseite sind noch ein paar astrologische Zeichen, die vermutlich ein Datum darstellen sollen. Ich muss mir das aber erst genau ansehen und nachrechnen, was damit gemeint ist", antwortete Wolf.

„Sag schon, was bedeuten die Symbole?", fragte Claudia ungeduldig, als sie die Rückseite des Zettels betrachtete. Diese astrologischen Zeichen waren absolut unverständlich für sie, aber sie wusste, dass sich Wolf schon seit vielen Jahren intensiv mit dieser Materie befasste und daher mit solchen Symbolen vertraut war.

Er nahm jetzt das Papier in die Hand und begann zu erklären:

„Das hier bedeutet Sonne Opposition Mond und sagt aus, dass es eine Zeit des Vollmondes sein muss. Den gibt es aber jeden Monat einmal. Dann steht direkt an der Sonne der Jupiter, was jedes Jahr einmal vorkommt und daher noch nicht als genaue Datumsangabe dienen kann. Der Saturn steht im Trigon zur Sonne, und das ist in Verbindung mit dem Jupiter schon eine sehr präzise Angabe. Die beiden Planeten Jupiter und Saturn hat im Übrigen der italienische Gelehrte Galileo im Jahr 1610 entdeckt. Seitdem hat man früher gerne versteckte Zeitangaben mit diesen beiden Planeten gemacht. Ich bin mir sicher, dass ich zu Hause mit dem Astrologieprogramm am Computer das passende Datum dazu herausfinden werde."

Claudia, welche über Astrologie bisher nur wenig erfahren hatte, war verblüfft, was für Möglichkeiten es da geben sollte.

„Wie bist du eigentlich auf die Idee gekommen, dich mit Astrologie zu beschäftigen, du bist doch mehr ein nüchterner Techniker?", wollte sie wissen.

„In jungen Jahren", antwortete Wolf, „wollte ich einem Freund, der daran glaubte, beweisen, dass die Astrologie purer Unsinn sei. Ich meine jetzt nicht die Horoskope in den Tageszeitungen, nein, ich wollte ihm erklären, dass man unmöglich eine Persönlichkeitsbeschreibung oder gar eine Zukunftsprognose mittels der Geburtsdaten einer Person erstellen konnte. Aber dazu musste ich selber erst einmal etwas tiefer in diese Materie eindringen, um eine fundierte Aussage treffen zu können. Ich besorgte mir einige Bücher darüber, und da ich daraus auch nicht schlau wurde, nahm ich bei einem alten Astrologen einige Stunden Unterricht. Bezeichnend ist nun wieder einmal, dass dieser Mann ein ehemaliger Schaffner der Untersberg-Seilbahn war und zudem in dem Dorf am Fuße des Untersberges seine Wohnung hatte. Als Erstes gab ich ihm die Geburtsdaten meines Freundes und er beschrieb mir binnen kürzester Zeit Rudolf ganz genau, ohne dass ich dazu auch nur ein Wort sagte. Schon nach einigen Wochen musste ich mich davon überzeugen lassen, dass es tatsächlich möglich war, Leute, die man gar nicht kannte und von denen man nur die Daten hatte, ziemlich genau zu beschreiben.

Nach einem halben Jahr war ich dann so weit, dass auch ich Jahresprognosen erstellen konnte. Das war zwar ungleich schwieriger und funktionierte auch nur bei höchstens achtzig Prozent der betreffenden Personen, aber immerhin war das Beweis genug für mich, dass die Astrologie doch eine ernst zu nehmende Sache sei. Ich hatte mich also gründlich getäuscht und musste meine Einstellung komplett revidieren. Seitdem habe ich weit über eintausend Horoskope erstellt und mir dafür die besten Astrologieprogramme für den Computer gekauft. Damit ließen sich die komplizierten Rechenarbeiten doch erheblich abkürzen. Ich habe übrigens noch nie ein Horoskop verkauft. Nein, ich wollte nur mein Wissen ausbauen und auch zuweilen Menschen, wenn es ging, weiterhelfen. Aber ich wollte nie Geld dafür verlangen.

Der alte Schaffner von der Untersberg-Seilbahn hat mir da eine interessante Sache verraten. Wenn man zum Beispiel in einem Solar, also in einem Jahreshoroskop sieht, dass dem Betreffenden eine schwere Einschränkung, wie ein Krankenhaus Aufenthalt oder Ähnliches, bevorsteht, so kann man ihm manchmal helfen, wenn man ihn dazu bringt, dass er sich selbst und freiwillig ruhigstellt. Krankenbesuche, spazieren auf Friedhöfen, verweilen in Kirchen oder anderen Stätten, in denen Kontemplation möglich ist, können demjenigen in solchen Fällen helfen und der Schicksalsschlag tritt dann nicht ein."

„Das hab ich gar nicht gewusst, dass du auch Horoskope machst!", rief Claudia erstaunt.

„Linda habe ich die Begriffe der Astrologie auch gezeigt und sie hat mir oft beim Auswerten der Horoskope geholfen. Fast alle ihre Bekannten sind auf diese Weise schon in meiner Datenbank gelandet", gab ihr Wolf zur Antwort.

„Kannst du mir auch so ein Horoskop machen, oder nein, zuerst für meine Freundin Monika, denn ich fürchte mich ein bisschen davor."

Wolf musste lachen. „Zu fürchten brauchst du dich nicht, das ist doch nur wie ein Spiegel. Man erkennt darin so gut wie alle Eigenschaften eines Menschen. Aber schreib mir die Daten von Monika auf, ich mache zuerst ihr Horoskop, zeige es dir und dann kannst du dich selbst davon überzeugen, wie das funktioniert."

Als Wolf zu Hause angekommen war und die Daten vom Zettel des Illuminaten in das Programm eingegeben hatte, staunte er nicht schlecht. Bevor er dieses Datum aber Claudia mitteilen würde, wollte er es sicherheitshalber ein zweites Mal überprüfen.

Aber auch die nochmalige Eingabe und Kontrolle der Daten bestätigte ihm dieses Datum.

Bis dahin war es aber noch lange hin und es gab ausreichend Zeit für ihn zum Nachdenken.

KAPITEL 27

▲

DER LAROSBACH

Manfred, der Forstarbeiter aus Berchtesgaden, welcher Wolf bereits N3 und den Bibliotheksstollen gezeigt hatte, ließ nach langer Zeit wieder einmal etwas von sich hören. Diesmal ging es um die Wildbachverbauung des „Larosbaches". Der Larosbach entsprang hoch oben im Gebiet der Mautstraße und fast alle kleinen Bäche auf dieser Seite des Obersalzberges flossen in den Larosbach. Unten im Tal, in der Nähe des Gasthauses „Laroswacht", mündete dieser schließlich in die Königsee-Ache.

Vor einigen Jahren wurde oben am Berg dieser Bach sozusagen „gezähmt", das heißt, er wurde mit zahlreichen Geschiebesperren gesichert und mit großem Aufwand in eine neue Form gebracht.

Das Interessante daran war jedoch, dass damals bei den Bauarbeiten unterirdische Anlagen entdeckt wurden, von denen aber bislang niemand etwas erfahren hatte. Die betreffenden Arbeiter schwiegen jahrelang dazu und plauderten nichts aus. Da Manfred, der Forstarbeiter, aber einen Mann gut kannte, der damals bei der Wildbachverbauung beschäftigt war, kam nun anlässlich einer feuchtfröhlichen Geburtstagsfeier doch etwas davon ans Tageslicht.

„Die hatten dort tatsächlich einige Eingänge rechts in den Berg gefunden. Ursprünglich glaubte man, dass es sich um alte Quellfassungen, von denen es dort eine Menge gibt, handeln musste. Das waren aber gut getarnte Einstiege in ein Labyrinth von Gängen, welches niemand dort vermutet hätte, lagen sie doch ziemlich abseits vom zentralen Geschehen am Obersalzberg.

„Ja und was ist das Spannende an der Geschichte?", frage ihn Wolf. „Stollen und verborgene Eingänge gibt es doch am gesamten Obersalzberg unzählige. Da kann man viele Bücher darüber lesen."

Manfred antwortete: „Das Eigenartige daran ist, dass damals niemand über die neue Entdeckung gesprochen hat. Selbst der Florian, der schon alle Stollenanlagen dort oben kennt und in seinen Büchern beschreibt, wurde nicht von dieser Entdeckung informiert. Da wollte man einfach niemanden hinzuziehen."

„Was gab es da denn so Interessantes zu sehen, dass es für immer als Geheimnis unter Verschluss bleiben sollte?", hakte Wolf nach.

„Nun, so geheimnisvoll war es gar nicht. Mehrere Personen, die damals in diesen Gängen drinnen waren, wurden innerhalb eines Jahres schwer krank und drei von ihnen starben sogar. Man dachte an eine Verseuchung mit Kampfstoffen, mit denen die Stollen am Ende des Krieges gegen unbefugtes Betreten gesichert wurden, so wie das damals üblich gewesen ist. Was es genau war, das die Leute krank gemacht hat, das weiß bis heute niemand. Wie gesagt, die Behörden wurden ja nicht informiert."

„Und haben die Leute damals in den Gängen etwas gefunden?", fragte Wolf weiter.

„Nicht der Rede wert", antwortete Manfred, „eine verrostete Maschinenpistole und ein paar Karabiner waren dabei. Vielleicht war das auch ein Grund dafür, weshalb die Arbeiter geschwiegen haben. Sie hätten doch ihre Funde sonst bei der Polizei abliefern müssen. Einer sagte zwar, dass sich dort in einem Labor Gold und Platin in Pulverform befunden haben sollte und die Arbeiter hätten daraufhin alle Behälter, die sie finden konnten, geöffnet und darin nachgesehen, aber ob man dem Mann glauben kann?"

„Schon möglich. Das wäre zumindest eine einleuchtende Erklärung. Gold und Platin, das waren doch seit jeher starke Argumente", meinte Wolf und bedankte sich bei Manfred für die Information.

Doch dieser hatte noch etwas Wichtiges zu erzählen: „Oben an der „Ofnerkirche", dieser Felsspitze, ist durch die starken Unwetter im Sommer eine große Mure abgegangen. Der alte Bibliotheksstollen ist nun nicht mehr zu sehen. Wer weiß, vielleicht kommt er in ein paar Jahren wieder ans Tageslicht? Das wollte ich noch sagen, nicht dass Sie umsonst hinaufgehen."

Wolf schluckte, hatte er es doch verpasst, rechtzeitig die restlichen Behälter mit den Plänen aus dem Stollen zu holen. Aber vielleicht konnte man den Eingang freigraben. Er wusste ja ganz genau, wo sich dieser befand.

Er schaute Manfred, den Forstarbeiter, an und dachte an die Arbeiter, die auf mysteriöse Weise erkrankt waren.

Unwillkürlich musste Wolf an das Uranoxid im Bibliotheksstollen denken. Wer weiß, möglicherweise waren gar nicht diese Stollen die Ursache der Erkrankungen der Arbeiter? Vielleicht war da radioaktives Material von der Uranoxid-Lagerstätte oben am Berg in das Bett des Larosbaches hineingeschwemmt worden, welches sich dann naturgemäß tief am Grund abgesetzt hatte? In einem Zufluss des Baches hatte doch Wolf vor einigen Jahren mit Linda bei einem kleinen Wasserfall im Wald ebenfalls radioaktive Steine gefunden.

Und bestimmt hatte man den Larosbach vor Beginn der Arbeiten nicht mit einem Geigerzähler abgesucht.

Er erzählte das Ganze am nächsten Tag Linda.

„Das wäre tatsächlich einleuchtend, wenn das Uranoxid auch bis in den Larosbach gelangt ist", meinte sie, „komm, nimm dein Strahlenmessgerät, wir werden nachsehen, ob dort noch immer Radioaktivität nachzuweisen ist."

„Ist in Ordnung", stimmte Wolf zu, „ich werde meinem Geigerzähler neue Batterien verpassen, dann können wir schon morgen aufbrechen. Manfred, der Forstarbeiter, hat mir ja genau erklärt, wo ich hinfahren muss."

Der nächste Tag war regnerisch und immer wieder zogen tiefe Wolken über den Berg. Es hatte sich auch merklich abgekühlt. Immer wieder goss es in Strömen, als sie auf den Obersalzberg hinauffuhren. In einer scharfen Kurve konnte man geradeaus bis zu einem Schranken weiterfahren. Links daneben rauschte der Larosbach ins Tal. Durch die heftigen Regenfälle der letzten Stunden war der ansonsten kleine Bergbach zu einem reißenden Wildbach angeschwollen, dem man besser nicht zu nahe kommen sollte.

„Und wie gehts nun weiter?", fragte Wolf die Lehrerin, „zum Wasser gehe ich da nicht hin, das ist mir zu gefährlich. Glaubst du, dass wir einfach hier am Rand ein paar Steine untersuchen sollten?"

„Nein, das bringt nichts, gehen wir dort oben zu der Ausbuchtung, es sieht so aus, als wäre das Wasser dort ruhiger", antwortet Linda.

Sie hatte recht. Hier gab es eine Stelle, welche vom Bach ausgewaschen war und die man leicht erreichen konnte. Dort wollte Wolf ein paar Steine aus dem Wasser holen.

„Vielleicht habe ich Glück?", rief er zu Linda herüber, die weiter oberhalb am Ufer stand und Wolf zusah.

Aber so viele Steine er auch untersuchte, da war kein einziger, der eine erhöhte Strahlung aufwies.

„Negativ", rief er zu Linda hinauf, „das hätten wir uns sparen können. Hier ist keine Spur von Radioaktivität. Wir können uns also wieder auf den Rückweg machen." Links des Weges waren die Quellfassungen, von denen Manfred gesprochen hatte. Die Deckel dieser Betonschächte waren alle mit neuen Vorhänge Schlössern versehen worden. Unter einigen davon mussten sich diese unterirdischen Gänge befinden. Wolf hatte plötzlich eine Idee: „Du, ich habe in meinem Wagen einen Werkzeugkoffer und da ist auch ein Öffnungsgerät für Zylinder Schlösser dabei. Warte ein wenig hier oben, ich hole es und wir machen damit einige Deckel der Quellfassungen auf. Vielleicht haben wir Glück und finden dabei einen Einstieg in das Labyrinth, von dem Manfred erzählt hat."

„Aber wir haben doch unsere großen Taschenlampen gar nicht mitgenommen", antwortete Linda mit einem fragenden Blick. „Außerdem fängt es schon wieder zu regnen an."
Wolf hörte ihren letzten Satz gar nicht mehr. Er hatte bereits das Öffnungsgerät aus dem Werkzeugkasten genommen und sagte:
„So, dann versuchen wir es einmal. Ich habe schon seit mehr als einem Jahr kein Schloss damit geöffnet, ich hoffe, ich kann das noch."
„Hoffentlich sind die Batterien darin noch in Ordnung", meinte Linda.
Wolf versuchte, das Schloss eines der Deckel aufzumachen, was ihm aber nicht gleich gelang. Er schimpfte: „Das ist schwieriger, als ich dachte, ich bin eben schon etwas aus der Übung."
Es dauerte einige Minuten, bis das relativ neue Schloss aufsprang. Er hob den Deckel herunter, aber da drinnen war nur ein Rohranschluss zu sehen, aus dem Wasser in einen Schacht hinunterlief.
Nachdem er noch drei weitere Deckel geöffnet hatte und immer nur dasselbe zu sehen war, wollten sie schon zurück zum Wagen gehen.
Ganz unten, kurz vor der Straße war dann noch ein Schachtdeckel. „Bei diesem versuche ich es noch einmal, und wenn da auch nichts ist, dann können wir ja gleich nach Hause fahren und uns trockenes Zeug anziehen", sagte Wolf zu Linda, deren guter Wille nun vollends verschwunden war, wie er unschwer an ihrem Gesichtsausdruck erkennen konnte. Wolf öffnete das Schloss diesmal recht schnell, und als er den Deckel herunterhob, blickte er in einen Schacht hinunter, an dessen Wand Trittbügel eingelassen waren. „Komm, schau dir das an!", rief er zu Linda. „Ich glaube, wir haben einen Eingang entdeckt."
Trotz ihrer durchnässten Kleidung stiegen die beiden in den Schacht hinunter. Es war nicht weit, höchstens drei Meter nach unten, dann war seitlich ein schmaler, oben

halbrunder Gang zu sehen. Der Schacht ging zwar noch einen Meter tiefer nach unten, doch in dem wenigen Licht konnten sie sehen, dass dort unten nur Wasser war. In der Wand des Schachtes waren große Handräder zu sehen, welche vermutlich zu Absperrschiebern gehörten. Ein dumpfes Brausen war von dort unten zu vernehmen. Linda kramte die kleinen LED-Lampen aus ihrem Rucksack hervor. Die mussten jetzt genügen. Die Stirnlampen und ihre großen Lampen wären jetzt weitaus besser gewesen, aber es nützte nichts. Wolf war bereits ein Stück in den bergwärts verlaufenden Stollen hineingegangen. Linda kam ihm nach und im schwachen Schein der LED-Lampen war jetzt eine Abzweigung in drei weitere Gänge zu sehen. „Warte einen Moment", sagte Wolf zu Linda, „ich nehme mir jetzt einmal den Geigerzähler heraus. Denk an die Geschichte von den Todesfällen, über die uns Manfred berichtet hat."

Die Lehrerin zuckte zusammen, „Das hättest du jetzt nicht zu sagen brauchen. Ich hab nämlich etwas gegen diese Radioaktivität, die man ja nicht spüren kann."

„Kein Grund zur Panik", beruhigte Wolf mit einem Blick auf das Messgerät, „der Geigerzähler zeigt keine erhöhten Werte an. Wir können also weitergehen."

„Und welchen der drei Gänge sollen wir nehmen?", fragte Linda.

„Das überlasse ich dir, du kannst dir einen aussuchen", lachte Wolf.

„Dann nehmen wir den mittleren, der sieht am saubersten aus, so als wäre er erst frisch geputzt worden", erwiderte sie und deutete dabei auf den Boden, der noch ganz nass war.

„Du weißt schon, dass wir uns hier unter dem Wasserspiegel des Larosbaches befinden. Stell dir vor, da gäbe es irgendeinen Mechanismus, der plötzlich das Wasser in diese Stollen hereinfließen lässt. Bei der Menge, die der Bach im Moment führt, würde sich dieses Labyrinth innerhalb von Minuten füllen und wir ..." Linda unterbrach Wolf.

„Du brauchst gar nicht weiterzureden. Du weißt doch genau, dass ich mich in engen, finsteren unterirdischen Gängen und Höhlen gar nicht wohlfühle, und jetzt erzählst du mir auch noch das vom Wasser? Du hast wohl zu viele Indiana-Jones-Filme gesehen. Aber ich würde sagen, dass wir umkehren und wieder nach Hause fahren sollten, jetzt wird mir nämlich schon langsam kalt." Wolf war wieder ein Stückchen vorausgegangen. Den Geigerzähler hielt er immer noch in seiner Hand.

„Dort vorne scheint eine Tür zu sein!", rief er zu Linda, die ihm etwas widerwillig folgte.

„Ja, das ist eine Tür", sagte er, „aber die sieht eher wie eine U-Boot-Tür aus, mit einem großen Rad in der Mitte."

Nun war Linda auch nachgekommen und sah sich diese Schleuse an. Sie meinte: „Die Erbauer dieser Anlage haben offenbar wirklich mit einem Wassereintritt gerechnet, weshalb sonst hätten die eine solche Tür eingebaut?"

„Also habe ich doch nicht zu viele Abenteuerfilme gesehen?", meinte Wolf mit einem Grinsen im Gesicht. „Aber vielleicht konnte man diese Eingänge tatsächlich mit dem Wasser des Gebirgsbaches fluten? Sieh dir einmal das dicke Rohr hier unten links am Boden an."

„Und in so etwas führst du uns hinein? Bist du dir überhaupt bewusst, in welcher Gefahr wir uns befinden könnten? Noch dazu gerade jetzt, wo der Larosbach Hochwasser führt." Der Blick der Lehrerin verhieß nichts Gutes, deshalb wollte sich Wolf auch auf keine langen Diskussionen mit ihr einlassen und ging einfach weiter. Ein etwas mulmiges Gefühl überkam ihn aber dennoch, als er ein entferntes Rauschen wahrzunehmen schien.

Die Wände des Ganges waren nach der Schleusentür viel feiner gearbeitet als davor. Es war auch viel trockener am Boden. An der Decke verliefen Rohre, die vermutlich einmal eine Lüftung und Stromversorgung sichergestellt hatten. Auch alte Leuchten an der Decke konnten sie erkennen. Die beiden erreichten eine weitere Türe, hinter der sich eine Art Labor befand. Ein Labor, das offenbar eiligst verlassen wurde. Reagenzgläser, Behälter in verschiedenen Größen, Stahlflaschen mit Gasen, die kaum einen Anflug von Rost zeigten, standen an den Wänden. „Der Geigerzähler zeigt nichts an", meinte Wolf nach einem Blick auf das Strahlenmessgerät in seiner Hand. Sie schauten sich interessiert die verschiedenen Geräte an und Linda stellte fest: „Das sieht wie ein Chemie Labor aus, was die damals wohl hier gemacht haben?"

Auch Wolf studierte die Beschriftungen auf den verschiedenen Behältern, die zum Teil eindeutige chemische Bezeichnungen trugen: HCl, H2SO4, was Salzsäure und Schwefelsäure bedeutete. Die Flaschen schienen alle leer zu sein und ihr Inhalt längst vertrocknet. Auf kleineren Behältern auf einem Regal konnte er Ba 138 und auf einem anderen Sr 90 lesen. Des Weiteren waren da Dosen mit folgender Aufschrift: Bi 209 und Sb 121. Im Eck stand eine größere Stahlflasche, auf welcher er die Zahlen 525 lesen konnte. Den Anfang der Aufschrift konnte er nicht sehen, da er auf der abgewandten Seite stand.

In einem eigenen Schrank mit Glastür waren kleine Stahlflaschen mit der Aufschrift Hg 198, Hg 200 und Hg 202. „Schau einmal", sagte Wolf zu Linda, die nun ebenfalls mit ihrer LED-Lampe auf die Stahlflaschen leuchtete, „das Hg heißt doch Quecksilber, aber die Zahlen daneben sagen mir gar nichts."

„Ich kenne mich mit Chemie aber recht gut aus", meinte die Lehrerin, „dieses Fach habe ich sogar bei meinem Abitur gehabt. Diese Zahlen kennzeichnen verschiedene Isotope."

Auffallend war, dass fast alle der Behälter, soweit dies möglich war, geöffnet waren.

Neben den Labortischen war noch eine Art Kessel zu sehen, zu welchem dicke Stromkabel führten. „Ein Kochtopf?", lachte Wolf. „Ich glaube, wir sind hier in einer geheimen Alchemistenküche des Dritten Reichs. Was die hier wohl gemacht haben, und vor allem, warum ist das so weit von den Bauten am Obersalzberg entfernt?"

„Denk an die Leute, die umgekommen sind, nachdem sie hier drinnen waren. Möglicherweise gibt es noch etwas anderes als das Uranoxid, das die Leute langsam sterben ließ?", grübelte Linda.

Wolf, der noch immer ganz hinten in dem Labor stand, hob eine kleine braune Glasflasche auf und sagte plötzlich: „Komm, lass uns schnell wieder nach draußen gehen, ich glaube, ich weiß jetzt, woran die Arbeiter gestorben sind." Er steckte noch ein zweites dieser Fläschchen ein und rasch verließen sie das mysteriöse Labor. Bei der Schleusentür angekommen, warf Wolf noch einen Blick zurück und meinte: „Ich bin mir jetzt sogar sicher, zu wissen, womit die damals herumexperimentiert haben."

„Sag schon, was glaubst du, was die Ursache war?", fragte Linda, als sie zum Schacht, der nach draußen führte, kamen. Nachdem sie an die Oberfläche gestiegen waren und Wolf den Deckel wieder versperrt hatte, sagte erzu Linda:

„Das gleiche Gift, an dem Mozart angeblich gestorben ist. Quecksilber! Kaum nachweisbar, kaum spezielle Symptome zeigend, wenn es langsam aufgenommen wird. Und gezielt nach einer Quecksilbervergiftung haben die Ärzte bei den Opfern wahrscheinlich gar nicht gesucht."

Linda erschrak: „Werden wir jetzt auch krank?", und schaute Wolf mit großen Augen an. „Nein, das nehme ich nicht an", gab er ihr zur Antwort.

Es hatte mittlerweile zu regnen aufgehört und nach einigen Minuten saßen die beiden in Wolfs Wagen. Er schaltete die Heizung auf höchste Stufe.

„Wie bist du darauf gekommen, dass sie daran gestorben sein könnten?", fragte sie ihn.

„Nun, nachdem recht viele dieser Quecksilberflaschen dort unten herumgestanden sind und auch teilweise von den Arbeitern geöffnet wurden, ist im Laufe der Zeit doch einiges davon verdampft. Da die dichten Türen jedoch einen Luftaustausch verhindert haben, ist dieser Dampf, der ja absolut geruchlos ist, im Raum geblieben. Als die Arbeiter dann immer wieder hier hereinkamen, weil sie zu Beginn vielleicht wirklich Platin und Goldpulver gefunden hatten, inhalierten sie in der Folge das verdampfte Quecksilber und vergifteten sich damit schwer. Was bei drei Leuten ja dann auch zum Tode führte. Da bewahrheitet es sich wieder einmal, die Gier nach Gold kann manchmal schlimm enden."

„Und wieso soll uns dabei nichts passieren, schließlich sind wir doch auch in dem Labor drinnen gewesen?", wollte sie wissen. Wolf antwortete:

„Die Schleusentür und auch die Türe in das Labor selber standen doch offen, als wir hingekommen sind. Das heißt, dass der Großteil oder vielleicht sogar alles von dem Quecksilberdampf weg sein müsste. Vergiss nicht, die Bauarbeiten am Larosbach sind ja schon vor drei Jahren beendet worden."

„Jetzt kann ich mir auch vorstellen, weshalb die dieses Labor an einer so abgelegenen Stelle errichtet haben", meinte Linda, „mit solchen Giften zu experimentieren, stellte doch auch eine gewisse Gefahr dar, der sich die Bewohner des Obersalzberges nicht im Geringsten aussetzen wollten. Zudem konnte man diese Laboratorien auch unter Wasser setzen, wenn es nötig sein sollte."

Wolf nickte nur stumm und holte aus seiner Jackentasche die zwei kleinen Glasfläschchen und gab sie Linda in die Hand. Sie hatte gar nicht bemerkt, dass Wolf vom Labor etwas mitgenommen hatte. „Das soll Quecksilber sein?", meinte sie und hob die braunen Fläschchen hoch. „ja, das ist sehr schwer, aber da steht Xerum 525 drauf, ist das auch eine Form von Quecksilber? Oder haben die irgendwelche Mischungen in dem Elektrotopf erzeugt?"

„Ist schon möglich, auf einer der großen Stahlflaschen im Eck, da konnte ich auch die Zahlen 525 lesen, vielleicht war das auch so etwas. Na zumindest haben wir jetzt ein wenig davon mitgenommen", antwortete Wolf. „Beim nächsten Treffen können wir ja den General fragen, was das sein soll."

„Ja, ich könnte mir vorstellen, dass der etwas dazu sagen kann. Bei seinen Experimenten mit der „Glocke" war doch auch immer von Quecksilber die Rede", erwiderte Linda.

Als er zu Hause seinen PC einschaltete und im Internet nach den seltsamen Bezeichnungen des Quecksilbers suchte, staunte Wolf. Linda hatte recht gehabt, die Zahlen 198, 200 und 202 kennzeichneten verschiedene Isotope dieses Schwermetalles.

KAPITEL 28

SPIEGELWELTEN

Ein Besuch beim alten Pfarrer könnte recht aufschlussreich sein, dachte Wolf und fuhr alleine nach Großgmain. In diesem kleinen Dorf, am Fuße des Untersberges, befand sich direkt hinter der Kirche der Pfarrhof mit dem Marienheilgarten, welcher in Form eines Tierkreises angelegt war. Wolf hatte zuvor beim Pfarrer angerufen und ihm mitgeteilt, dass er sich mit ihm über Astrologie und über die Spiegelwelten des Untersberges unterhalten wolle.

Zuerst zeigte er dem Geistlichen die Silberplatte, die er am Untersberg gefunden hatte, und danach den Zettel vom Illuminaten mit den astrologischen Zeichen auf der Rückseite. Er erzählte dem Pfarrer auch, dass er und Claudia sich mit Becker, dem Illuminaten, bei der „Waldandacht" am Untersberg getroffen hatten.

Nachdem er sich die Platte genau angesehen hatte, begann der Pfarrer nachdenklich: „Bei dieser Silberplatte handelt es sich ohne Zweifel um einen Spiegel, dazu werde ich dir später mehr sagen. Zuvor möchte ich mit dir über die Symbole auf dem Papier sprechen. Sie sind sicherlich eine Datumsangabe, aber vielleicht anders, als du denkst. Sieh dir das einmal genau an, das Zeichen der Sonne, ein Kreis mit einem Punkt darin, das kannst du von allen Seiten betrachten und es sieht immer gleich aus. Beim Mond ist das schon anders, den kannst du auch seitenverkehrt anschauen. Und jetzt pass auf! Das Zeichen des Jupiters sieht doch aus wie ein Mond, der links an einem Kreuz steht, der Saturn hingegen wie ein Kreuz, das rechts unter dem Mond zu sehen ist. Hier auf diesem Zettel aber sind die Symbole der beiden Planeten in ein einziges zusammengefasst. Welcher Planet zur rechten Seite gehört und welcher zur linken, das musst du selbst herausfinden. Das würde dann eine ganz andere Konstellation bedeuten und damit auch ein anderes Datum. Nur der Vollmond würde in jedem Fall zutreffen. Schau zu Hause mit deinen Programmen noch einmal nach und sage es mir dann. Auch mich interessiert das brennend." Mit diesen Worten gab er Wolf den Zettel des Illuminaten wieder zurück.

„Jetzt möchte ich nochmals auf die Silberplatte zurückkommen. Ich bin, wie gesagt, derselben Meinung wie Becker, dass es sich bei dieser Platte, die du am Berg bei dem Gebetsstock gefunden hast, um einen Spiegel handelt. Mit Spiegeln hat das eine besondere Bewandtnis. Du kannst dich selbst darin erblicken, aber nicht nur das äußere Bild, du kannst, wenn du am richtigen Ort bist, auch in dein Inneres hineinschauen. Das ist aber noch nicht alles, wenn du nämlich mit einem Spiegel an einem Kraftplatz bist und deine Umgebung darin beobachtest, so wirst du Dinge sehen, die du nicht für möglich gehalten hättest. Versuche es einmal. Zum Beispiel bei der kleinen Kapelle an den alten Steinbrüchen oder gehe damit zur Waldandacht. Dabei solltest du aber alleine sein. Erschrecke nicht, wenn du im Spiegel etwas sehen solltest, was du nicht erwartet hättest. Die Eingänge zu den zwölf Untersbergkirchen sind vor langer Zeit auf diese Art entdeckt worden. Ganz in der Nähe der Waldandacht ist beispielsweise der Durchgang zur Kirche von Maria Eck."

Wolf zuckte zusammen. Maria Eck? Dort war er ja vor Kurzem mit Claudia gewesen. Becker hatte ihm doch den Hinweis auf diese Wallfahrtskirche gegeben und nun sprach auch der Pfarrer ganz beiläufig von dieser Kirche. Wie wenn er geahnt hätte, woran Wolf gerade dachte, sagte der alte Pfarrer: „Ja, Maria Eck ist ein sehr mächtiger Kraftplatz und das Wasser, welches neben der Kirche aus dem Fels kommt, soll heilkräftig sein."

Deshalb also hatte Becker zu ihm gesagt, er solle die Silberplatte dort unter das Wasser halten. Ja, wenn man es so sah, dann hatte es einen Sinn.

Aber noch fantastischer klang für ihn, dass dort in der Nähe der Kapelle am Untersberg ein Durchgang nach Maria Eck sein sollte. Wahrscheinlich würde das so eine Art Dimensionstor sein, durch das man eben nur einen bestimmten Ort aufsuchen konnte, ohne dass man dabei in eine andere Zeit gelangen würde.

„Es gibt zwölf dieser Kirchen und auch zwölf Eingänge dorthin", fuhr der Pfarrer fort, „jede dieser Kirchen steht in enger Verbindung mit der Kraft dieses Berges. Schaue dir diese Kirchen einmal ganz genau an, vielleicht kann dir das weiterhelfen bei deiner Suche.

Betrachte das Innere dieser Gotteshäuser. Die Deckenbilder und auch die Kleinigkeiten, welche dem normalen Besucher kaum auffallen würden. Es könnte sein, dass du auf diesem Weg weitere Hinweise zum Geheimnis der Untersbergkirchen und ihrer Zugänge erhalten wirst."

Wolf bedankte sich beim Pfarrer und machte sich wieder auf den Heimweg. Es war für ihn ganz selbstverständlich, dass er wieder die Straße durch den Untersbergwald nahm. Herbert und Elisabeth, die beiden Polizisten, waren ja Spezialisten für alte Kirchen und Symbolik. Sie würde er als Erste von dem Gespräch mit dem Pfarrer informieren. In Gedanken ganz bei den Untersbergkirchen, fuhr er die kurvige Straße am Berg entlang und war schon fast wieder bei der nächsten Ortschaft angelangt, da musste er eine Vollbremsung machen. Die asphaltierte Straße war auf einer Länge von mehr als zwanzig Metern durch einen Hangrutsch im Wald abgesackt und zerstört worden. Er konnte seinen Wagen gerade noch rechtzeitig vor dem Abbruch zum Stehen bringen. Es gab hier kein Weiterkommen mehr und so blieb ihm nichts anderes übrig, als den ganzen Weg wieder zurückzufahren, was einen Umweg von etwa fünfzehn Kilometern ausmachte.

KAPITEL 29

▲

DAS GROSSE TOR

Claudia war ganz alleine die Straße durch den Untersbergwald gefahren. Es war wieder einmal Vollmond und sie wollte Wasser von der Quelle holen. Das hatte sie schon oft getan. Der Brunnen vor dem alten Römer Steinbruch war bei vielen Leuten bekannt und gerade zur Vollmondzeit konnte man dort beinahe bis spät in die Nacht Autos stehen sehen, aus denen Leute mit Flaschen und Kanistern stiegen, um dieses Wasser mit nach Hause zu nehmen. Claudia konnte diesmal keinen Parkplatz an der engen Straße finden und fuhr daher ein Stück weiter, wo sie ihren Wagen abstellen konnte. Da es schönes Wetter gab und es auch trocken war im Wald, wollte sie zu den nahen Steinbrüchen gehen, diese hatten sie schon seit Jahren interessiert. Alleine die Vorstellung, dass hier vor fast zweitausend Jahren von römischen Arbeitern Marmor gebrochen wurde, faszinierte sie. Von Wolf hatte sie gehört, dass er dort schon viele römische Münzen und auch Bronze Nägel gefunden hatte. Sie hatte bisher noch nichts gefunden, außer der Ruhe hier am Fuße des Untersberges. Sie wollte abwarten, bis vorne beim Brunnen weniger Leute waren, und dann würde sie ihren kleinen Kanister anfüllen. Claudia genoss die Stille hier am Berg, nur ab und zu hörte man leise von der Straße weiter unten Autos vorbeifahren.

Sie stieg ein Stück zu den schräg abgebauten Marmorfelsen empor und setzte sich am Fuße der mächtigen Felswand hin. Da vernahm sie ein ganz eigenartiges Geräusch, welches so gar nicht hierherzupassen schien, wie wenn sich ein schwerer hydraulischer Zylinder bewegen würde. Das Geräusch kam keinesfalls von der Straße, nein, direkt über ihr schien es zu sein. Da aber hier überhaupt keine Forstwege waren und auch keine sonstigen Maschinen sein konnten, wollte sie, neugierig geworden, nachsehen. Sie kletterte zwanzig Meter hinauf auf einen Vorsprung im Fels. Da stockte ihr der Atem. Ein großes Tor in der Felswand war dort oben zu erkennen. Wie ein Scheunentor oder noch größer war die Öffnung im Berg. Weit und breit war niemand zu sehen. Claudia wartete eine Weile, ob nicht doch noch jemand auftauchen würde, aber es blieb still. Nur eben dieses klaffende Loch im Berg war da. Ihre Neugier ließ sie noch ein Stückchen höher steigen, bis sie in die große Öffnung hineinsehen konnte. Die Wände waren glatt und ganz dunkel. Von einem Tor konnte man jedoch nichts bemerken. Sie wollte gerade wieder umkehren und zu ihrem Wagen gehen, da ertönte abermals das zuvor vernommene Geräusch.

Mit einem Male sah sie aus der linken Seite des Einganges eine Felswand hervorfahren, die innerhalb von wenigen Sekunden die Öffnung im Berg wieder verschloss. Danach war keine Spur mehr von dem Eingang zu sehen, alles sah wieder absolut natürlich aus, wie die umliegenden Felsen. Etwas verstört machte sie sich auf den Rückweg. Unten am Brunnen waren tatsächlich nicht mehr so viele Leute und Claudia konnte sich ihr Wasser einfüllen.

Sie wusste nicht so recht, ob sie das Erlebte überhaupt jemandem erzählen sollte. Trotzdem rief sie Wolf an und schilderte ihm in allen Einzelheiten, was da gerade passiert war.

Er antwortete ihr:

„Ich habe so eine ähnliche Geschichte schon von jemandem aus Salzburg gehört. Ich wusste nicht, was ich davon halten sollte, aber dann hat mir ein Jäger auch so etwas gesagt. Jetzt erzählst du mir fast ganz genau dasselbe. Ihr habt euch bestimmt nicht getäuscht. Ich glaube aber kaum, dass dieses Tor, denn um so etwas muss es sich ja handeln, mit der Station des Generals zu tun hat. Auch ist das kaum ein Dimensionstor, denn dort wird ja keine Maschine oder Hydraulik dazu gebraucht."

„Wollen wir noch einmal nachsehen gehen an dieser Stelle am Berg?", fragte Claudia.

„Bei nächster Gelegenheit", antwortete Wolf, „werden wir alle vom Isais-Ring zusammentrommeln, um dorthin zu gehen. Du zeigst uns dann den genauen Platz und wir suchen alles ab. Vielleicht können wir etwas finden?"

„Ja", meinte Claudia erleichtert, „ich werde Peter Bescheid geben und du sagst es Linda und vergiss Herbert und Elisabeth nicht!"

„Meinst du nicht, dass sich Claudia getäuscht hat?", sagte Herbert zu Wolf am Telefon. „Vielleicht hat sie sich das nur eingebildet. Möglicherweise stammte das Geräusch von einem Flugzeug oder von einem Traktor unten auf der Straße."

„Das kann ich mir gerade bei ihr nicht vorstellen. Sie ist doch eine sehr aufmerksame Beobachterin", erwiderte Wolf.

„Weißt du was?", antwortete Herbert. „Ich werde nachsehen, wenn Elisabeth und ich dienstfrei haben, dann gehen wir gemeinsam dort hinauf und schauen uns das einmal in Ruhe an. Sag auch Linda und Peter Bescheid, dann ist ja der gesamte Isais-Ring versammelt. Vielleicht entdecken wir etwas?"

KAPITEL 30

▲

DER SCHWARZE KRISTALL VON N3

Die Mitglieder des Isais-Ringes hatten sich wieder einmal beim alten Gasthof in der Turmstube zusammengesetzt, um über ihre neuesten Erkenntnisse zu reden. Alle sechs waren diesmal anwesend.

„Irgendetwas scheint hier am Untersberg und auch am gegenüberliegenden Obersalzberg nicht zu stimmen", begann Claudia die Diskussion, welche sich auch schon seit einigen Jahren mit der Thematik um die beiden Berge beschäftigt hatte.

„Da liest man in den verschiedensten Büchern immer wieder von urplötzlich auftauchenden Personen, die dann ebenso schnell auch wieder verschwunden sind. Von Leuten in alter Tracht ist da die Rede, genauso wie von Mönchen und auch Soldaten des Dritten Reiches. Vielleicht gibt es hier tatsächlich Überschneidungen von Gegenwart und Vergangenheit. Das würde vieles erklären."

„Ich bin mir ziemlich sicher, dass du recht hast", antwortete Wolf, „ich denke gerade daran, wie Linda und ich damals den Deserteur an dem kleinen Bach im Wald getroffen haben. Und schon vor über vierzig Jahren ist mir fast an derselben Stelle mit meinem Freund Rudolf etwas Ähnliches widerfahren. Solche Begegnungen dürften sich demnach viel öfter ereignen, als wir es ahnen."

Elisabeth entgegnete: „Aber warum hört man so gut wie gar nichts davon?"

„Weil doch fast jeder nach solchen Erlebnissen meistens schockiert ist und fürchtet, für verrückt gehalten zu werden, wenn er darüber erzählen würde", antwortete Herbert.

Nun meldet sich die Lehrerin zu Wort: „Wenn das wirklich so ist, und ich habe das mit der Zeitschleife und dem Deserteur ja schließlich zusammen mit Wolf erlebt, dann sollten wir doch versuchen, so einen Menschen aus der Vergangenheit in unsere Gegenwart herüberzubringen."

„Ich würde ihn bei mir wohnen lassen", lachte Peter, der Graf vom Palfen, „auf meinem alten Bauernhof ist Platz genug."

„Die alte Sage vom Lazarus Gitschner, der von einem Mönch in den Untersberg geführt wurde, sagt doch eigentlich aus, dass dieser Lazarus keinen Kontakt mit den dort erblickten Personen haben durfte und schweigen musste", warf Herbert ein.

Jetzt fiel Wolf ein, dass der alte Pfarrer zu ihm gesagt hatte, er solle in den Spiegel sehen. Er sagte: „Lasst uns einfach auf den Berg gehen und in der umgedrehten Silberplatte die Gegend ansehen. Vielleicht hat der Pfarrer Recht und man sieht tatsächlich etwas."

„Ja, aber dann schauen wir uns als Erstes den Obersalzberg an", meinte Herbert.

„Bist du vielleicht auch auf das Gold im Teich scharf?", fragte ihn Wolf und lachte. „Ich wüsste schon ein paar interessante Stellen, wo wir mit der Silberplatte nachsehen könnten."

„Ich würde vorschlagen, ihr beide seht euch dort erst mal alleine um, und wenn das mit der Platte wirklich funktionieren sollte", sagte Linda, „dann gehen wir alle gemeinsam zum alten Römersteinbruch am Untersberg."

So geschah es auch. An einem nasskalten Tag, an dem kaum Touristen am Obersalzberg unterwegs waren, fuhr Wolf mit Herbert direkt zum unterirdischen Gewölbe N2. Ihre Hosen waren bis zu den Knien nass geworden, als sie den kurzen Weg von der Jagdstraße Hitlers bis zum Eingang von N2 durch den Wald gingen. Im Gewölbe angekommen, nahm Wolf die Silberplatte aus seiner Tasche, wischte mit einem Tuch ihre Rückseite blank, drehte sich um und versuchte, damit rückwärts in das Gemäuer zu blicken. Es geschah gar nichts. Erst als Wolf den Spiegel so drehte, dass er genau ins Zentrum zwischen den vier Säulen zeigte, sah er plötzlich ein blaues Licht aufblitzen. Zuerst dachte er an eine Einbildung, sooft er aber den Spiegel wieder bewegte, war dieser Lichtblitz zu sehen.

Er rief: „Herbert, komm, sieh dir das einmal an! Wenn man normal dort zwischen die Säulen schaut, dann sieht man gar nichts, aber durch den Spiegel betrachtet, erscheint jedes Mal ein blaues Licht."

„Aha, ein Blaulicht also! So etwas sehe ich jeden Tag bei unseren Einsätzen auf der Autobahn", scherzte der Polizist, „aber lass mich trotzdem reinschauen."

Auch Herbert konnte nun diesen Lichtblitz betrachten und keiner der beiden hatte eine Erklärung dafür.

„Der alte Pfarrer hatte mich schon vor Wochen gewarnt, dass da im Spiegel möglicherweise etwas zu sehen sein wird, was es eigentlich nicht gibt", erklärte Wolf und erzählte Herbert, was ihm der Geistliche noch alles gesagt hatte.

„Dann müsste es sich, wenn der Pfarrer Recht hat, um eine Art Kraftplatz handeln?", entgegnete Herbert.

„Ich habe hier in diesem Gewölbe bereits vor zwei Jahren mit einem großen Akku Bohrhammer ein tiefes Loch in den Boden gebohrt. Und zwar genau an der Stelle zwischen den vier Säulen, an der wir jetzt im Spiegel diese blauen Lichtblitze sehen", sagte Wolf, „ich sollte vielleicht nochmals ein paar Löcher bohren, möglicherweise gibt es hier doch etwas zu finden."

„Du meinst, dass die hier einen magischen Gegenstand einbetoniert haben und der wirkt bis heute?", fragte Herbert.

„Ja, das würde aber bedeuten, dass hier ein künstlicher Kraftplatz mittels Magie oder sonst etwas geschaffen wurde", meinte Wolf, „weißt du was, ich glaube, wir lassen es für heute und gehen mit der Silberplatte bei schönerem

Wetter zu den Steinbrüchen am Untersberg. Dazu nehmen wir dann auch die anderen mit." Wolf brachte Herbert wieder ins Tal zu seinem Wagen zurück und hatte bereits einen neuen Plan. Er fuhr in seine nicht allzu weit entfernte Firma und holte sich dort aus einem der Montagefahrzeuge einen schweren Bohrhammer und einen kleinen Stromerzeuger sowie einen Baustellenscheinwerfer. Mit dieser Ausrüstung kam er nach einer guten Stunde wieder an der Jagdstraße von Hitler an. Aber N3, das Gewölbe der Generäle, war jetzt sein Ziel. Er brauchte bloß ein Stück weiterzufahren. N3 war ja genauso wie N2 nicht weit von der Straße entfernt.

Er musste zweimal den kurzen Weg durch den Wald zur Felswand hinaufgehen, um zuerst den Stromgenerator und dann den Bohrhammer samtdem Scheinwerfer zum Eingang des unterirdischen Raumes zu tragen. Den Stromerzeuger ließ er oben vor der Felswand stehen, schließlich wollte er sich ja nicht mit den Abgasen vergiften. Es war ruhig im Wald, bei diesem Wetter fuhren auch keine Busse mit Touristen auf der nahe gelegenen Straße zum Kehlstein hinauf. Auch Wanderer waren keine auf den Wegen unterwegs. Wolf erleuchtete das Gewölbe mit dem Baustellenscheinwerfer und schob dann die große Feuerschale mit einiger Mühe zur Seite. Genau darunter, also exakt in der Mitte des Raumes, bohrte er das erste Loch in den Boden.

Niemand hörte das sonore Geräusch des Generators und auch nicht das Rattern des Bohrgerätes. Als Wolf beim fünften Loch auf einen Hohlraum in zwanzig Zentimetern Tiefe stieß, wechselte er den Bohrer gegen einen Betonmeißel aus, schaltete das Gerät auf Schlagen um und schon nach zwei, drei Minuten hatte er eine kleine Blechkiste freigestemmt. Ganz deutlich konnte er am Deckel das Loch sehen, das er zuvor durch den Betonboden in die Blechkiste gebohrt hatte. Das helle, hier unten so ungewohnte Licht des Eintausend-Watt-Scheinwerfers war doch etwas ganz anderes als das der Taschenlampen, mit welchen sie ansonsten hierhergekommen waren. Er sah auch, dass die Kiste eine grüne Farbe hatte.

Rasch befreite er sie von den Betonresten und hob sie heraus. Doch irgendwie hatte er jetzt ein wenig Angst. Würde sich vielleicht eine Kampfstoffphiole unter dem Deckel der Kiste befinden? Mit diesem grauenvollen Senfgas hatte er ja schon vor Jahren in N2 Bekanntschaft gemacht und es wäre ihm damals beinahe zum Verhängnis geworden.

Nein, da war kein Kampfstoff, als er den Behälter öffnete, aber er staunte, als er den Inhalt sah. Darin lagen, eingewickelt in Ölpapier, ein schwarzer Kristall von beachtlicher Größe und eine schön polierte schwarze Kugel, vermutlich aus demselben Material.

Wolf, der sich ja seit vielen Jahren mit Edelsteinen beschäftigte, konnte ihn als sehr großen schwarzen Turmalin identifizieren. Er schätzte sein Gewicht auf ein halbes Kilogramm. Turmalinkristalle von solcher Größe waren äußerst selten. Aber für Hitler, und dem schrieb Wolf diesen Edelstein zu, war das sicher kein Problem gewesen, sich so ein Stück zu beschaffen.

Waren dieser schwarze Kristall und die Kugel wirklich mit den seltsamen Phänomenen in Zusammenhang zu bringen, die in dem Gewölbe auftraten?

Möglicherweise waren in N2 ja auch solche schwarzen Kristalle im Boden einbetoniert.

Die Sache mit Linda fiel ihm ein, welche bei ihrem ersten Besuch in N2 glaubte, aus dem Körper gezogen zu werden. Und dann, als der elektronische Kompass an dieser Stelle zwischen den Säulen verrücktspielte.

So etwas Ähnliches erlebten sie doch damals auch hier in N3. Sollte da tatsächlich Magie im Spiel sein, so wie Linda meinte? An so etwas glaubte Wolf aber nicht wirklich. Er war schließlich Techniker, hatte zwar einen Hang zum Abenteuer, aber das hier waren eben nur ein großer, schwarzer Kristall und eine Kugel, und nicht mehr. Plötzlich erlosch der Scheinwerfer und Wolf stand mit dem Kristall und der Kugel in der Hand im finsteren Gewölbe. Es war totenstill geworden. Der Stromgenerator oben im Wald hatte aufgehört zu laufen. Wolf versuchte, in der Dunkelheit etwas zu erkennen, aber seine Augen waren die letzte halbe Stunde so sehr an das helle Licht des großen Scheinwerfers gewöhnt gewesen, dass er jetzt absolut nichts mehr sehen konnte. Wahrscheinlich war der Benzintank des Generators leer geworden, dachte er und legte den schwarzen Kristall und die Kugel vorsichtig zu seinen Füßen auf den Boden. Dann suchte er seine kleine LED-Lampe in der Jacke. Er war jetzt froh, dass Linda immer darauf bestanden hatte, diese Dinger stets in ihren Jacken zu belassen. Die Taschenlampe spendete genügend Licht, um sich orientieren zu können. Er legte den Stein und die Kugel wieder in die grüne Kiste und trug zuerst diese nach oben in den Wald, bevor er nochmals nach unten ins Gewölbe ging, um den Bohrhammer mit dem Kabel heraufzutragen.

Nachdem er alles zu seinem Wagen, welcher unten auf der Jagdstraße stand, gebracht und im Kofferraum verstaut hatte, stutzte er. Der Benzinhahn des Stromgenerators war geschlossen. Zuerst glaubte er, dass er versehentlich beim Zurücktragen den Hahn umgelegt hatte, aber dann leuchtete er mit der LED-Lampe in den Tank und musste feststellen, dass noch genug Benzin drinnen war.

Wolf schaute sich etwas unsicher um. Irgendwer musste den Benzinhahn geschlossen haben. Aber da war niemand.

Ohne viel darüber nachzudenken, startete er seinen Wagen und fuhr rasch nach Hause. Dort angekommen, ließ er die grüne Kiste im Wagen und nahm nur den schwarzen Turmalin und die Kugel mit nach oben. Mit seinen gemmologischen Messgeräten konnte er auch schnell bestätigen, dass es sich wirklich um einen riesengroßen, schwarzen Turmalin Kristall handelte. Zudem war es ein „Doppelender", was bedeutete, dass dieser Kristall nicht irgendwo abgebrochen war, sondern zwei natürlich gewachsene Enden hatte, was seine Seltenheit um ein Vielfaches erhöhte.

Er hatte eine Größe von über acht Zentimetern und ein Gewicht von exakt 433,30 Gramm. Die Kugel, die daneben lag, war ebenfalls aus schwarzem Turmalin gefertigt und hatte einen Durchmesser von 43,3 Millimetern. Ob das ein Zufall war, dass sich diese Zahlen so ähnlich waren?

Bevor er jemanden anrief, legte er die beiden Fundstücke in die Glasvitrine, in welcher auch die beiden schwarzen Steine aus Ägypten lagen.

Sollte er zuerst Herbert oder Linda davon berichten? Wolf entschied sich für Linda. Sie hatte ihn ja schon recht oft in die unterirdischen Gewölbe am Obersalzberg begleitet und war vor Jahren bei seinem ersten Bohrversuch dabei gewesen, bei dem er fast einen halben Meter tief gebohrt hatte und immer noch auf Beton gestoßen war.

„Ich habe heute wieder einmal etwas gefunden, im N3", sagte er zu Linda am Telefon, „wenn du Lust hast, kannst du dir das bei mir ansehen."

„Lass mich raten", erwiderte die Lehrerin mit einem ironischen Unterton, „handelt es sich dabei etwa um Steine oder Kristalle?"

Wolf zuckte resignierend mit den Schultern. „Was kann ich denn dafür ..."

„Warte", unterbrach sie ihn mit einem leisen Lachen, „lass mich noch mal raten, sind die vielleicht schwarz?"

Wolf entgegnete etwas gereizt: „Du weißt doch selber, dass Hitler eine Vorliebe für die Farbe Schwarz gehabt hat, denk an die SS-Uniformen, er ließ ja auch den Schwarzen Stein aus der Ostwüste Ägyptens zum Berg bringen und in N3 hat er eben auch schwarze Steine in Form von Turmalinen legen lassen."

Er berichtete ihr am Telefon noch ausführlich davon, wie er und Herbert zuvor mit der Silberplatte dort oben im Gewölbe N2 waren und diese blauen Lichtblitze im Spiegel gesehen hatten.

Dann meinte er: „So und jetzt packdich zusammen und komm rüber zu mir, dann erzähl ich dir die ganze Geschichte."

Als Linda dann die Turmalin Kristalle in der Hand hielt, meinte sie überrascht: „Eigenartig, damals, beim ersten Mal in N3, war das fürchterlich für mich, aber jetzt spüre ich gar nichts."
Als ihr Wolf dann noch von dem mysteriösen Abstellen des Generators berichtete, schaute sie etwas ängstlich und meinte: „Ich glaube zwar nicht an Geister, aber dort oben ist es nicht ganz geheuer. Denk doch an das Metallschild über dem Ausgang, „Wir sind hier" ist darauf gestanden. Und du hast jetzt diese schwarzen Kristalle bei dir zu Hause. Gib nur acht, dass nicht auch noch hier etwas Unerklärliches geschieht."
Wolf lachte: „Der Osiris im Schrank ist doch mit Abstand das älteste Artefakt, fast viertausend Jahre alt, der passt schon auf, dass alles seine Ordnung hat. Darauf sollten wir anstoßen." Er nahm zwei Gläser aus der Vitrine, holte eine Flasche Sekt aus dem Kühlschrank und schenkte ein.
Wolf gab Linda ihr Glas in die Hand, deutete auf die Vitrine, in welcher der Amethyst von dem Mann aus der Almbachklamm, die beiden Schwarzen Steine aus Ägypten, der Bergkristall aus Unije und nun auch die schwarzen Turmaline von Hitler lagen, und sagte feierlich:
„Erheben wir unsere Gläser auf die Steine, die Steine der Macht, denn ich bin mir sicher, dass es sich um solche handelt."

Genau eine Woche, nachdem Wolf die Kristalle aus N3 geholt hatte, rief Manfred, der Forstarbeiter, bei ihm an:
„Der Eingang zu N3, dem flachen, kuppelförmigen Gewölbe, bei dem wir doch im vergangenen Jahr die verrottete Holztüre umgeworfen haben, ist bei Arbeiten an der Kehlsteinstraße verschüttet worden. So einfach ist es jetzt nicht mehr, da hineinzugelangen. Da müsste man sich jetzt durch Tonnen von Gestein graben."
Wolf stutzte, hatte dieser Manfred etwas damit zu tun, dass der Benzinhahn des Stromgenerators geschlossen wurde? Oder war es jemand anderer?

KAPITEL 31

▲

KAMMLERS RESERVEN

Xerum 525 stand auf den kleinen braunen Flaschen, welche wie alte Arzneifläschchen aussahen. Nur das immense Gewicht ließ darauf schließen, dass der Inhalt auf alle Fälle schwerer als Blei sein musste. Vorsorglich hatte Wolf noch ein Klebeband um den Schraubverschluss gewickelt. Es sollte auf keinen Fall Quecksilberdampf entweichen können. Vor Wochen schon hatte er eine SMS an Obersturmbannführer Weber gesandt und darin um eine Unterredung mit dem General gebeten – und nun war eine Nachricht gekommen. „Treffen am Brunnen um 1800 in zwei Tagen Ihrer Zeit".

Wolf rief bei Linda an, sie würde ihn begleiten.

Am Donnerstagabend kamen die beiden zum Marmorbrunnen vor dem alten Gasthof. Kammler und Weber standen ganz in der Nähe unter den Kastanienbäumen. Die Sonne war bereits hinter dem Untersberg verschwunden und ein angenehmer Wind war zu spüren. Die Begrüßung fiel militärisch kurz wie immer aus, und da es die Temperatur erlaubte, setzten sie sich diesmal mit den Leuten aus der Vergangenheit auf eine Bank im Gastgarten. Nachdem die Kellnerin die Getränke gebracht hatte, nahm Wolf die kleinen braunen Flaschen aus seiner Jackentasche hervor und begann zu reden:

„Herr General, wir haben vom Obersalzberg diese zwei kleinen Fläschchen mitgebracht, darin befindet sich etwas, das nach Quecksilber aussieht. Aber sehen Sie selber." Mir diesen Worten gab er Kammler die beiden Fläschchen in die Hand.

Der General zuckte zusammen, als er die Aufschrift „Xerum 525" sah.

„Wo haben Sie das her?", stieß er hervor. Er schien absolut erstaunt zu sein, dass Wolf so etwas gefunden hatte.

„Aus einem unterirdischen Labor am Obersalzberg, aber weit entfernt von den bekannten Gebäuden", gab Wolf zur Antwort, „und gehe ich recht in der Annahme, dass diese Substanz bei Ihren Versuchen mit der Glocke ebenfalls Verwendung gefunden hat?"

Kammler, welcher offenbar auf diese Frage nicht antworten wollte, schaute zuerst Wolf mit einem prüfenden Blick an und wandte sich dann zu Linda: „Sie waren also auch in diesem Laboratorium?"

„Ja", antwortete die Lehrerin etwas kleinlaut.

„Befand sich in diesem Raum noch etwas Auffallendes?", wollte der General von Wolf wissen.

„Nein, nur ein paar Stahlflaschen mit technischen Gasen und eine größere Flasche, auf der ebenfalls 525 stand. Doch, da fällt mir noch etwas ein. Da war ein großer Kessel mit einem schweren, verschraubbaren Deckel. Ein dickes Stromkabel führte außerdem zu diesem Behälter", gab er ihm zur Antwort.

„Was ist dieses Xerum 525 eigentlich? Ist das etwas anderes als Quecksilber?", wollte Linda wissen.

Kammler schaute sie an und gab ihr bereitwillig Auskunft: „Xerum 525 besteht aus verschiedenen Quecksilberisotopen und Schwermetallen. Es hat besondere elektrische Eigenschaften und ist in der Lage, unter bestimmten Bedingungen das Gravitationsfeld der Erde abzuschirmen. Aber es besitzt auch noch andere Fähigkeiten."

Obersturmbannführer Weber, welcher bis jetzt nur stumm danebengesessen hatte, ergänzte: „Dieses Isotop kennt so gut wie niemand. Heute leben nur noch wenige Menschen, die mit diesem Wort überhaupt etwas anzufangen wissen. Sie sagen, dass sich dort in diesem Labor noch eine große Stahlflasche mit diesem Xerum 525 befindet? Wir müssen Sie auf jeden Fall um äußerste Geheimhaltung

ersuchen, denn es wäre unvorstellbar, sollte das unseren Gegnern in die Hände fallen."
„Was soll an diesem speziellen Quecksilber so Besonderes sein?", erkundigte sich Wolf interessiert.
Der General ergriff wieder das Wort: „Xerum 525 ist eines der wichtigsten Errungenschaften unserer Technologie, die die Überwindung der Schwerkraft, die unbegrenzte Energieerzeugung und auch die Zeitmanipulation ermöglicht. Behalten Sie das für sich und erzählen Sie es niemandem, es ist genauso in Ihrem Interesse. Auch in unserer Station haben wir Reserven dieses Isotops. Die Maschinen verbrauchen zwar das Xerum 525 nicht, sollte aber so ein Gerät aus irgendwelchen Gründen einmal zu Bruch gehen, wäre damit auch das darin enthaltene Isotop verloren. Deshalb haben wir auch genügend Vorräte davon. Der Elektro-Kessel in dem Labor, von dem Sie vorhin gesprochen haben, wurde zur Erzeugung des Isotops verwendet. Das ist nicht nur ein Heizkessel, sondern zugleich auch eine Zentrifuge, in welcher die verschiedenen Metalle und Chemikalien unter hohem Druck vermischt wurden. Dieses Laboratorium wurde deshalb dort oben neben dem Larosbach gebaut, da dies die einzige Stelle am Obersalzberg ist, an der ausreichend Wasser für die Experimente zur Verfügung stand. Unten im Tal, dort wo die Königsee-Ache fließt, wollte man diese Forschungsstätte aus Geheimhaltungsgründen auf keinen Fall haben."
Wolf und Linda waren verblüfft, nicht im Traum hatten sie damit gerechnet, dass sie der General so ausführlich über die Verwendung dieses Xerum 525 unterrichten würde.
Aber auch Kammler wollte von Wolf noch etwas wissen:
„Haben Sie über diese riesige Halle im Untersberg, von der ich Ihnen schon früher erzählt habe, Informationen erhalten können?", fragte er ihn.
Wolf wollte ihm von Becker, dem Illuminaten, vorerst noch nichts erzählen und winkte ab: „Nein, bisher ist mir

noch nichts bekannt geworden, aber ich werde Ihnen sofort Bescheid geben, wenn ich etwas darüber weiß."

Wolfs Antwort hatte der General ohnehin erwartet und fuhr fort:

„Im Übrigen möchte ich Sie davon in Kenntnis setzen, dass im Untersbergwald, und zwar unterhalb der Steinbrüche, vermehrte Aktivitäten von BVT-Leuten zu beobachten sind. Wir wissen zwar nicht, wonach dort gesucht wird, haben aber schon einige dieser Männer fotografiert. Weber wird Ihnen in den nächsten Tagen die Bilder zukommen lassen."

Wolf lachte:

„Soso, da hat der Grimmig wieder einmal Interesse am Untersberg. Ich bin auch schon von anderer Seite vor den Aktivitäten dieses Vereins gewarnt worden. Wir werden auf alle Fälle vorsichtig sein. Für die Fotos der BVT-Leute möchte ich Ihnen schon im Voraus danken und ich bin schon neugierig, ob ich darauf alte Bekannte erkennen werde."

Der General trank den Rest seines Kaffees aus und sagte:

„Jetzt, da die große Umwälzung unmittelbar bevorsteht, möchte ich Ihnen anbieten, im Falle einer drohenden Gefahr einige Stunden bei uns in der Station zu verbringen. Das würde für Sie einige Monate bedeuten, aber Sie wären bei uns in absoluter Sicherheit. Sie könnten sich in dieser Zeit auch in eine unserer Basen begeben, wobei dort keine Zeitverlangsamung stattfindet."

„Fein", antwortete Linda mit kaum zu übersehender Begeisterung, „dann könnten wir uns in Ruhe Atlantis ansehen."

Wolf bedankte sich bei Kammler für die angebotene Gastfreundschaft, dann entgegnete er: „Wollen wir hoffen, dass uns die Aktivierung des Berges rechtzeitig gelingt, dann haben wir doch auch hier nichts zu befürchten."

„Ihre Zuversicht in Ehren", entgegnete der General, „aber meiner Meinung nach wird dieser Umbruch überall auf der Welt gravierende Spuren hinterlassen, von denen man auch hier zu spüren bekommen wird.

Sie können auch gerne Freunde mitnehmen, denn auf unseren Basen ist jede Menge Platz und Sie sind auch dort jederzeit herzlich willkommen."

Mittlerweile zogen schwere, dunkle Wolken vom Westen her über den Untersberg, so als wären es bereits die Vorboten des großen, umwälzenden Ereignisses. Wolf schauderte es ein wenig bei dem Gedanken, dass sich die Welt in Kürze sehr stark verändern würde, während Linda sich auf einen Aufenthalt auf Atlantis freute.

Obersturmbannführer Weber informierte sie, dass er sich in genau zwei Tagen mit Wolf beim Tor der Station am Bach treffen würde, um ihm die Fotos der BVT-Leute zu übergeben. Dann verabschiedeten sie sich und der General schlenderte zusammen mit Weber ganz unmilitärisch den Fußweg entlang zu ihrer Station.

Als Wolf und Linda im Wagen saßen, drehte er sich zu ihr: „Du hast wohl ein Faible für Inseln im Atlantik, nicht wahr?"

Zum vereinbarten Termin nach zwei Tagen traf er sich mit Weber, welcher ihm ein Kuvert mit den versprochenen Fotos mitbrachte.

„Der General lässt Ihnen ausrichten, dass es sich bei den Inhalten der beiden kleinen Fläschchen tatsächlich um Xerum 525 handelt. Er hätte noch eine Bitte an Sie, die er Ihnen aber persönlich übermitteln möchte. Können wir uns morgen noch mal treffen? Wieder beim grünen Kachelofentisch im alten Gasthof?"

Wolf willigte natürlich ein und verabschiedete sich von Weber.

Als er in den Wagen stieg, konnte er seine Neugier nicht bezähmen. Kaum dass der Obersturmbannführer wieder gegangen war, öffnete er den Umschlag und war erstaunt, was er da sah. Es waren einige bekannte Gesichter dabei. Er konnte sich gar nicht vorstellen, dass diese Leute auf Grimmigs Gehaltsliste standen. Er würde sich jedoch nichts anmerken lassen und diese Personen nur sehr genau beobachten. Mit der Weitergabe von Informationen würde er in Zukunft noch vorsichtiger und sparsamer umgehen.

Er rief Linda an, um ihr das nochmalige Treffen mit dem General anzukündigen. Von den erhaltenen Bildern erzählte er ihr nichts.

„Was glaubst du, was der General von dir will?", fragte Linda, als sie zum alten Gasthof fuhren.

„Keine Ahnung", antwortet Wolf, „aber wir werden es ja gleich erfahren."

Diesmal waren Wolf und Linda als Erste in der Gaststube und setzten sich, wie immer, an den Tisch beim grünen Kachelofen. Unmittelbar danach erschienen auch Kammler und Weber. Nachdem sie die Getränke bestellt hatten, begann der General ohne Umschweife: „Sie haben gestern davon gesprochen, dass sich in dem Laboratorium am Obersalzberg noch Xerum 525 befindet. Glauben Sie, dass Sie uns diese Flasche herunterbringen könnten?"

Wolf überlegte und sagte: „Sie wissen ja selbst, wie schwer diese Xerum 525 ist, und diese Stahlflasche dürfte etwa zehn Liter Inhalt haben. Wenn die voll wäre, hätte sie demnach ein Gewicht von einhundertfünfzig Kilogramm. Wie sollten wir so etwas Schweres aus diesem Stollen bringen? Und die Flasche dann den Schacht hinauf an die Oberfläche zu ziehen wäre ohnehin unmöglich."

„Ganz so schwierig dürfte es nicht sein", meinte der General, „es gibt dort oben einen Stollen, als Notausgang aus dem Labor, welcher Schienen im Boden eingelassen hat. Auch Transportrollwagen müssten sich dort befinden. Vor den Ausgang dieses Stollens konnte man in unserer Zeit sogar mit einem Lastkraftwagen fahren. Bis dorthin könnten Sie vermutlich mit Ihrem Wagen auch gelangen und dort dann die Flasche einladen. Ich kann Ihnen auch gerne den Obersturmbannführer zur Hilfe mitgeben."

Wolf schaute Linda fragend an, sie nickte und meinte: „Also gut, dann bin ich auch dabei. Wann fahren wir?"

„Am besten gleich morgen zur selben Zeit", meinte der General, „aber heute könnten Sie sich bereits von der Zufahrtsmöglichkeit zum Notausgang überzeugen."

Er beschrieb Wolf genau den Weg dorthin. Kammler und Weber verabschiedeten sich, sie würden den Obersturmbannführer morgen hier beim Brunnen abholen. Den Fahrweg zum Notausgang des Labors gab es tatsächlich noch. Von einer Türe war jedoch nichts zu sehen. Als sie am nächsten Tag, ausgerüstet mit ihren großen Taschenlampen, Weber beim Marmorbrunnen abholten und ihm mitteilten, dass an der besagten Stelle von außen keine Zugangsmöglichkeit zu dem Labor wäre, meinte dieser nur gelassen: „Notausgänge waren bei uns immer gut getarnt. Die ließen sich auch nur von innen öffnen."

Daraufhin fuhren sie zum Larosbach, Wolf öffnete wieder den Schachtdeckel und sie stiegen hinunter in den Gang. Nach wenigen Minuten erreichten sie das Labor und Wolf deutete auf die Stahlflasche links hinten im Eck. Weber versuchte, die Flasche anzuheben, was ihm auch ohne Mühe gelang.

„Die kann gar nicht voll sein", meinte Wolf, „die hat höchstens fünfzig Kilogramm, dafür brauchen wir aber keinen Notausgang. Die schaffen wir auch so hier hinaus."

Linda meinte: „Und wie möchtest du die Flasche den Schacht hinaufbringen?"

„Ganz einfach", entgegnete Wolf, „ich hole vom Wagen das Abschleppseil und damit ziehen wir die Xerumflasche ohne Weiteres hoch."

Nachdem Linda als Erste den Schacht wieder verlassen und Wolf das Seil geholt hatte, ließ er es in die Öffnung hinunter. Weber befestigte die Flasche am Verschluss an dem Seil. Bevor auch er hochstieg, drehte er noch an einem großen Rad, welches in die Wand des Ganges eingelassen war. Fast augenblicklich schossen die Wassermassen des Larosbaches in das geöffnete Labyrinth und Weber hatte zu tun, sich rechtzeitig in Sicherheit zu bringen und aus dem Schacht zu klettern.

„Ich habe das Labor jetzt geflutet, sodass hier niemand mehr hineinkann."

Sie trugen die Stahlflasche mit dem Xerum 525 zu Wolfs Wagen und legten sie vorsichtig in den Kofferraum. Dann fuhren die beiden mit dem Obersturmbannführer wieder hinunter ins Tal.

„Lassen Sie mich beim Eingang unserer Station aussteigen. Die Flasche hat, auch wenn sie nicht voll ist, doch ein beachtliches Gewicht."

Wolf fuhr bis auf wenige Meter an das unsichtbare Tor, dort, wo das Wasser über das Wasser fließt. Weber verabschiedete und bedankte sich. Er trug die Flasche mit beiden Händen, ging auf den Bach zu und war im nächsten Moment verschwunden.

Linda sah dabei entsetzt zu, obwohl sie wusste, wie dieses Tor funktionierte, waren sie doch selbst erst vor kurzer Zeit hier hindurchgegangen.

„Jetzt hat Kammler das restliche Xerum 525, nun braucht er sich keine Sorgen mehr zu machen, dass es in falsche Hände gerät", lächelte Wolf, „ich bin neugierig, ob er sich diesbezüglich nochmals bei uns meldet."

„Vielleicht gibts wieder einen Goldbarren von ihm?", hoffte Linda und das Dollarzeichen schien in ihren Augen kurz aufzublitzen.

„Was nützt uns das ganze Gold?", gab ihr Wolf zur Antwort. „Wenn dieser Umschwung kommt, von dem alle sprechen, dann ist doch das Angebot des Generals, uns einige Stunden zu beherbergen, wesentlich wertvoller. Es kann unser Leben retten."

KAPITEL 32

▲

DER KORRIDOR ZUR CHEOPSPYRAMIDE

Es war ein verregnetes Wochenende und Wolf wollte es dazu nützen, die Manuskriptseiten, die er im Vorjahr mit Linda in dem kleinen Stollen neben dem Dorf am Fuße des Untersberges als eine Art „Flaschenpost" gefunden hatte, genauer anzusehen. Er holte Linda ab und sie durchforsteten die vergilbten Blätter.

„Der Autor, welcher ja leider schon vor einigen Jahren verstorben ist, muss sehr viel am Untersberg entdeckt haben", sagte Wolf, „aber nicht nur den General und seine Station betreffend. Der hat bestimmt mehr gesehen. Ich bin mir fast sicher, dass er von dieser großen Halle auch etwas gewusst haben muss."

„Dann war er aber dem letzten Geheimnis des Berges schon sehr nahe", meinte Linda und zeigte Wolf einige Blätter, auf denen etwas Interessantes zu lesen war.

„... ich habe einen Eingang gefunden, den es nach physikalischen Gesetzen gar nicht geben durfte. Durch Zufall kam ich an einer Felskluft vorbei, an welcher ein Spalt ins Innere des Berges führte. Da ich keine Lampe mitführte, ging ich nur ein kleines Stück in diese Höhle hinein. Plötzlich war es gar nicht mehr so dunkel, wie es von außen schien. Ich ging keine fünfzig Schritte auf fast ebenem Boden, der ansonsten in natürlichen Höhlen eher unüblich ist, und konnte immer noch sehen. Ein schwacher, leicht grünlicher Schimmer umgab mich. Es war genug Licht zum Gehen. Anfangs dachte ich, dass es phosphoreszierende

Mineralien waren, die an den Wänden leuchteten, aber das Leuchten war zu gleichmäßig.

Nach zwei, drei Minuten wandelte sich die Höhle zu einem behauenen Raum, von dem ein Gang, der eng und niedrig war, hinausführte. Die Luft wurde stickig und die Temperatur stieg rasch an. Es ging bergauf. Der Gang war so niedrig, dass ich nur gebückt gehen konnte. Ich sah ein Licht am Ende des Ganges. Dann blendete mich gleißender Sonnenschein. Offensichtlich war ich aus dem Berg wieder herausgekommen. Als ich mich an die Helligkeit gewöhnt hatte, traute ich meinen Augen nicht. Da sah ich in einiger Entfernung Soldaten auf Pferden, die Sand aufwirbelten, und hörte Schüsse und Kanonendonner. Die Kämpfenden trugen alte Uniformen. Männer mit Pfeil und Bogen und mit Schwertern in ihren Händen waren da zu sehen. Dazwischen glaubte ich eine französische Fahne in der Hand eines Reiters zu sehen. Rechter Hand sah ich auf eine orientalische Stadt. Als ich mich umdrehte, bemerkte ich, dass ich unten an der Flanke einer großen Pyramide stand. Ich wollte schon die gewaltigen Steinquader hinuntersteigen, da entdeckten mich zwei Reiter und kamen wild gestikulierend auf mich zu. Sie sprangen am Fuß der Pyramide von ihren Pferden und begannen, zu mir heraufzuklettern. Ich drehte mich blitzschnell um und lief, so rasch ich konnte, in gebückter Haltung den Gang hinunter, an dessen Ende sich eine Felsenkammer befand. Es war stockdunkel in dieser Richtung. Kaum hatte ich die Felsenkammer erreicht, da veränderte sich die Umgebung wieder und ich war in der grün schimmernden Höhle am Untersberg, dort, wo ich hineingegangen war.

Nach kurzer Zeit stand ich wieder vor der Kluft im Untersbergwald.

Wieder zuhause angekommen, recherchierte ich in Geschichtsbüchern, was eine französische Fahne wohl bei den Pyramiden zu tun hatte, und stieß dabei auf etwas Erstaunliches. Am einundzwanzigsten Juli 1798 kam es zwischen Napoleon Bonaparte und den türkischen Mameluken zur Schlacht nördlich der Pyramiden von Gizeh. Der Korse schlug die Türken damals vernichtend und marschierte tags darauf in Kairo ein.

Ich war Zeuge geworden von diesem Ereignis, das mir aber beinahe auch zum Verhängnis geworden wäre. Es musste also eine Verbindung zwischen dem Untersberg und der großen Pyramide von Gizeh geben. Genauer gesagt, müsste die Höhle am Untersberg in die unterirdische Felsenkammer der Cheops Pyramide führen. Es war eine faszinierende Vorstellung, innerhalb weniger Minuten auf einen anderen Kontinent gelangen zu können. Und noch dazu gleichzeitig um zweihundert Jahre in die Vergangenheit zu reisen ... Ich werde dieses Erlebnis wohl niemals in einem Buch niederschreiben und veröffentlichen können, man würde mich für verrückt halten."

Wolf legte das Blatt des unvollendeten Manuskriptes weg und sagte zu Linda:

„Ist dir auch aufgefallen, dass diese Schlacht bei den Pyramiden, welche dieser Autor gesehen hat, fast zum selben Zeitpunkt stattfand, an dem die neun Illuminaten damals verschwunden sind? Auf der Marmorplatte stand doch das Datum. Der siebenundzwanzigste Juli 1798."

„Das ist ja wirklich eigenartig, dann sind die neun Brüder am Ende zur Zeit von Napoleons Schlacht in der Cheopspyramide herausgekommen und konnten durch irgendein Ereignis nicht mehr zurückkehren", antwortete die Lehrerin.

„Jetzt führe ich meinen Gedanken noch ein Stück weiter", meinte Wolf, „In der unterirdischen Felsenkammer der Cheops Pyramide habe ich doch 1998 diesen Schwarzen Stein gefunden, der bei mir in der Glasvitrine liegt. Einen anderen Schwarzen Stein hat doch 1872 ein Engländer in dem kleinen Schacht der Königinnen Kammer entdeckt. Der befindet sich jetzt im ersten Obergeschoss des Britischen Museums in London. Zwei weitere solche Steine liegen in der kleinen Höhle auf der deutschen Seite des Untersberges in der Nähe der Wallfahrtskirche am Ettenberg. Einen davon soll ja angeblich der Tempelritter Hubertus auf Geheiß der Isais dort versteckt haben. Den zweiten, jenen aus der ägyptischen Ostwüste, hat vermutlich Hitler dort hinbringen lassen. Die beiden Steine haben wir ja selbst gesehen. Da liegt doch die Vermutung nahe, dass diese schwarzen Steine etwas mit der Raum-Zeit-Verschiebung zu tun haben könnten."

„Ja", nickte Linda, „und denke an die Aussagen von Professor Cook, der uns in Ägypten erzählt hat, dass dort vor zwei Jahren Leute von Said Hamam verschwunden sind. Auch Dr. Khaled hat dir doch letzten Oktober von einer ähnlichen Begebenheit am Plateau von Gizeh berichtet."

„Interessant wäre, herauszufinden, was sich da wirklich abspielt. Zu welcher Zeit so ein Durchgang aktiv wird und ob diese Tore auch immer reversibel sind, so wie im Falle des Manuskript Schreibers. Ich denke da auch an die Reisen in die Vergangenheit, die uns der General ermöglicht hat. Beim ersten Mal sind wir ja auch in die Zeit Mozarts gekommen und konnten ohne Weiteres wieder zurück", sagte Wolf.

„Denk auch noch an die Geschichte vom General, als er drei Soldaten durch so einen Gang geschickt hat. Die sind damals in der Keltenzeit herausgekommen. Nur einer konnte wieder zurückkehren", entgegnete Linda.

„Damit würden sich auch viele mysteriöse Vermisstenfälle erklären lassen. Die Leute könnten auf diese Art in eine ferne Vergangenheit und zudem zu weit entfernten Orten gelangt sein. Wir waren auf unseren Reisen in die Vergangenheit mit den Mönchskutten ganz gut geschützt, aber stell dir einmal vor, wenn da ein Bergsteiger mit heutiger Kleidung im achtzehnten Jahrhundert auftaucht. Der fällt doch überall auf. Die Leute von damals würden so einen für einen Zauberer halten und es wäre geschehen um ihn. Dies gilt natürlich erst recht auch für den Durchgang zur Pyramide", schlussfolgerte Wolf.

„Mich wundert es eigentlich, dass über ‚Besucher' aus der Vergangenheit hier am Berg nichts bekannt wird", meinte Linda, „solche müsste es ja logischerweise ebenfalls geben."

„Möglich, dass Leute, die so ein Erlebnis haben, einfach nichts davon erzählen, aber vielleicht gab es irgendwo in einem Kloster einen Zugang zu so einer Zeithöhle", sagte Wolf. „Damit könnten die vielen Mönchserscheinungen erklärt werden, welche in unzähligen Geschichten immer wieder vorkommen."

KAPITEL 33

▲

DIE GOLDENE KUGEL

Es gab die schwersten Unwetter seit Jahrzehnten, welche rund um den Untersberg herniedergingen. Waren das etwa schon die Vorboten der kommenden Umwälzung? Aber auch weltweit schlug das Wetter Kapriolen, die seit Beginn der Aufzeichnungen noch nie da gewesen waren. Klimaverschiebung, Umweltverschmutzung und Ozonloch, so hießen die Schlagwörter, welche in aller Munde waren und mit denen man das alles zu erklären versuchte.

Möglicherweise hatte das schon mit den kommenden Veränderungen zu tun, denn sowohl der General als auch der Illuminat behaupteten ja, dass dieser Umbruch bereits voll im Gange war.

Jetzt sollte daher die Kraft im Berg entfesselt werden, aber noch immer hatte Wolf nicht die geringsten Anhaltspunkte, wie und wann diese Aktivierung des Berges stattfinden sollte. Auch der Illuminat Becker hatte ja nur vage Andeutungen gemacht. Es würde alles von selbst auf ihn zukommen, hatte er beim letzten Mal, als er sich mit ihm alleine im Wald getroffen hatte, gesagt.

Wolf war gerade wieder einmal mit seinem Wagen auf der Straße am Fuße des Untersberges unterwegs, dort, wo das eingezäunte Wasserschutzgebiet begann. Er kam dabei an jener Stelle vorbei, von welcher er vor Jahren geträumt hatte. Es war der Traum von dem Bischof mit den beiden Lakaien. Der Kirchenmann mit dem Bischofsstab hatte ihm damals drei Kugeln in die Hand gegeben, eine grüne, eine rote und eine goldene Kugel. Viele Jahre nach diesem

Traum hatte ihm Becker die Bedeutung der ersten beiden Kugeln erklärt. Was es mit der goldenen Kugel für eine Bewandtnis hatte, würde er ihm später enthüllen, hieß es damals. Aber bislang hatte Wolf keine Ahnung, was es damit auf sich haben sollte. Diese Kugel wird das Symbol für das „Neue Zeitalter" sein, hatte der Illuminat zwar schon vor Monaten zu ihm gesagt, aber wie er zu der verborgenen Halle, in der sich diese Kugel befinden sollte, gelangen würde, das wusste er noch immer nicht.

Claudia sollte er dabei mitnehmen, sie war ja laut Becker diejenige, welche bei der Aktivierung unbedingt dabei sein müsste.

Das Papier von Becker fiel ihm wieder ein, die Wegbeschreibung, wie Claudia gemeint hatte. Die astrologischen Symbole auf der Rückseite stellten also doch ein Datum dar. So wie der alte Pfarrer ihm gesagt hatte, deutete es Wolf nun auf eine andere, eine alte Art.

Es würde bei Vollmond geschehen.

Jetzt wusste er, dass die Zeit gekommen war. Das Datum war eindeutig.

Er musste nur noch Claudia Bescheid geben, dass es ihm gelungen war, das Datum zu enträtseln. „Ich habe mir so etwas Ähnliches schon gedacht", meinte sie und war begeistert, dass es nun so rasch gehen sollte.

Wolf würde nur den Bergkristall aus Unije mitnehmen, sonst nichts.

Am nächsten Abend, vor Einbruch der Dunkelheit, fuhren sie zur Kapelle beim alten Römersteinbruch. Gegenüber der kleinen Kapelle war genug Platz, dort stellte er seinen Wagen ab. Wolf wollte schon den Wald hinauf gehen, da hielt ihn Claudia zurück: „Erst müssen wir unsere Hände waschen, bei der alten Quelle. Auf Beckers Papier stand doch: *„Wo alter Quell dem Berg entspringt, da wasche deine Hände"*

„Und du weißt, wo sich die befindet?", fragte er erstaunt.

„Komm, ich zeig sie dir", rief sie und lief ein paar Schritte voraus auf die Felswand zu.

Tatsächlich sprudelte dort eine Quelle direkt aus dem Fels. Sie hielt ihre Hände ins Wasser und lachte: „Siehst du, das ist der „alte Quell", von dem auf deinem Papier die Rede ist."
„Und jetzt erfolgen wohl die rituellen Waschungen?", lachte Wolf, aber Claudia blieb ernst. Er wusch sich ebenfalls seine Hände in dem Wasser und schüttelte den Kopf: „Woher hast du gewusst, dass hier eine Quelle ist?"
„Das hier ist mein Lieblingsplatz", lächelte Claudia geheimnisvoll, „hierher bin ich früher schon oft gekommen, ich weiß auch nicht, warum, es hat mich eben hierhergezogen. Jetzt komm, da nach rechts, hier gehts weiter."
Sie stiegen ohne einen Weg zwischen den hohen Fichten den Untersbergwald empor.
„Der steile Pfad", fragte Wolf, „von dem ebenfalls auf die Rede ist?"
„Dem folgen wir bis ans Ende", antwortete Claudia.
Es wurde merklich steiler und sein Atem ging jetzt merklich schneller, während Claudia munter wie ein Reh dahinlief. Irgendwo dort oben musste sich dieser ominöse Eingang befinden, dachte Wolf. Er hatte die Silberplatte und den Bergkristall mitgenommen, so wie Becker ihm gesagt hatte.
Schließlich kamen sie an den Fuß der Felswand, welche sich drohend vor ihnen erhob.
„Das müsste der Ort sein, von dem auf dem Zettel die Rede ist", meinte Wolf, „aber wo ist die Stelle, an der sie am höchsten ist?"
„Hier", rief Claudia, die etwas weiter unten stehen geblieben war und so das obere Ende der Wand besser sehen konnte. Dann ging sie das Stück zur Wand empor und winkte Wolf, „Genau da, wo ich jetzt bin, müsste der beschriebene Punkt sein, aber da öffnet sich kein geheimes Tor, da ist nur dieser Steinblock, auf dem ich gerade stehe."
Wolf kam zu ihr hinüber und murmelte leise die Worte: *„Öffnet sich geheimes Tor, und wenn du der Rechte bist, holst du den Schrein hervor."*

„Du stehst links und ich rechts", meinte Claudia, „aber ich glaube nicht, dass das damit zu tun hat. Komm, stell dich hierher, wo ich bin, hier auf diesen Steinblock, da wo der Fels am höchsten ist." Es war ein eigenartig aussehender Stein, auf dem Claudia da stand. Er war nahezu quadratisch und ragte etwas über den Boden empor. Sie machte einen Schritt zur Seite und Wolf stieg nun auf diesen Steinblock, der daraufhin etwas nachgab, als würde er einsinken. „Was ist das?", rief Claudia erschrocken, als plötzlich ein dumpfes Geräusch zu hören war. Im selben Augenblick öffnete sich ein Spalt in der Felswand, der ihnen zuvor gar nicht aufgefallen war. Eine schmale Öffnung tat sich vor ihnen auf.

Auch Wolf war überrascht. „Siehst du, anscheinend bin ich der Rechte, bei dir hat sich nichts getan, aber als ich auf den Stein gestiegen bin, da ist das Tor aufgegangen." Er lachte dabei, da er selber nicht begriff, weshalb gerade bei ihm dieser Mechanismus ausgelöst wurde. Claudia hatte jedoch schon eine Antwort parat: „Das war dein Gewicht, guter Wolf, allein dein Gewicht war hier ausschlaggebend, aber dafür wirst du vielleicht Schwierigkeiten haben, dich durch diesen engen Spalt hindurchzwängen zu können." Etwas missmutig entgegnete Wolf, der diese Anspielungen auf seinen Bauchumfang gar nicht witzig fand: „Schau, du mit deinen fünfzig Kilogramm hättest dieses Tor niemals öffnen können, da gehören schon gewichtigere Argumente her. Aber Hauptsache ist, wir haben es jetzt gefunden. Und mach dir keine Sorgen, ich komm da schon rein, denn du weißt ja", und bei diesen Worten lachte er über beide Wangen, „irgendwie gehts immer!"

Jetzt musste auch Claudia lachen. Wolf schaffte es tatsächlich, durch den schmalen Spalt im Felsen hindurchzuschlüpfen. Die Pforte war in den Fels gehauen worden, hier von innen sah man deutlich die Spuren der Bearbeitung – und auch den Mechanismus des geheimen Tores konnte man erahnen. Sie gingen weiter in den Berg hinein. Die anfangs natürliche Höhle war mittlerweile zu einem glatt behauenen Gang geworden, in dem ein diffuser Schein ausreichend Licht spendete. Es war vollkommen trocken hier drinnen undauch eine angenehme Temperaturherrschte hier im Bergesinneren. Plötzlich tauchte eine große Nische auf der linken Seite auf. Auf einem kleinen Sockel stand eine Truhe, welche etwas über einen Meter maß. Es war ein sehr schlichter Schrein. Dahinter befand sich ein Marmor Sockel mit einer runden Vertiefung.

„*Er hole ab den Schrein*", sagte Claudia, als Wolf davor stehen blieb und keine Anstalten machte, irgendetwas zu tun.

„Ich soll diese Truhe hier abholen?", fragend schaute er Claudia an. „Ich werde erst einmal sehen, was da drinnen ist."

„Sei vorsichtig!", rief sie, aber Wolf hatte den Deckel bereits geöffnet.

In der Truhe befand sich eine eigenartige Skulptur. Es war ein Januskopf, welcher auf der einen Seite ein männliches Antlitz und auf der gegenüberliegenden ein weibliches Gesicht zeigte. Die Haare dieses Kopfes waren zu einem doppelten Zopf geflochten, der als Standfuß fungierte und gut einen Meter nach unten reichte, wo sich als Abschluss ein schön geschnitzter runder Sockel befand. Der Großteil dieses Kunstwerks war vergoldet.

Claudia und Wolf bestaunten es beinahe ehrfürchtig. Er nahm den Doppelkopf vorsichtig, als sei er zerbrechlich, aus dem Schrein und stellte ihn in den Marmorsockel, in dessen Aussparung er genau hineinpasste. „Der gehört hier hereingestellt, das liegt doch auf der Hand", erkannte er.

Vorne in dem runden Marmorsockel befand sich eine tiefe Rille mit einem Loch in der Mitte. Wolf zog den Bergkristall von Unije hervor und steckte ihn wie einen Schlüssel in die Rille, wobei das dritte Ende des Kristalls genau in das Loch passte. „Das ist wie dafür gemacht!", sagte er.

Es schien den beiden, als würde es in diesem Moment in der Nische heller werden, und Wolf meinte: „Das ist wahrscheinlich das Blattgold, welches das Licht hier reflektiert."

Sie standen noch eine Weile vor diesem Gebilde, bis Claudia drängte: „Komm, gehen wir weiter." Der Gang wurde allmählich immer enger. So schmal, dass sie hintereinandergehen mussten, zudem wurde es jetzt auch noch dunkler und sie konnten kaum sehen, wohin sie traten. Da blies ihnen plötzlich ein starker, lauer Wind entgegen.

„Woher kommt das?", fragte Claudia etwas furchtsam.

Auch Wolf, der vor ihr ging, wusste nicht, was das zu bedeuten hatte. Er musste sich mit aller Kraft dagegenstemmen. Claudia hatte es da in seinem Windschatten etwas leichter. Doch nach wenigen Schritten hörte der Wind abrupt auf und es wurde auf einen Schlag hell. Sie standen am Eingang zu einer riesigen Halle. War das die Halle der Erkenntnis, wie sie Becker genannt hatte? Die Augen der beiden mussten sich erst an das helle Licht gewöhnen. Der vor ihnen liegende Raum glich einer Halbkugel und besaß einen Durchmesser von nahezu einhundert Metern. Keine Lichtquelle war auszumachen und trotzdem war es taghell im Inneren dieser Kuppel, an deren Rand große scheibenförmige, silberfarbene Objekte zu sehen waren, welche rund um eine Empore standen, die sich in der Mitte dieses gewaltigen Raumes befand.

Claudia zählte die silbernen Scheiben. Es waren neun. „Auf dem Papier da stand doch etwas von neun Wächtern. Meinst du, dass das die Neun sind?"

„Warte", antwortete Wolf und griff in seine Jackentasche, woraus er den Zettel vom Illuminaten hervorholte. „Hier steht doch: *„... denn Neun bewachen dieses Gut ...",* aber ich hätte da eher an die neun Illuminaten-Brüder gedacht, die damals, 1798, hier an diesem Felsen verschwunden sind. Ich sehe hier aber niemanden." Nur die neun Scheiben, von denen nun ein seltsames Summen auszugehen schien. In der Mitte der Halle konnten sie einen Aufgang erkennen, an dessen oberen Ende sich so etwas wie ein Altar, eine Art Metallzylinder befand. Über diesem schwebte eine leuchtende goldene Kugel. Beinahe ehrfürchtig blieben die beiden stehen und schauten zu der Kugel hinauf, als sich plötzlich die silbernen Scheiben zu bewegen begannen.

Der Autor

Stan Wolf wurde 1950 in Passau geboren. Die ersten Lebensjahre verbrachte er auf einem Bauernhof in Deutschland. Seine Schulzeit und die Ausbildung zum Stahlbautechniker absolvierte er in Salzburg, am Fuße des Untersberges, wo er nunmehr seit über dreißig Jahren ein kleines Unternehmen betreibt. Stan Wolf ist verheiratet, hat zwei Töchter und mittlerweile auch eine Enkelin. Seine Hobbys sind die Fliegerei und versunkene Kulturen. Seine Vorliebe für die Wüste führte ihn schließlich nach Ägypten, wo er mehrmals im Jahr auf entlegenen Pfaden den Spuren der Pharaonen folgt.

Mit „Steine der Macht – Band 4. Die goldene Kugel im Untersberg" erscheint der 4. Teil der Buchreihe rund um Wolf und Linda im novum pro Verlag. Die ersten beiden Bände wurden bereits ins Englische übersetzt.

Der Verlag

novum VERLAG FÜR NEUAUTOREN

„Semper Reformandum", der unaufhörliche Zwang sich zu erneuern begleitet die novum publishing gmbh seit Gründung im Jahr 1997. Der Name steht für etwas Einzigartiges, bisher noch nie da Gewesenes.

Im abwechslungsreichen Verlagsprogramm finden sich Bücher, die alle Mitarbeiter des Verlages sowie den Verleger persönlich begeistern, ein breites Spektrum der aktuellen Literaturszene abbilden und in den Ländern Deutschland, Österreich und der Schweiz publiziert werden.

Dabei konzentriert sich der mehrfach prämierte Verlag speziell auf die Gruppe der Erstautoren und gilt als Entdecker und Förderer literarischer Neulinge.

Neue Manuskripte sind jederzeit herzlich willkommen!

novum publishing gmbh
Rathausgasse 73 · A-7311 Neckenmarkt
Tel: +43 2610 431 11 · Fax: +43 2610 431 11 28
Internet: office@novumverlag.com · www.novumverlag.com

Stan Wolf
Steine der Macht
Das Isais-Ritual am Untersberg

ISBN 978-3-99026-305-1
236 Seiten
Euro (A) 16,90
Euro (D) 16,40
SFr 30,60

Wolf entdeckt auf einem Flug über den Atlantik mit seiner Jugendfreundin Silvia die sagenumwobene Insel San Borondon. In einem Stollen am Fuß des Untersberges stoßen sie auf eine vierzig Jahre alte Flaschenpost mit einem unvollendeten Manuskript eines bekannten Schriftstellers, worauf die beiden durch ein Zeitportal gelangen …

Stan Wolf

Steine der Macht
Die Zeitkorridore im Untersberg

ISBN 978-3-99003-510-8
229 Seiten
Euro (A) 18,90
Euro (D) 18,40
SFr 33,80

Ein deutscher Stahlhelm, gefunden in einem uralten Keltengrab am Dürrnberg, gibt Rätsel auf.
Auf der Suche nach dem Zeitphänomen am Untersberg entdecken Wolf und seine Begleiterin Linda ein vergessenes Waffendepot der Amerikaner. Eine Marmortafel mit einer Inschrift aus 1798 ergibt einen Hinweis auf den Illuminatenorden ...

Stan Wolf
Steine der Macht
Das Mysterium vom Untersberg

ISBN 978-3-85022-785-8
266 Seiten
Euro (A) 18,90
Euro (D) 18,40
SFr 33,80

Sind schwarze, orangengroße Steine aus Ägypten die Ursache für eine Verlangsamung der Zeit und für das Verschwinden von Menschen am Untersberg? Wolf begibt sich auf die Suche nach dem Phänomen und macht eine erstaunliche Entdeckung. Ein überaus spannender, auf Tatsachen beruhender Roman, der jeden in seinen Bann zieht.